開企，

是一個開頭，它可以是一句美好的引言、
未完待續的逗點、享受美好後滿足的句點，
新鮮的體驗、大膽的冒險、嶄新的方向，
是一趟有你共同參與的奇妙旅程。

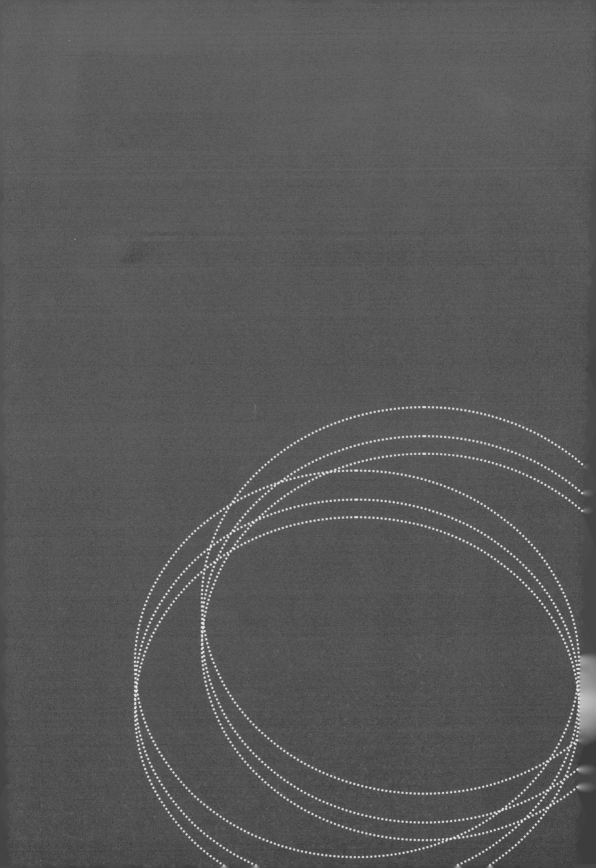

非學不可的1000英文片語

閱讀、口說、寫作都不能少了它

English Phrases

使用說明
User's Guide

超過1000組外國人使用頻率超高的片語，最道地的英文就要這樣學！

01
老外常用句，教你活用片語！

每個常用片語會有 2 個英文慣用句：

慣用句 1【老外就醬用！】讓學習者了解片語在生活當中實際運用的方式。

慣用句 2【翻譯！Try it】試著藉由書中提示的關鍵單字，自己將英文句子中譯，測試是否真的掌握了片語在句子裡的意義，書中也有參考答案供驗證。

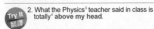

02
句中關鍵單字提示，理解句意更透徹！

書中每個常用句都會挑出較為重要或較有難度的單字，幫助學習者更輕鬆的了解句意，且有助於第二個慣用句的翻譯。同時，還能一併提升腦中字彙量！

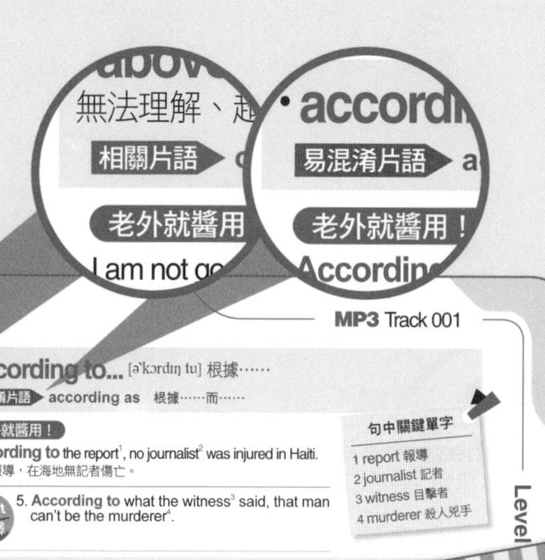

03

常用片語+相關片語+易混淆片語，串連延伸學習效果加倍！

嚴選1000組外國人最常使用的英文片語，且適時補充易混淆片語或相關片語，讓學習者不僅能延伸學更多，還可以同時學會避開片語誤用陷阱。

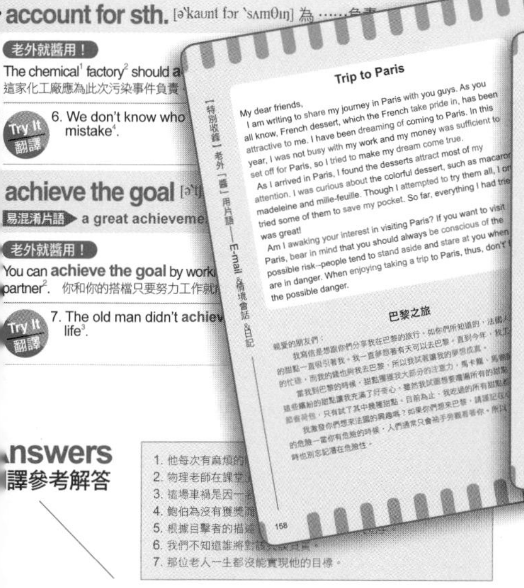

MP3 Track 001

· according to... [əˈkɔrdɪŋ tu] 根據……

易混淆片語 according as 根據……而……

老外就醬用！

According to the report[1], no journalist[2] was injured in Haiti.
根據報導，在海地無記者傷亡。

Try It 翻譯 5. According to what the witness[3] said, that man can't be the murderer[4].

句中關鍵單字
1 report 報導
2 journalist 記者
3 witness 目擊者
4 murderer 殺人兇手

· account for sth. [əˈkaunt fɔr ˈsʌmθɪŋ]

老外就醬用！

The chemical[1] factory[2] should a…
這家化工廠應為此次污染事件負責…

Try It 翻譯 6. We don't know who … mistake[4].

achieve the goal

易混淆片語 a great achieveme…

老外就醬用！

You can achieve the goal by work… partner[2]. 你和你的搭檔只要努力工作就…

Try It 翻譯 7. The old man didn't achiev… life[3].

Answers 翻譯參考解答

1. 他每次有麻煩的…
2. 物理老師在課堂…
3. 這場車禍是因一…
4. 鮑伯為沒有獲獎而…
5. 根據目擊者的描述…
6. 我們不知道誰將對…
7. 那位老人一生都沒能實現他的目標。

013

04

最生動的情境會話＆文章，實境體驗老外烙片語！

特別收錄多篇生活化的情境短文、E-mail及會話，全部都是利用書中學過的片語編寫而成，讓學習者在認識片語的同時，也更能掌握外國人的語言邏輯及運用，輕鬆加強自己的英語實力！

05

中英收錄英文片語MP3，用聽的也可以輕鬆學！

特別聘請專業外師錄製，將書中常用片語、相關片語、易混淆片語全部唸給你聽，跟著MP3的標準發音一起學習，英文更道地！

非學不可的1000英文片語

Clara Lai◎編著

作者序
Preface

大量靈活使用片語，
才是老外慣用的道地表達方式！！

如果有常在看英美電影或影集的人，應該不難發現有些對話明明中文字幕超級長，可是劇中的演員卻以簡單的三言兩語帶過；又或者偶爾想說不要看字幕，練一下英文聽力，反正聽懂關鍵字應該就八九不離十了，事後對照卻發現結果與自己猜想的離了十萬八千里遠，同樣的窘境，在英文閱讀裡應該也很常出現，其實，這都是片語在英文表達當中的神奇魔力！

很可惜的是，我發現許多人對於片語的觀念及記憶，多半還停留在國高中時期英文老師上課時耳提面命，要我們特別抄下並記住某個單字的相關片語，因為考試一定會考，可能因為這樣，當我們長大成人後，一旦想到片語，只會聯想到考試，而不覺得它對於可以說出道地英語有任何幫助，故而忽略了英文片語的重要性。看到這裡，你是不是突然會心一笑並且深感認同？！對耶，我就是這樣！關於這一點，我覺得是大家誤解了，實在很想幫片語洗刷一下冤屈，其實英文片語真的很重要！外國人不僅說話習慣大量使用片語，文章閱讀＆撰寫也很常見，因此才想要出一本片語書，幫助大家真正了解英文片語有多實用。

因此我在編寫這本書時，特別收錄了外國人日常生活中使用頻率超高的片語，我也會適時的補充相似片語、可替換片語或是易混淆片語，並搭配例句輔助，讓學習者能夠真正了解該片語的用法，才不容易誤用；同時，每一組片語我都特別編寫的一個英翻中的練習題，並提示英文句中的生字，讓學習者練習自己作答，透過這樣的練習，不僅可以驗證自己的學習是否真正吸收，而不是囫圇吞棗地背過去，下次看到時只記得「這個我好像看過……」，還可以同步加強英文閱讀理解能力，可謂一舉數得。

另外，為了讓學習者更能夠深刻體會外國人日常生活中是如何大量且自然的使用片語，我利用書中所收錄的片語編寫了多篇情境短文、E-mail跟會話，同時也能更了解外國人的語言邏輯以及運用方式，提升自己的英語聽說讀寫的能力。

學習英文是我的興趣，因為語言是隨時隨地都在變化，永遠也學不完，這是我編寫的第一本書，因此格外用心，真心推薦給大家，希望幫助每一個人都能學到最道地實用的英文，同時在過程中獲得滿滿的成就感及樂趣，學好英語並無捷徑，唯有保持學習熱忱才能一路前進直抵目的地！

Clara Lai

目錄 Contents

Level 1 老外都在用的基礎片語—聊天、閱讀都好用！

【特別收錄】老外「醬」用片語——E-mail＆情境會話＆日記

Level 2 老外都在用的進階片語—寫作用這些就對了！

【特別收錄】老外「醬」用片語——短文＆新聞

Level 1
老外都在用的基礎片語

聊天、閱讀都好用！

• A appeal to B [e əˋpil tu bi] A向B求助

易混淆片語 ▶ **sth. appeal to sb.** 某事引起某人的興趣

老外就醬用！

You should have **appealed to** the police for help when the accident[1] happened[2]. 當事故發生的時候你應該向警察求援的。

Try It 翻譯 1. He **appeals to** me for help whenever[3] he is in trouble[4].

句中關鍵單字
1 accident 事故、意外
2 happen 發生
3 whenever 每當、無論什麼時候
4 trouble 麻煩

• above one's head [əˋbʌv wʌns hɛd]

無法理解、超出某人能理解的範圍

相關片語 ▶ **over one's head** 理解不了

老外就醬用！

I am not good at math[1] and it is well[2] **above my head**.
我數學不好，完全弄不懂它。

Try It 翻譯 2. What the Physics[3] teacher said in class is totally[4] **above my head**.

句中關鍵單字
1 math 數學
2 well 相當地
3 physics 物理
4 totally 完全地

• absence of mind [ˋæbsṇs ɑv maɪnd] 心不在焉

相關片語 ▶ **change sb's mind** 改變某人的心意

老外就醬用！

My sister failed[1] the final exam[2] again because of her **absence of mind**.
妹妹因為心不在焉而再次期末考試不及格。

Try It 翻譯 3. The accident[3] was caused[4] by a driver's **absence of mind**.

句中關鍵單字
1 fail 失敗、不及格
2 exam 考試
3 accident 意外、事故
4 cause 原因、引起

• a chip on one's shoulder [ə tʃɪp ɑn wʌns ˋʃoldɚ] 好鬥

老外就醬用！

Tom has got **a chip on his shoulder** about not going to Paris[1] for his holiday[2]. 湯姆因為沒去巴黎度假而憤憤不平。

Try It 翻譯 4. Bob has got **a chip on his shoulder** about not getting the prize[3].

句中關鍵單字
1 Paris 巴黎
2 holiday 假期
3 prize 獎品、獎賞

• according to... [ə`kɔrdɪŋ tu] 根據……

易混淆片語 ▶ according as 根據……而……

老外就醬用！

According to the report[1], no journalist[2] was injured in Haiti.
根據報導，在海地無記者傷亡。

5. **According to** what the witness[3] said, that man can't be the murderer[4].

句中關鍵單字

1 report 報導
2 journalist 記者
3 witness 目擊者
4 murderer 殺人兇手

• account for sth. [ə`kaunt fɔr `sʌmθɪŋ] 為……負責

老外就醬用！

The chemical[1] factory[2] should **account for** the pollution[3].
這家化工廠應為此次污染事件負責。

6. We don't know who will **account for** such a mistake[4].

句中關鍵單字

1 chemical 化學的
2 factory 工廠
3 pollution 污染
4 mistake 錯誤

• achieve the goal [ə`tʃiv ðə gol] 達成目標

易混淆片語 ▶ a great achievement 一大成就

老外就醬用！

You can **achieve the goal** by working hard[1] with your partner[2]. 你和你的搭檔只要努力工作就能達成目標。

7. The old man didn't **achieve the goal** all his life[3].

句中關鍵單字

1 hard 努力的
2 partner 搭檔、夥伴
3 life 人生

Answers 翻譯參考解答

1. 他每次有麻煩的時候都來向我求救。
2. 物理老師在課堂上講的東西我一點都不懂。
3. 這場車禍是因一名司機的心不在焉而引起的。
4. 鮑伯為沒有獲獎而憤憤不平。
5. 根據目擊者的描述，那男人不可能是殺人兇手。
6. 我們不知道誰將對該失誤負責。
7. 那位老人一生都沒能實現他的目標。

• a couple of [ə ˋkʌpḷ ɑv] 幾個

老外就醬用！

Jack went to a bar[1] with **a couple of** companions[2].
傑克和他的幾個朋友上酒吧去了。

1. John will go on a business[3] trip for **a couple of** weeks[4].

句中關鍵單字
1 bar 酒吧
2 companion 同伴、朋友
3 business 商業、生意
4 week 周、星期

• act on... [ækt ɑn] 依照……行事

老外就醬用！

Mary didn't **act on** her boss' conduct[1] so that she failed this mission[2]. 瑪麗沒有按照老闆的指示行事使得她此次任務失敗。

2. Everyone is required[3] to **act on** the original[4] plan.

句中關鍵單字
1 conduct 指示、行為
2 mission 任務
3 require 要求、需要
4 original 原來的

• Adam's apple [ˋædəms ˋæpḷ] 喉結

老外就醬用！

I don't know why men have the **Adam's apple**, but not women[1]. 我不曉得為什麼男人會有喉結而女人卻沒有。

3. The story[2] about **Adam's apple** can be found in the Bible[3].

句中關鍵單字
1 woman 女人
2 story 故事
3 Bible 聖經

• add oil to the fire [æd ɔɪl tu ðə faɪr] 火上加油

易混淆片語 **oil and vinegar** 截然不同的東西

老外就醬用！

Don't **add oil to the fire**. She has been through[1] a lot[2].
不要再火上加油了。她承受的已經夠多了。

4. If you talk[3] to them now, you will **add oil to the fire**.

句中關鍵單字
1 through 通過、穿過
2 a lot 很多
3 talk 講話

• add to [æd tu] 加上

易混淆片語 add up 合計

句中關鍵單字
1 weather 天氣
2 difficulty 困難
3 visit 拜訪
4 trouble 麻煩

老外就醬用！

The bad weather[1] **adds to** their difficulties[2].
壞天氣增加了他們的困難。

5. I hope our visiting[3] won't **add to** your troubles[4].

• admit sb.'s guilt [əd`mɪt `sʌm͵badɪs gɪlt] 認罪

相關片語 plead guilty 認罪

句中關鍵單字
1 suspect 嫌疑犯
2 evidence 證據
3 collect 搜集
4 evidence 證據

老外就醬用！

The suspect[1] won't **admit his guilt** without enough evidence[2]. 沒有足夠證據，嫌疑犯是不會認罪的。

6. I need to collect[3] evidence[4] to let him **admit his guilt.**

• advise sb. against V-ing [əd`vaɪs `sʌm͵badɪ ə`gɛnst] 勸某人不要……

易混淆片語 advise with sb. on sth. 和某人商量某事

句中關鍵單字
1 family 家人
2 marry 結婚
3 speculate 投機
4 stock 股票

老外就醬用！

Her family[1] all **advise her against** marrying[2] too early.
她的家人都勸她不要太早結婚。

7. I **advise him against** speculating[3] in the stock[4] market.

Answers 翻譯參考解答

1. 約翰將會出差幾週。
2. 大家都要按照原計劃行事。
3. 我們可以從聖經中找到關於喉結的故事。
4. 如果你現在跟他們講話，只會火上加油。
5. 希望我們的拜訪沒有給你添麻煩。
6. 我需要搜集證據來讓他認罪。
7. 我勸他不要去炒股。

• afford to buy sth. [ə`ford tu baɪ `sʌmθɪŋ] 買得起某物

相關片語 enable sb. to buy sth. 使某人買得起

易混淆片語 can't afford to waste sth. 浪費不起

老外就醬用！

Not everyone[1] can **afford to buy** iPhone[2]. 不是所有的人都買得起一款蘋果手機。

1. Most young[3] people can't **afford to buy** a house[4].

句中關鍵單字
1 everyone 每個人
2 iPhone 蘋果手機
3 young 年輕的
4 house 房子

• a flock of [ə flɑk ɑv] 一群

相關片語 a group of 一群

老外就醬用！

There is **a flock of** sheep at the foot[1] of the mountain[2].
山腳下有一群羊。

2. I saw **a flock of** gulls[3] fly overhead when our ship[4] leaved.

句中關鍵單字
1 foot 腳
2 mountain 山
3 gull 海鷗
4 ship 船

• after all [`æftɚ ɔl] 畢竟

易混淆片語 all in all 總之

老外就醬用！

I forgive[1] him because he is my only brother[2] **after all**.
我原諒了他，因為他畢竟是我唯一的哥哥。

3. We have no evidence[3] **after all**, so we have to release[4] this man.

句中關鍵單字
1 forgive 原諒
2 brother 兄弟
3 evidence 證據
4 release 釋放

• after the fashion of [`æftɚ ðə `fæʃən ɑv] 模仿、跟……一樣

易混淆片語 look after 照料、照顧

老外就醬用！

It is a story[1] **after the fashion of** O. Henry.
這是一個模仿歐亨利的故事。

4. The writer[2] is not willing[3] to write a novel[4] **after the fashion of** Edgar Allan Poe.

句中關鍵單字
1 story 故事
2 writer 作家
3 willing 願意的
4 novel 小說

• against all odds [ə`gɛnst ɔl ɑds] 不計成敗、不顧一切

易混淆片語 ▶ **against one's will** 違背心意、假裝

老外就醬用！

We must finish[1] this arduous[2] task[3] **against all odds.**
我們必須不計成敗地去完成這項艱鉅的任務。

5. They finished this project[4] on time **against all odds.**

句中關鍵單字
1 finish 完成
2 arduous 艱鉅的
3 task 任務
4 project 工程、方案

• a great many [ə gret `mɛnɪ] 很多

相關片語 ▶ **lots of** 大量、很多

老外就醬用！

A great many new trees will be planted[1] in this park[2] this year.
這個公園今年將會栽種很多新樹木。

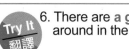

6. There are **a great many** fishes[3] swimming around in the pool[4].

句中關鍵單字
1 plant 栽種
2 park 公園
3 fish 魚
4 pool 池塘

• agree with [ə`gri wɪð] 同意

相關片語 ▶ **in favour of** 贊同

老外就醬用！

It doesn't matter whether you **agree with** the committee[1] on this matter[2].
關於這件事，你是否同意委員會的意見並不重要。

7. He will **agree with** you if he thinks[3] what you say is right[4].

句中關鍵單字
1 committee 委員會
2 matter 事情
3 think 認為、覺得
4 right 對的、正確的

Answers 翻譯參考解答

1. 大部分的年輕人都買不起房子。
2. 船出發的時候我看見一群海鷗從頭頂飛過。
3. 我們畢竟沒有證據，因此得釋放這個人。
4. 這名作家不願模仿愛倫坡所寫的小說。
5. 他們不顧一切地按時完成了該項工程。
6. 池塘中有許多魚兒游來游去。

• ahead of [əˋhɛd ɑv] 在……之前、提前

The car **ahead of** us was hit[1] by a truck[2] at the intersection[3].
我們前面那輛車在十字路口被一輛卡車撞到了。

1. We are so glad[4] that we have finished the work **ahead of** time.

句中關鍵單字
1 hit 碰撞
2 truck 卡車
3 intersection 十字路口
4 glad 開心的

• aim at [em æt] 瞄準

易混淆片語 **aim high** 胸懷大志

老外就醬用！

He doesn't understand[1] why he **aimed at** the rabbit[2] but missed. 他不明白為何自己瞄準了兔子卻沒有將它打中。

2. I need someone to teach[3] me how to **aim at** the prey[4].

句中關鍵單字
1 understand 明白、理解
2 rabbit 兔子
3 teach 教
4 prey 獵物

• all of a sudden [ɔl ɑv ə ˋsʌdn̩] 突然

相關片語 **all at once** 突然
易混淆片語 **sudden attack** 襲擊

老外就醬用！

All of a sudden the audiences[1] all became silent[2].
所有的觀眾突然間都沉默了。

3. **All of a sudden**, I understood what my best[3] friend[4] had said.

句中關鍵單字
1 audience 觀眾
2 silent 沉默的
3 best 最好的
4 friend 朋友

• all the time [ɔl ðə taɪm] 一直

易混淆片語 **from time to time** 有時、不時

老外就醬用！

The teacher[1] is said to help these poor[2] kids for nothing **all the time**. 據說這名老師一直在無償幫助這些貧窮的小孩們。

4. It rains[3] **all the time**, so I can't go out.

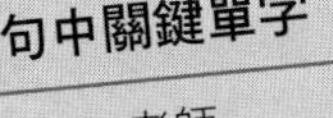

句中關鍵單字
1 teacher 老師
2 poor 貧窮的
3 rain 下雨

• an amount of [æn əˋmaʊnt ɑv] 相當數量的、一些

易混淆片語 in amount 總之、總計

老外就醬用！

My parents send[1] me **an amount of** $150 every month.
我爸媽每月寄給我 150 美元。

5. I received[2] **an amount of** money from my elder sister[3].

句中關鍵單字
1 send 寄送
2 receive 收到
3 elder sister 姐姐

• announce the result [əˋnaʊns ðə rɪˋzʌlt] 宣佈結果

易混淆片語 announce oneself as... 自稱為……

老外就醬用！

The experts[1] won't **announce the** test **result** until next week. 專家們要到下週才能宣佈檢測結果。

6. They promise[2] to **announce the result** of the election[3] within[4] a week.

句中關鍵單字
1 expert 專家
2 promise 答應、承諾
3 election 選舉
4 within 之內

• an ocean of... [æn ˋoʃən ɑv] 很多、大量

老外就醬用！

An ocean of flowers[1] can be seen in the national[2] park.
在這個國家公園可看見一片花海。

7. We can see **an ocean of** trees[3] on the mountain[4].

句中關鍵單字
1 flower 花
2 national 國家的
3 tree 樹
4 mountain 山

Answers 翻譯參考解答

1. 我們很開心工作提前完成了。
2. 我需要有人來教我如何瞄準獵物。
3. 突然間，我明白了好友所說的話。
4. 一直下雨，所以我無法出門。
5. 我收到了姐姐寄過來的一筆錢。
6. 他們承諾在一週內宣佈選舉結果。
7. 我們可以在山上看見一片樹海。

• another pair of shoes [əˋnʌðɚ pɛr ɑv ʃus] 另一回事

老外就醬用！

For him, this issue[1] is **another pair of shoes**.
在他看來，這件事是另外一回事。

Try It 翻譯

1. Since[2] it is **another pair of shoes**, you can put it aside[3] first.

句中關鍵單字
1 issue 事情
2 since 既然
3 aside 擱開、在旁邊

• a number of [ə ˋnʌmbɚ ɑv] 許多

相關片語 a lot of　許多

老外就醬用！

A number of workers[1] were dismissed[2] in this nation[3] last year.　去年這個國家有很多工人被解雇。

Try It 翻譯

2. **A number of** problems need to be solved[4] as soon as possible.

句中關鍵單字
1 worker 工人
2 dismiss 解雇
3 nation 國家
4 solve 解決

• apart from... [əˋpɑrt frɑm] (1) 除去 (2) 除了……之外

相關片語 except for　撇開

老外就醬用！

Apart from this novel[1], he wrote some plays[2] too.
除了這部小說，他還寫了一些劇本。

Try It 翻譯

3. **Apart from** several small mistakes, this is a pretty[3] good article[4].

句中關鍵單字
1 novel 小說
2 play 劇本
3 pretty 非常、很
4 article 文章

• a piece of cake [ə pis ɑv kek] 輕而易舉的事

老外就醬用！

The exam[1] is **a piece of cake** for the top[2] students.
對於優等生來說，這個考試是輕而易舉的事。

Try It 翻譯

4. To rescue[3] the hostages[4] is not **a piece of cake**.

句中關鍵單字
1 exam 考試
2 top 頂上的、頭等的
3 rescue 解救
4 hostage 人質

• a pocket edition [ə ˋpɑkɪt ɪˋdɪʃən] 袖珍版

老外就醬用！

I prefer[1] **a pocket edition** of the dictionary[2] to the traditional[3] one. 相對於傳統版本而言，我更喜歡這個字典的袖珍版。

5. I want to buy **a pocket edition** of the best-seller[4].

句中關鍵單字
1 prefer 更喜歡
2 dictionary 字典
3 traditional 傳統的
4 best-seller 暢銷書

• a portion of [ə ˋporʃən ɑv] 一部分

相關片語 ▶ **a part of** 一部分

老外就醬用！

The millionaire[1] will donate[2] **a portion of** his money to this foundation. 這個百萬富翁將捐一部份的錢給該基金會。

6. As a partner[3], you deserve **a portion of** our company's profits[4].

句中關鍵單字
1 millionaire 百萬富翁
2 donate 捐獻
3 partner 夥伴
4 profit 收益

• apply to [əˋplaɪ tu] 申請

易混淆片語 ▶ **apply one's mind to** 專心於……

老外就醬用！

He hasn't decided when to **apply to** MIT[1].
他還沒決定何時申請麻省理工學院。

7. I've **applied to** the local government[2] for a grant[3] this year.

句中關鍵單字
1 MIT 麻省理工學院
2 government 政府
3 grant 補助金

Answers 翻譯參考解答

1. 既然這是另外一回事，你可以先把它擱一邊。
2. 有眾多問題需要儘快解決。
3. 除了幾個小錯誤之外，這是一篇很不錯的文章。
4. 解救人質並不容易。
5. 我想買這本暢銷書的袖珍版。
6. 作為合作夥伴，你應得我們公司的一部分收益。
7. 我今年已向當地政府申請補助金了。

• approve of [ə`pruv ɑv] 贊成

老外就醬用！

Not all the members[1] of the committee **approve of** this plan[2].
並非所有的委員會成員都贊同這個計畫。

Try It 翻譯

1. I guess[3] the mayor[4] won't **approve of** your plan.

句中關鍵單字
1 member 成員
2 plan 計畫
3 guess 猜
4 mayor 市長

• a race against time [ə res ə`gɛnst taɪm] 跟時間賽跑

老外就醬用！

It is **a race against time** to save[1] the persons trapped[2] in the mine.
搶救困在礦井中的人是在跟時間賽跑。

Try It 翻譯

2. It is **a race against time** because people there are starving[3] to death every minute[4].

句中關鍵單字
1 save 援救
2 trap 陷入困境
3 starve 餓死、挨餓
4 minute 分鐘

• a range of [ə rendʒ ɑv] 一系列

老外就醬用！

Our factory can provide[1] you with **a range of** auto parts[2].
我們工廠能為您提供各種汽車零件。

Try It 翻譯

3. We have **a range of** products to show[3] in this exhibition[4].

句中關鍵單字
1 provide 提供
2 part 零件
3 show 展出
4 exhibition 展覽

• argue about [`ɑrgjʊ ə`baʊt] 辯論、爭論某事

易混淆片語 **argue against** 反駁

老外就醬用！

They often **argue about** money[1] after they were married[2].
結婚之後他們經常為錢的事爭吵。

Try It 翻譯

4. It is meaningless[3] to **argue about** trifles[4] every day.

句中關鍵單字
1 money 錢
2 married 婚姻的、已婚的
3 meaningless 無意義的
4 trifle 瑣事

• around the corner [ə`raʊnd ðə `kɔrnɚ]

(1) 在轉角處 (2) 快來臨了

易混淆片語 **look around** 四處看看、觀光瀏覽

老外就醬用！

The nearest[1] post office[2] is just **around the corner.**

最近的郵局就在轉角處。

5. I am sure[3] that good luck[4] is just **around the corner.**

句中關鍵單字

1 nearest 最近的
2 post office 郵局
3 sure 確信的
4 luck 運氣

• arrange for... [ə`rendʒ fɔr] 為……安排

易混淆片語 **arrange with sb. about sth.** 與某人商定某事

老外就醬用！

I have asked the secretary[1] to **arrange for** a room.

我已請秘書安排房間了。

6. Please **arrange for** a car to pick[2] me up before I arrive[3] at the railway[4] station.

句中關鍵單字

1 secretary 秘書
2 pick 接
3 arrive 到達
4 railway 火車

• arrive at / in [ə`raɪv æt / ɪn] 到達

老外就醬用！

The star[1] will **arrive at** the Royal Hotel[2] on June 8th.

這位明星將於六月八日抵達皇家大酒店。

7. When[3] will you and your wife[4] **arrive in** Taipei?

句中關鍵單字

1 star 明星
2 hotel 飯店、酒店
3 when 什麼時候
4 wife 妻子

Answers 翻譯參考解答

1. 我猜市長不會同意你的計畫。
2. 這是一件必須爭分奪秒的事情，因為在那裡每分鐘都有人將要餓死。
3. 我們有一系列的產品要在這次會展展出。
4. 每天為瑣事而爭論不休毫無意義。
5. 我敢肯定好運就要來臨了。
6. 請在我到達火車站之前安排一輛車來接我。
7. 你和妻子何時會到達臺北？

• as a matter of fact [æz ə ˋmætɚ ɑv fækt] 事實上

相關片語 in fact 事實上

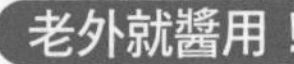

As a matter of fact, people seldom[1] go to church[2] at the weekend now. 事實上，人們現在很少於週末上教堂做禮拜了。

1. **As a matter of fact**, he is on the brink[3] of bankruptcy[4].

句中關鍵單字
1 seldom 很少
2 church 教堂
3 brink 邊緣
4 bankruptcy 破產

• as a rule [æz ə rul] 通常

相關片語 more often than not 通常

易混淆片語 rule out 排除

老外就醬用！

As a rule, you can cross[1] the street when the traffic lights[2] are green. 通常你可以在紅綠燈轉為綠色時穿行馬路。

2. **As a rule**, I can reach[3] my company within half an hour by subway[4].

句中關鍵單字
1 cross 橫過、穿行
2 traffic lights 紅綠燈
3 reach 到達
4 subway 地鐵

• as meek as a lamb [æz mik æz ə læm] 像小羊般溫順

老外就醬用！

He is **as meek as a lamb**, no wonder[1] others bully[2] him. 他很溫順，怪不得別人會欺負他。

3. My little sister[3] is a good kid[4], she is **as meek as a lamb**.

句中關鍵單字
1 no wonder 難怪
2 bully 欺負
3 sister 妹妹
4 kid 孩子

• A speak badly of B [e spik ˋbædlɪ ɑv bi] A說B的壞話

老外就醬用！

It is not good for you to **speak badly of** others behind[1] them. 在背後說別人壞話很不好。

4. Everyone[2] more or less hates[3] the person who **speaks badly of** him or her.

句中關鍵單字
1 behind 在……後面
2 everyone 每個人
3 hate 討厭

• as round as an orange [æz raʊnd æz æn ˋɔrɪndʒ] 極圓的

老外就醬用！

The circle[1] you drew[2] on the paper is **as round as an orange**! 你在紙上畫的那個圈好圓啊！

5. The moon[3] tonight[4] looks **as round as an orange**.

句中關鍵單字

1 circle 圓圈
2 draw 畫
3 moon 月亮
4 tonight 今晚

• as sharp as a needle [æz ʃɑrp æz ə ˋnidḷ] 非常機敏的

老外就醬用！

The child is **as sharp as a needle** and can react[1] very quickly[2]. 這個小孩很機敏，反應很快。

6. Special[3] Forces Soldiers will be trained[4] to be **as sharp as a needle**.

句中關鍵單字

1 react 反應
2 quickly 快速地
3 special 特別的
4 train 訓練

• assistant to... [əˋsɪstənt tu] ……的助手

老外就醬用！

The **assistant to** the professor[1] will announce[2] the result[3]. 教授的助手會宣佈結果。

7. The **assistant to** the store manager will help solve[4] the problem.

句中關鍵單字

1 professor 教授
2 announce 宣佈
3 result 結果
4 solve 解決

Answers 翻譯參考解答

1. 事實上，他已經瀕臨破產邊緣。
2. 通常來講，我乘坐地鐵到公司只需不到半小時的時間。
3. 我妹妹很溫順，是個好孩子。
4. 每個人或多或少都會討厭說自己壞話的人。
5. 今晚的月亮圓極了。
6. 特種部隊人員將會被訓練得非常機敏。
7. 店長助理將會幫忙解決這個問題。

• assist sb. in V-ing [ə`sɪst `sʌm͵bɑdɪ ɪn] 協助某人做某事

相關片語 **assist sb. with a task** 幫助某人做某事

老外就醬用！

A foreigner[1] will **assist us in** designing[2] this building[3].
一名外國人將協助我們設計這棟樓。

1. I will **assist the professor in** writing his book.

句中關鍵單字
1 foreigner 外國人
2 design 設計
3 building 樓、大廈

• as steady as rock [æz `stɛdɪ æz rɑk] 穩如泰山

老外就醬用！

The big tree is **as steady as rock** in the soil[1].
這棵大樹在土壤中穩如泰山。

2. The houses[2] in New Zealand were **as steady as rock** in the earthquake[3].

句中關鍵單字
1 soil 土壤
2 house 房子
3 earthquake 地震

• as straight as an arrow [æz stret æz æn `æro] 筆直

易混淆片語 **go straight** 筆直走、直接去

老外就醬用！

The road[1] is **as straight as an arrow** and there are rarely[2] any traffic jams[3]. 那條路很直，很少塞車。

3. Drive **as straight as an arrow** and you'll find the store at the end of the road.

句中關鍵單字
1 road 路
2 rarely 很少
3 traffic jam 塞車

• as usual [æz `juʒuəl] 一如往常

老外就醬用！

As usual, I have my supper[1] at 7 o'clock in the evening[2].
我一如往常在傍晚七點吃晚餐。

4. **As usual**, Mr. Smith goes jogging[3] with his wife in the morning.

句中關鍵單字
1 supper 晚餐
2 evening 傍晚
3 jogging 慢跑

MP3 Track 008

• as you please [æz ju pliz] 隨你喜歡

易混淆片語 be pleased to do sth. 樂意做某事

老外就醬用！

You can spend[1] what you earn[2] **as you please**.
你愛怎麼花自己賺的錢就怎麼花。

5. As an adult[3], you can not do things **as you please**.

句中關鍵單字
1 spend 花費
2 earn 賺
3 adult 成年人

• at / by sb.'s command [æt / baɪ ˋsʌmˏbɑdɪs kəˋmænd] 奉某人之命、受某人指揮的

相關片語 under the order of 受……指揮

易混淆片語 has...command of... 有使用或控制某事物的能力、掌握

老外就醬用！

The soldiers[1] are all **at the King's command**.
士兵都受旨於國王。

6. The ship[2] left the waters **by the admiral's command**.

句中關鍵單字
1 soldier 士兵
2 ship 船

• at a loose end [æt ə lus ɛnd] 閒著

老外就醬用！

Please visit[1] us when you are **at a loose end**.
有空的時候請過來串串門子。

7. I seldom see[2] my professor[3] **at a loose end**.

句中關鍵單字
1 visit 拜訪
2 see 看到
3 professor 教授

Answers 翻譯參考解答

1. 我將協助這名教授寫他的書。
2. 紐西蘭的房子在地震中穩如泰山。
3. 直直地開下去，你會在路的盡頭找到那家商店。
4. 史密斯先生和妻子一如往常在早上慢跑。
5. 作為一個成年人，你不能想怎麼樣就怎麼樣。
6. 該船奉海軍上將之命離開了這片水域。
7. 我很少看到教授有閒著的時候。

• at a loss [æt ə lɔs] 茫然不知所措

相關片語 ▶ **all at sea** 不知所措

Mike is **at a loss** about what to do after graduation[1].
麥克對於畢業後的打算有點茫然不知所措。

1. My father is always **at a loss** of words when my mother[2] quarrels[3] with him.

句中關鍵單字
1 graduation 畢業
2 mother 媽媽
3 quarrel 吵架

• at any moment [æt ˋɛnɪ ˋmomənt] 隨時

相關片語 ▶ **in a moment** 立刻、馬上

老外就醬用！

At this hotel[1], the guests[2] can check[3] in **at any moment**.
客人可隨時入住這家飯店。

2. We are at your service[4] **at any moment**.

句中關鍵單字
1 hotel 飯店、旅館
2 guest 客人
3 check 檢查、寄存
4 service 服務

• at any rate [æt ˋɛnɪ ret] 無論如何

相關片語 ▶ **in any case** 無論如何

老外就醬用！

At any rate, I must finish my paper within a week.
無論如何，我得在一週內完成論文。

3. **At any rate**, your products[1] must reach[2] our company[3] by Friday.

句中關鍵單字
1 product 產品
2 reach 到達
3 company 公司

• at a terrific bat [æt ə təˋrɪfɪk bæt] 以快速的步伐、飛快地

老外就醬用！

The student arrived at the classroom[1] **at a terrific bat**.
學生快步趕到教室。

4. They arrived at the railway[2] station **at a terrific bat**, or they would miss[3] the train[4].

句中關鍵單字
1 classroom 教室
2 railway 鐵路、軌道
3 miss 錯過
4 train 火車

• at dawn [æt dɔn] 拂曉時

易混淆片語 **from dawn till dusk** 從早到晚

老外就醬用！

The ship will leave[1] the harbor[2] **at dawn.**
這艘船將在拂曉時分離開港口。

5. The man left his home **at dawn** without disturbing[3] anyone.

句中關鍵單字
1 leave 離開
2 harbor 港口
3 disturb 打擾

• at large [æt lɑrdʒ] 全面地、詳細地

相關片語 **at length** 詳細地

老外就醬用！

The country[1] **at large** is dreaming[2] of peace[3].
全國人民都在渴望和平。

6. The teacher will explain[4] the text **at large** next time.

句中關鍵單字
1 country 國家
2 dream 夢想
3 peace 和平
4 explain 解釋

• at odds with... [æt ɑds wɪð] 與……不一樣、有差異

老外就醬用！

He is always[1] **at odds with** his wife over investment[2].
他和妻子總是對於投資的事情意見不一。

7. It is not so pleasant[3] being **at odds with** one's neighbors[4].

句中關鍵單字
1 always 總是
2 investment 投資
3 pleasant 讓人愉快的
4 neighbor 鄰居

Answers 翻譯參考解答

1. 爸爸跟媽媽吵架的時候，爸爸總是詞窮。
2. 我們隨時為您效勞。
3. 無論如何，產品必須在週五前到達本公司。
4. 他們快步趕到火車站，要不然就將錯過火車了。
5. 這個人在拂曉的時候悄悄地離開了家。
6. 老師下次會詳細解釋這篇課文。
7. 和鄰居爭執並不是一件讓人愉快的事情。

• at one's service [æt wʌns ˋsɝvɪs] (1) 為……服務 (2) 聽任使喚

老外就醬用！

All the workers[1] are **at the customers' service**.
所有員工都將為顧客效勞。

Try It 翻譯

1. We are **at your service** at any[2] time[3].

句中關鍵單字
1 worker 工人
2 any 任何的、任何
3 time 時間

• at present [æt ˋprɛzn̩t] 目前

相關片語 ▶ **for the time being** 暫時、目前

老外就醬用！

At present, we do not have enough[1] evidence.
目前，我們證據尚不足。

Try It 翻譯

2. **At present**, we still pay much attention[2] to the economic[3] development[4].

句中關鍵單字
1 enough 足夠的
2 attention 注意
3 economic 經濟的
4 development 發展

• attempt to [əˋtɛmpt tu] 試圖

相關片語 ▶ **try to** 試圖
易混淆片語 ▶ **attempt on / at** （某方面的）企圖

老外就醬用！

He **attempts to** help[1] this poor girl with his poor salary[2].
他試圖以自己微薄的工資來幫助那貧窮的女孩。

Try It 翻譯

3. She **attempts to** learn[3] all the knowledge[4] of her teacher.

句中關鍵單字
1 help 幫助
2 salary 工資、薪水
3 learn 學習
4 knowledge 知識

• at the expense [æt ðə ɪkˋspɛns] (1) 以某人的費用 (2) 以……為代價

相關片語 ▶ **at the cost of** 以……為代價

老外就醬用！

We can not develop[1] our economy **at the expense** of the environment[2]. 我們不能以環境為代價來發展經濟。

Try It 翻譯

4. He earns[3] a lot of money **at the expense** of his health[4].

句中關鍵單字
1 develop 發展
2 environment 環境
3 earn 賺
4 health 健康

• at the peak of... [æt ðə pik ɑv] 在……的巔峰

老外就醬用！

He won't leave[1] the company **at the peak of** his career[2].
他不會在事業到達高峰的時候離職。

5. **At the peak of** this movement[3], there were thousands of people involved[4] in it.

句中關鍵單字
1 leave 離開
2 career 事業
3 movement 運動
4 involve 包含、涉及

• at the request of... [æt ðə rɪˋkwɛst ɑv] 在……的請求下

相關片語 ▶ **as requested** 依照請求

老外就醬用！

The rules[1] will be revised[2] **at the request of** the civilians[3].
在市民的要求下這些法則將進行修訂。

6. There will be a party[4] **at the request of** the guests.

句中關鍵單字
1 rule 法則、規則
2 revise 修訂
3 civilian 市民
4 party 派對

• at the risk of... [æt ðə rɪsk ɑv] 冒……之危險

老外就醬用！

He saved[1] the girl's life **at the risk of** his life.
他冒著生命危險救了那個女孩。

7. He put forward a bold[2] plan **at the risk of** being dismissed[3].

句中關鍵單字
1 save 挽救
2 bold 大膽的
3 dismiss 解雇

Answers 翻譯參考解答

1. 我們隨時為您服務。
2. 目前，我們仍重視經濟發展。
3. 她試圖向老師學習所有的知識。
4. 他以犧牲健康為代價賺了很多錢。
5. 運動鼎盛時期，曾有數千人參與其中。
6. 在客人的請求下將會舉辦一個派對。
7. 他冒著被解雇的危險提出了一個大膽的計畫。

• at the top of one's lungs [æt ðə tɑp ɑv wʌns lʌŋz]
用某人的最大音量

相關片語 ▶ **at the top of one's voice** 用最大的聲音

老外就醬用！

I am **at the top of my lungs** and I can't be louder[1].
這已經是我最大的聲音，不能再大了。

1. You must shout[2] **at the top of your lungs**, or they won't hear[3] you.

句中關鍵單字
1 louder 更大聲的（loud 的比較級）
2 shout 叫
3 hear 聽到

• attractive to sb. [əˋtræktɪv tu ˋsʌm͵bɑdɪ] 對某人具有吸引力

相關片語 ▶ **apeal to sb.** 對某人有吸引力

老外就醬用！

These toys[1] in the shopping window[2] are often **attractive to kids.** 商店櫥窗裡的這些玩具總是吸引著小孩們。

2. The local resources[3] are **attractive to** the foreign[4] investors.

句中關鍵單字
1 toy 玩具
2 window 窗戶
3 resource 資源
4 foreign 外國的

• attract sb.'s attention [əˋtrækt ˋsʌm͵bɑdɪs əˋtɛnʃən]
引起某人的注意

易混淆片語 ▶ **be attracted to sb.** 被某人吸引

老外就醬用！

The magic[1] performance[2] **attracted the kids' attention.**
魔術表演吸引了孩子們的注意力。

3. Her elegant[3] style **attracted all the present's attention**.

句中關鍵單字
1 magic 魔術
2 performance 表演
3 elegant 優雅的

• awake sb.'s interest [əˋwek ˋsʌm͵bɑdɪs ˋɪntərɪst]
激起某人的興趣

老外就醬用！

The lecture[1] **awaked his interest** in learning[2] French[3].
這個演講激起了他學習法語的興趣。

4. His words[4] **awaked my interest** in his life.

句中關鍵單字
1 lecture 演講
2 learn 學習
3 French 法語
4 words 話語

• bait sb. of sth. [bet ˋsʌm͵bɑdɪ ɑv ˋsʌmθɪŋ] 以某物誘惑某人

老外就醬用！

He **baited Susan of** a vanilla[1] ice-cream[2].
他用香草霜淇淋來誘惑蘇珊。

5. The neighbor's daughter[3] **baits me of** a Barbie doll[4].

句中關鍵單字
1 vanilla 香草口味的
2 ice-cream 霜淇淋
3 daughter 女兒
4 Barbie doll 芭比娃娃

• balance one's budget [ˋbæləns wʌns ˋbʌdʒɪt] 平衡預算

易混淆片語 **keep one's balance** 保持平衡

老外就醬用！

We must try[1] to **balance our budget**, or we will go broke[2].
我們必須努力平衡預算，否則就要破產了。

6. The only way to **balance your budget** is to cut down expenses[3].

句中關鍵單字
1 try 努力、嘗試
2 broke 一文不名的、破產的
3 expense 消費、開支

• bang at the door [bæŋ æt ðə dor] 猛敲門

易混淆片語 **bang the door shut** 用力地關上門

老外就醬用！

Monica heard[1] someone[2] **banging at the door**.
莫妮卡聽見有人猛敲門。

7. It's not polite[3] to **bang at the door**.

句中關鍵單字
1 heard 聽、聽到（hear 的過去式）
2 someone 有人、某人
3 polite 禮貌的

Answers 翻譯參考解答

1. 你必須用最大音量喊，否則他們聽不到你的聲音。
2. 當地的資源吸引了很多外國投資者。
3. 她優雅的風格吸引了在場的人。
4. 他的話語讓我很想瞭解他的生活。
5. 鄰居的女兒拿一個芭比娃娃誘惑我。
6. 平衡預算的唯一辦法就是縮減開支。
7. 猛敲門是不禮貌的。

• bark at [bɑrk æt] 對……吠叫

易混淆片語 **bark out one's orders** 吼叫地發佈命令

老外就醬用！

My neighbor's[1] dog kept[2] on **barking at** my boyfriend[3].
鄰居的狗不停地對我男朋友狂吠。

1. Your dog[4] always **barks at** me.

句中關鍵單字
1 neighbor 鄰居
2 kept 保持、維持（keep的過去式）
3 boyfriend 男朋友
4 dog 狗

• be able to [bi ˋebḷ tu] 能夠……

易混淆片語 **able talented** 有才能的

老外就醬用！

We should **be able to** resolve[1] our problems[2].
我們應該能夠解決我們之間的問題。

2. **Are** you **able to** hear[3] us from the next door[4]?

句中關鍵單字
1 resolve 解決
2 problem 問題
3 hear 聽到
4 door 門、家、戶

• be accurate at sth. [bi ˋækjərɪt æt ˋsʌmθɪŋ] 對……很精確

易混淆片語 **to be accurate** 正確地說、精確地說

老外就醬用！

The new accountant[1] **is accurate at** figures[2].
新來的會計師對於數字很精準。

3. This kind of gun[3] **is accurate at** a short distance[4].

句中關鍵單字
1 accountant 會計師
2 figure 數字
3 gun 槍
4 distance 距離

• be affected by [bi əˋfɛktɪd baɪ] 受……影響

相關片語 **be conditioned by** 受影響

老外就醬用！

Ross **was** much **affected by** the sad[1] news[2].
這個壞消息使羅斯非常難過。

4. I find[3] that you **are** always **affected by** others[4].

句中關鍵單字
1 sad 悲傷的
2 news 消息、新聞
3 find 發現
4 others 其他人

• beam with joy [bim wɪð dʒɔɪ] 笑顏逐開

相關片語 with one's frown faded 笑顏逐開

易混淆片語 greet sb. with a beam of joy 笑容滿面地迎接某人

老外就醬用！

Upon hearing the good[1] news Joey **beamed with joy.**
一聽到這個好消息，喬伊笑顏逐開。

Try It 翻譯 5. Everybody[2] in the party[3] **beams with joy.**

句中關鍵單字

1 good 好的
2 everybody 每個人
3 party 派對

• be armed to the teeth [bi ɑrmd tu ðə tiθ] 全副武裝

易混淆片語 by arms 以武力

老外就醬用！

The soldiers **were armed to the teeth**, ready[1] for any emergency[2]. 士兵們已全副武裝，隨時準備應急。

Try It 翻譯 6. I guess[3] the robbers **were armed to the teeth** when they robbed[4] the bank.

句中關鍵單字

1 ready 準備
2 emergency 緊急情況、突發事件
3 guess 猜
4 rob 搶劫

• bear in mind [bɛr ɪn maɪnd] 記住

老外就醬用！

I will **bear in mind** your advice[1] forever[2].
我會永遠牢記您的忠告。

Try It 翻譯 7. **Bear in mind** that your youth[3] is limited[4].

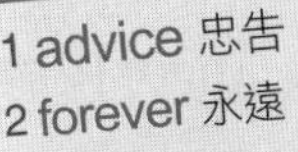

句中關鍵單字

1 advice 忠告
2 forever 永遠
3 youth 青春
4 limited 有限的

Answers 翻譯參考解答

1. 你的狗老是對我吠。
2. 你從隔壁能聽到我們的聲音嗎？
3. 這種型號的槍在較短距離內射擊十分精確。
4. 我發現你總是受他人的影響。
5. 派對上的每個人都笑顏逐開。
6. 我猜劫匪們搶銀行的時候是全副武裝的。
7. 要記住你的青春是有限的。

• be aware of... [bi əˋwɛr ɑv] 意識到……、察覺到……

老外就醬用！

Are you **aware of** your mistake[1], Tom?
湯姆，你意識到你的錯誤了嗎？

1. I **was aware of** a strange[2] smell[3] in the room.

句中關鍵單字
1 mistake 錯誤
2 strange 奇怪的
3 smell 氣味、味道

• be bare to the waist [bi bɛr tu ðə west] 打赤膊

相關片語 **strip to the waist** 打赤膊

老外就醬用！

My father **is bare to the waist** at home[1] because the weather is too hot[2].
我爸爸在家裡光著上半身，因為天氣太熱了。

2. Our shirts[3] were wet from sweat[4], so we had to **be bare to the waist** to go home.

句中關鍵單字
1 home 家
2 hot 炎熱的
3 shirt 襯衫
4 sweat 汗

• be bare of sth. [bi bɛr ɑv ˋsʌmθɪŋ] 幾乎沒有某物

易混淆片語 **bare feet** 赤腳

老外就醬用！

The little[1] room **is** almost **bare of** furniture[2].
這個小房間幾乎沒有什麼傢俱。

3. There **is bare of** food in the fridge[3].

句中關鍵單字
1 little 小的
2 furniture 傢俱
3 fridge 冰箱

• be blessed with [bi blɛst wɪð] 有幸得到……

易混淆片語 **bless one's luck** 慶幸自己運氣好

老外就醬用！

This country **is blessed with** abundant[1] natural resources[2].
這個國家很幸運擁有豐富的自然資源。

4. You **are blessed with** such[3] a good mother.

句中關鍵單字
1 abundant 豐富的
2 resource 資源
3 such 這樣的、如此的

• be busy with sth. [bi ˋbɪzɪ wɪð ˋsʌmθɪŋ] 忙於做某事

老外就醬用！

I am busy with the wedding[1] preparations[2].
我最近在忙婚禮籌備的事。

5. My husband[3] **is** always **busy with** his business[4] day and night.

句中關鍵單字
1 wedding 婚禮
2 preparation 籌備、準備
3 husband 丈夫
4 business 商業、生意、事情

• be capable of [bi ˋkepəbl̩ ɑv] 有……的能力、有……的可能性

易混淆片語 **capable person** 有能力的人

老外就醬用！

I am sure that he **is capable of** handling[1] these problems[2].
我相信他能夠應對這些難題。

6. Computers[3] **are capable of** doing something complicated[4] now.

句中關鍵單字
1 handle 應對
2 problem 難題
3 computer 電腦
4 complicated 複雜的

• be conscious of [bi ˋkɑnʃəs ɑv] 意識到……

老外就醬用！

Peter **was** very **conscious of** his shortcomings[1].
彼得對自己的缺點十分清楚。

7. Many people **were** not **conscious of** the earthquake[2] last night[3].

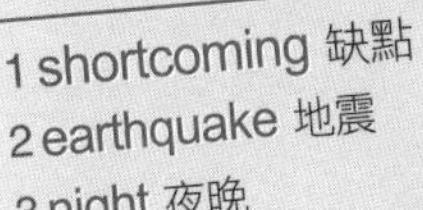

句中關鍵單字
1 shortcoming 缺點
2 earthquake 地震
3 night 夜晚

Answers 翻譯參考解答

1. 我察覺到房間裡有一股奇怪的氣味。
2. 我們的襯衫因流汗全濕了，只得打著赤膊回家。
3. 冰箱裡幾乎沒有任何食物。
4. 你真幸福，有個那麼好的媽媽。
5. 我老公總是不分晝夜地忙於工作。
6. 如今電腦能完成非常複雜的工作。
7. 很多人沒有意識到昨晚發生的地震。

• be convenient for... [bi kən`vinjənt fɔr] 便於……

易混淆片語 make it convenient to do　使方便去做

Will it **be convenient for** you to come this Saturday[1]?
你這週六方便來嗎？

1. When will it **be convenient for** you to arrange[2] an interview[3] for me?

句中關鍵單字
1 Saturday 週六
2 arrange 安排
3 interview 面試

• be cruel to [bi `kruəl tu] 對……殘忍

老外就醬用！

It **is cruel to** make fun[1] of the disabled[2].
嘲笑殘疾人士是殘忍的。

2. It **is cruel to** throw[3] the poor dog away!

句中關鍵單字
1 make fun 嘲笑、捉弄
2 disabled 殘疾的
3 throw 扔掉

• be curious of [bi `kjʊrɪəs ɑv] 對……感到好奇

易混淆片語 be curious to say　說來奇怪

老外就醬用！

My daughter[1] **is** always **curious of** the outside[2] world.
我女兒總是對外面的世界感到好奇。

3. I **am curious of** anything in this country[3].

句中關鍵單字
1 daughter 女兒
2 outside 外面、外面的
3 country 國家

• be doubtful about [bi `daʊtfəl ə`baʊt] 懷疑

老外就醬用！

I **am doubtful about** the value[1] of your answer[2].
我懷疑你的回答是否有價值。

4. We **are doubtful about** the practicability[3] of the plan[4].

句中關鍵單字
1 value 價值
2 answer 回答
3 practicability 可行性
4 plan 計畫

• be eager for [bi ˋigɚ fɔr] 積極的、渴望的

易混淆片語 **with eager eyes** 以急切的眼光

老外就醬用！

I believe[1] everyone **is eager for** success[2].
我相信每個人都渴望成功。

5. People who **are eager for** happiness[3] need a kind heart[4].

句中關鍵單字
1 believe 相信
2 success 成功
3 happiness 幸福
4 heart 心

• be expert at [bi ˋɛkspɝt æt] 擅長於

相關片語 **be good at** 擅長於

老外就醬用！

My wife **is expert at** cooking[1] French dishes[2].
我的妻子很擅長做法國菜。

6. William **is** very **expert at** roller skating[3].

句中關鍵單字
1 cook 烹飪
2 dish 一道菜
3 roller skating 滑冰

• be fit for [bi fɪt fɔr] 適合

相關片語 **be suitable for** 適合

老外就醬用！

I don't think Bill **is fit for** that job[1].
我覺得比爾不適合那份工作。

7. Why do you think[2] you **are fit for** this position[3]?

句中關鍵單字
1 job 工作
2 think 認為
3 position 職位

Answers 翻譯參考解答

1. 你什麼時候方便為我安排面試呢？
2. 把這隻可憐的小狗扔掉太殘忍了吧！
3. 我對這個國家的一切都很好奇。
4. 我們懷疑這個計畫是否切實可行。
5. 嚮往幸福的人需要一顆仁慈的心。
6. 威廉是個溜冰高手。
7. 你為什麼認為你適合這個職位？

• before long [bɪˋfor lɔŋ] 不久、很快

易混淆片語 **long before** 很久以前

老外就醬用！

We will see that wonderful[1] movie[2] **before long.**
不久我們就會看到那部很棒的電影。

1. **Before long**, I started[3] to like this kind of sport[4].

句中關鍵單字
1 wonderful 很棒的
2 movie 電影
3 start 開始
4 sport 運動

• be friendly to [bi ˋfrɛndlɪ tu] 對……友好

易混淆片語 **be on friendly terms with a person** 與某人親善

老外就醬用！

The supervisor[1] **is** not very **friendly to** the newcomers[2].
主管對新來的人不太友善。

2. My mother **is** always **friendly to** everybody[3].

句中關鍵單字
1 supervisor 主管
2 newcomer 新來的人
3 everybody 所有人、每個人

• be frustrated by [bi ˋfrʌstretɪd baɪ] 因……而灰心喪志

老外就醬用！

Rachel **was frustrated by** the lack[1] of appreciation[2] shown of her work.
瑞秋因工作得不到賞識而灰心喪氣。

3. She **was frustrated by** the failure[3] this time.

句中關鍵單字
1 lack 缺乏
2 appreciation 賞識、欣賞
3 failure 失敗

• beg for [bɛg fɔr] 乞求

易混淆片語 **fall on one's knees** 跪下請求

老外就醬用！

I sincerely[1] **beg for** your forgiveness[2].
我真誠地乞求你原諒。

4. The vagrant[3] had to **beg for** food to live.

句中關鍵單字
1 sincerely 真誠地
2 forgiveness 原諒
3 vagrant 流浪漢

• be good money [bi gʊd ˋmʌnɪ] 是賺錢的買賣、是有利可圖的投資

易混淆片語 ▶ **make money** 賺錢

老外就醬用！

Running[1] a small business in spare[2] time can also **be good money**. 業餘時間做小買賣也是一筆收入啊！

Try It 翻譯

5. That restaurant[3] used to **be good money**, but it is bad now.

句中關鍵單字

1 run 經營
2 spare 多餘的
3 restaurant 餐廳

• behind schedule [bɪˋhaɪnd ˋskɛdʒul] 進度落後

易混淆片語 ▶ **ahead of schedule** 比預定提早、進度超前

老外就醬用！

I am sorry that the project[1] is **behind schedule** again.
很抱歉這項計畫又進度落後。

Try It 翻譯

6. The train[2] from Kaohsiung is an hour[3] **behind schedule**.

句中關鍵單字

1 project 工程、計畫
2 train 列車、火車
3 hour 小時

• be impressed by [bi ɪmˋprɛst baɪ] 對……印象深刻

相關片語 ▶ **impress with** 對……留有深刻的印象

老外就醬用！

I **am impressed by** the excellent[1] service of this company[2].
這間公司的優質服務讓我留下了深刻的印象。

Try It 翻譯

7. He said he **was impressed by** your beautiful[3] smile[4].

句中關鍵單字

1 excellent 優秀的
2 company 公司
3 beautiful 美麗的
4 smile 笑容、微笑

Answers 翻譯參考解答

1. 不久前，我開始喜歡上這種運動。
2. 我媽媽總是對所有人都很友好。
3. 她為這次的失敗感到灰心喪志。
4. 那個流浪漢必須乞討度日。
5. 那家餐廳本來很賺錢，可是現在生意不好了。
6. 從高雄開來的列車延誤了一個小時。
7. 他説妳的美麗笑容讓他留下了深刻的印象。

• be in bud [bi ɪn bʌd] 正含苞待放

易混淆片語 **put forth buds** 發芽、萌芽

老外就醬用！

The trees and grass **are in bud** in spring[1].
春天大樹小草都已長出嫩芽。

1. The peach blossoms[2] **are in bud** a little earlier[3] this year.

句中關鍵單字
1 spring 春天
2 blossom 花、開花期
3 earlier 較早的（early 的比較級）

• be in no mood for sth. [bi ɪn no mud fɔr ˋsʌmθɪŋ] 沒心思做某事

相關片語 **mood disorder** 情緒障礙

老外就醬用！

I **am in no mood for** dancing[1] today, could you ask someone else?
我今天沒有心情跳舞，你可以去邀請其他人嗎？

2. Sarah **was in no mood for** their stupid[2] gossip[3].

句中關鍵單字
1 dancing 跳舞
2 stupid 愚蠢的
3 gossip 閒聊、八卦

• be in rust [bi ɪn rʌst] 生鏽

相關片語 **rust out** 生鏽

老外就醬用！

If this piece of material[1] gets wet, it will **be in rust** like iron[2].
如果這個原料受潮了，它會像鐵那樣生銹。

3. Please don't put it in the water[3], it will **be in rust**.

句中關鍵單字
1 material 原料、材料
2 iron 鐵
3 water 水

• be jealous of [bi ˋdʒɛləs ɑv] 羨慕、嫉妒

相關片語 **envy of** 羨慕

老外就醬用！

Mary **is jealous of** her sister's high[1] reputation[2].
瑪麗嫉妒她姐姐較高的聲譽。

4. I **was jealous of** Susan when she got her own[3] bicycle[4].

句中關鍵單字
1 high 高的
2 reputation 聲譽、名譽
3 own 自己的
4 bicycle 腳踏車

• be master of [bi ˋmæstɚ ɑv] 控制、掌握

易混淆片語 **be master in one's own house** 不受別人干涉

老外就醬用！

I'll **be master of** my time[1] after retirement[2].
退休後我就可以自由支配自己的時間。

5. We have to **be master of** our emotions[3].

句中關鍵單字
1 time 時間
2 retirement 退休
3 emotion 情緒、情感

• bend to [bɛnd tu] 屈服於、服從

相關片語 **give in** 投降、讓步、屈服

老外就醬用！

I used to **bend to** her wishes[1].
過去我老是屈服於她的要求。

6. Don't **bend to** the working[2] pressure[3].

句中關鍵單字
1 wish 願望、需要
2 working 工作的
3 pressure 壓力

• benefit from [ˋbɛnəfɪt frɑm] 得益於……

老外就醬用！

We hope[1] that we could **benefit from** your experience[2].
我們希望能借鑒你們的經驗。

7. He **benefits** a lot **from** his previous[3] work.

句中關鍵單字
1 hope 希望
2 experience 經驗
3 previous 以前的、早先的

Answers 翻譯參考解答

1. 今年的桃花含苞較早。
2. 莎拉沒有心情參與她們愚蠢的閒聊。
3. 請不要把它放在水裡，它會生銹的。
4. 我很羨慕蘇珊有了一輛她自己的腳踏車。
5. 我們要學會控制自己的情緒。
6. 不要屈服於工作壓力。
7. 他從上一份工作中受益良多。

• be nervous about [bi ˋnɝvəs əˋbaʊt] 因……忐忑不安

老外就醬用！

I am **nervous about** my first[1] date[2].
我對第一次約會感到忐忑不安。

1. My son **is** very **nervous about** the exam[3].

句中關鍵單字
1 first 第一次的
2 date 約會
3 exam 考試

• be on a diet [bi ɑn ə ˋdaɪət] 節食

相關片語 **go on a diet** 節食

老外就醬用！

The doctor[1] said the patient[2] should **be on a diet**.
醫生說應該限制病人的飲食。

2. I think you should **be on a diet** and exercise[3] a lot to lose weight[4].

句中關鍵單字
1 doctor 醫生
2 patient 病人
3 exercise 運動、練習
4 weight 重量

• be optimistic about [bi ˏɑptəˋmɪstɪk əˋbaʊt] 對……樂觀的

易混淆片語 **remain optimistic** 保持樂觀

老外就醬用！

I **am optimistic about** the future[1] of our company.
我很看好我們公司的前景。

3. Tony **is** not **optimistic about** his score[2] of the test[3].

句中關鍵單字
1 future 未來、前途
2 score 成績、分數
3 test 考試、測驗

• be popular with [bi ˋpɑpjələ wɪð] 受……歡迎

老外就醬用！

This kind[1] of beer **is** very **popular with** our guests[2].
這款啤酒很受我們客人的歡迎。

4. This young[3] beautiful teacher[4] **is** very **popular with** students.

句中關鍵單字
1 kind 種類
2 guest 客人
3 young 年輕的
4 teacher 老師

• be proud of [bi praud ɑv] 以……為傲

易混淆片語 as proud as a peacock　洋洋得意的、神氣活現的

老外就醬用！

My grandpa[1] **is** always **proud of** his library[2].
我爺爺總是對他的藏書感到自豪。

5. We **are proud of** the fact that we provide[3] the best products to customers[4].

句中關鍵單字
1 grandpa 爺爺、外公
2 library 圖書館、藏書
3 provide 提供
4 customer 顧客

• be rude to... [bi rud tu] 對……粗魯

老外就醬用！

It **is rude to** quarrel[1] with your parents[2]!
和父母親爭吵是一件沒有禮貌的事情！

6. Please forgive[3] me for **being rude to** you.

句中關鍵單字
1 quarrel 爭吵
2 parent 父母
3 forgive 原諒

• be satisfied with [bi ˋsætɪs͵faɪd wɪð] 對……感到滿意

相關片語 pleased to　對……滿意

老外就醬用！

I **am** quite[1] **satisfied with** your service[2].
我對你們的服務相當滿意。

7. It seems that your mother **is** very **satisfied with** your boyfriend[3].

句中關鍵單字
1 quite 非常的、相當的
2 service 服務
3 boyfriend 男朋友

Answers 翻譯參考解答

1. 我的兒子對這次考試感到很緊張。
2. 我認為你應該節食並多做運動來減肥。
3. 湯尼覺得他的考試成績並不樂觀。
4. 這位年輕的美女老師很受學生歡迎。
5. 我們為顧客提供最好的產品感到自豪。
6. 請原諒我對你的無禮。
7. 你媽媽似乎對你的男朋友非常滿意。

• be short of [bi ʃɔrt ɑv] 缺少

相關片語 **lack of** 缺乏

老外就醬用！

We **are short of** trained nurses[1].
我們缺少訓練有素的護士。

1. The country[2] **is short of** natural[3] resources.

句中關鍵單字
1 nurse 護士
2 country 國家
3 natural 自然的

• be sick of [bi sɪk ɑv] 對……感到厭惡

相關片語 **be fed up with** 感到厭煩

老外就醬用！

I **am sick of** always waiting[1] for you!
我厭倦了總是等你！

2. I **am sick of** listening[2] to your complaints[3].

句中關鍵單字
1 wait 等待
2 listen 聽
3 complaint 抱怨

• beside the point [bɪˋsaɪd ðə pɔɪnt] 離題、與主題無關

相關片語 **beside the question** 離題

老外就醬用！

What you said[1] in the meeting[2] was **beside the point**.
你會議上說的話離題了。

3. What you have said is quite[3] **beside the point!**

句中關鍵單字
1 said 說（say 的過去式）
2 meeting 會議
3 quite 相當的、非常的

• be similar to [bi ˋsɪmələ tu] 與……相似

老外就醬用！

My opinion[1] **is similar to** yours on the matter[2].
在這件事情上，我的意見和你的差不多。

4. Your dress[3] **is quite similar to** mine[4].

句中關鍵單字
1 opinion 意見、主張
2 matter 事情
3 dress 洋裝、連衣裙
4 mine 我的

• be soft on [bi sɔft ɑn] 對……態度溫和

相關片語 **be hard on** 對……苛刻

易混淆片語 **go soft** 軟化

老外就醬用！

You should[1] **be soft on** the children[2].
你應該對孩子溫柔一點。

5. You cannot **be soft on** enemies[3].

句中關鍵單字
1 should 應該
2 children 孩子
3 enemy 敵人

• be strange to [bi strendʒ tu] 對……而言很陌生

易混淆片語 **strange to say** 說也奇怪

老外就醬用！

The place[1] **is** still **strange to** me.
我對這個地方仍很陌生。

6. The house[2] he lived **was strange to** him suddenly[3].

句中關鍵單字
1 place 地方
2 house 房子
3 suddenly 突然地

• be strong against [bi strɔŋ ə`gɛnst] 堅決反對

相關片語 **be against** 反對

老外就醬用！

My mom[1] **is strong against** my choice[2].
媽媽堅決反對我的選擇。

7. We **are strong against** this decision[3].

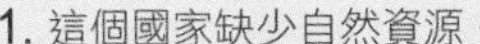

句中關鍵單字
1 mom 媽媽
2 choice 選擇
3 decision 決定

Answers 翻譯參考解答

1. 這個國家缺少自然資源。
2. 我已經聽膩了你的抱怨。
3. 你說得文不對題！
4. 你的洋裝跟我的極為相似。
5. 對敵人絕不能心軟。
6. 他突然覺得他居住的房子很陌生。
7. 我們堅決反對這個決定。

• be sufficient to [bi sə`fɪʃənt tu] ……是充足的

易混淆片語 **be sufficient for oneself** 不靠他人、不受他人影響

老外就醬用！

This introduction[1] **is sufficient to** your next chapter's study[2].
這些介紹足夠你下章節的學習了。

Try It 翻譯

1. One hundred[3] dollars **is sufficient** for you **to** live[4] for a week.

句中關鍵單字

1 introduction 介紹
2 study 學習
3 hundred 百、一百
4 live 活、生存

• between A and B [bə`twin e ænd bi] 在A與B之間

老外就醬用！

This secret[1] is just[2] **between you and me.**
這個祕密僅止於你我之間。

Try It 翻譯

2. What's the relationship[3] **between the demand and supply?**

句中關鍵單字

1 secret 祕密
2 just 僅僅
3 relationship 關係

• beyond doubt [bɪ`jɑnd daʊt] 無疑地、不容懷疑

相關片語 **above question** 不容懷疑

老外就醬用！

Beyond doubt, he is a successful[1] actor[2].
他無疑是一個成功的演員。

Try It 翻譯

3. I think his sincerity[3] is **beyond doubt.**

句中關鍵單字

1 successful 成功的
2 actor 演員
3 sincerity 真誠

• blame sb. for [blem `sʌm͵bɑdɪ fɔr] 為某事責備某人

易混淆片語 **take the blame for** 為某事承擔責任

老外就醬用！

You should be **blamed for** leaving[1] her.
你離開她是該受責備的。

Try It 翻譯

4. Mom **blamed me for** breaking[2] the vase[3].

句中關鍵單字

1 leave 離開
2 break 打破
3 vase 花瓶

• bore the pants off [bor ðə pænts ɔf] 使某人極為厭煩

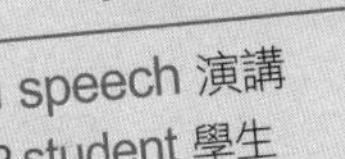

老外就醬用！

His speech[1] **bores the pants off** all his students[2].
他的演講讓他所有的學生感到無聊至極。

Try It 翻譯

5. Change[3] your mind, or you will **bore the pants off** everybody.

句中關鍵單字
1 speech 演講
2 student 學生
3 change 改變、變化

• borrow from [ˋbɑro frɑm] 從……借某物

易混淆片語 **live on borrowed time** （老人、病人等）還奇蹟般地活著

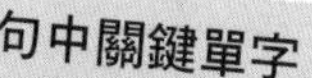

老外就醬用！

How many[1] books can you **borrow from** the library[2] at once? 一次可以從圖書館借閱幾本書啊？

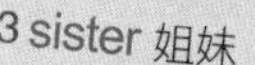

Try It 翻譯

6. Why don't you **borrow** money **from** your sister[3]?

句中關鍵單字
1 many 許多的
2 library 圖書館
3 sister 姐妹

• bother sb. with... [ˋbɑðɚ ˋsʌm͵bɑdɪ wɪð] 以……來打擾某人

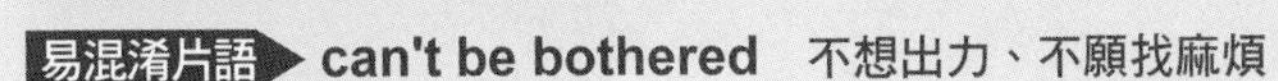

易混淆片語 **can't be bothered** 不想出力、不願找麻煩

老外就醬用！

Don't **bother me with** your stupid[1] questions[2]!
別拿你愚蠢的問題來煩我！

Try It 翻譯

7. You'd better not **bother him with** trifles[3].

句中關鍵單字
1 stupid 愚蠢的
2 question 問題
3 trifle 瑣事

Answers 翻譯參考解答

1. 一百美元足夠你生活一週了。
2. 需求和供給二者之間是什麼關係？
3. 我覺得他的真誠是不容置疑的。
4. 媽媽因我打破花瓶責備我。
5. 改變主意吧，否則你會讓所有人都厭煩。
6. 你為什麼不跟你姐姐借錢呢？
7. 你最好別拿雞毛蒜皮的小事來打擾他。

• bow to [baʊ tu] (1) 向……鞠躬 (2) 服從

相關片語 **submit oneself to** 服從

老外就醬用！

We would never **bow to** natural[1] disasters[2].
我們決不向自然災害低頭。

1. Every staff[3] should **bow to** the boss's decision[4].

句中關鍵單字
1 natural 自然的
2 disaster 災害
3 staff 員工
4 decision 決定

• bring shame on [brɪŋ ʃem ɑn] 使某人蒙羞

易混淆片語 **bring sth. into the open** 公開某事

老外就醬用！

What you did would **bring shame on** your family[1].
你做的事會讓你的家族蒙羞。

2. His actions[2] will **bring shame on** the whole[3] company[4].

句中關鍵單字
1 family 家族
2 action 行為
3 whole 整個的
4 company 公司

• keep one's eyes open [kip wʌns aɪs ˋopən]

留心看、密切注意

相關片語 **watch out for** 密切注意

老外就醬用！

Why not **keep your eyes open** for the kids[1]?
你為什麼不留心看著孩子？

3. You need[2] to **keep your eyes open** for unexpected visitors[3].

句中關鍵單字
1 kid 孩子
2 need 需要
3 visitor 訪客

• by comparison with [baɪ kəmˋpærəsn̩ wɪð]

相比之下、比較起來

相關片語 **compared with** 與……比較

老外就醬用！

You are more handsome[1] **by comparison with** Jack.
與傑克相比，你比較帥。

4. This method[2] is better[3] **by comparison with** others.

句中關鍵單字
1 handsome 英俊的
2 method 方法
3 better 比較好的（good 的比較級）

• by all means [baɪ ɔl minz] 不惜一切地

易混淆片語 **by no means** 絕不

老外就醬用！

You must contact[1] her **by all means.**
你必須想盡一切辦法聯繫她。

句中關鍵單字
1 contact 聯繫、接觸
2 raise 提高
3 productivity 生產率、生產力

Try It 翻譯 5. We should raise[2] our productivity[3] **by all means.**

• by appearance [baɪ əˋpɪrəns] 根據外表

易混淆片語 **at first appearance** 乍看之下

老外就醬用！

You can not judge[1] people **by appearance.**
你不能以貌取人。

句中關鍵單字
1 judge 判斷
2 only 只有
3 shallow 膚淺的

Try It 翻譯 6. Only[2] shallow[3] people judge others **by appearance.**

• by means of [baɪ minz ɑv] 透過……的方式

易混淆片語 **no mean** 相當好的、不容易的

老外就醬用！

They succeeded[1] **by means of** perseverance[2].
他們靠堅持而獲得成功。

句中關鍵單字
1 succeed 成功
2 perseverance 堅持
3 solve 解決
4 law 法律

Try It 翻譯 7. Why not solve[3] this problem **by means of** law[4]?

Answers 翻譯參考解答

1. 每個員工都得服從老闆的決定。
2. 他的行為會讓整個公司蒙羞。
3. 你要注意不速之客。
4. 與其他方法相比，這個方法比較好。
5. 我們應該設法提高生產率。
6. 只有膚淺的人才會以貌取人。
7. 為什麼不透過法律來解決這個問題？

• by oneself [baɪ wʌnsɛlf] 單獨

相關片語 **on one's own** 單獨

老外就醬用！

Can you finish[1] the task[2] **by yourself**?
你能獨自完成這個任務嗎？

1. I think you are old enough[3] to deal[4] with the problem **by yourself**.

句中關鍵單字
1 finish 完成
2 task 任務
3 enough 足夠的
4 deal 處理

• by reason of [baɪ ˋrizn̩ ɑv] 由於……的原因

易混淆片語 **have reason** 有道理

老外就醬用！

The plan failed[1] **by reason of** bad organization[2].
這個計畫因為組織不當而失敗。

2. Ben was forgiven[3] **by reason of** his age[4].

句中關鍵單字
1 fail 失敗
2 organization 組織
3 forgiven 寬恕
4 age 年齡

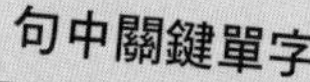

• by sea [baɪ si] 由海路

易混淆片語 **on the sea** 在海上

老外就醬用！

Are you going there by air[1] or **by sea**?
你是坐飛機還是坐船去那兒？

3. We have decided[2] to go to Japan[3] **by sea**.

句中關鍵單字
1 air 空氣、天空
2 decide 決定
3 Japan 日本

• calm down [kɑm daʊn] 平靜下來

相關片語 **cool down** 平靜下來
易混淆片語 **keep calm** 安靜

老外就醬用！

He could hardly[1] **calm down** when she was angry[2].
當她生氣的時候，他就很難平靜下來。

4. Only the mother[3] can let the baby[4] **clam down**.

句中關鍵單字
1 hardly 幾乎不
2 angry 生氣的
3 mother 母親
4 baby 嬰兒

• carry on [ˋkærɪ ɑn] 繼續

易混淆片語 **carry out** 執行、完成

老外就醬用！

We will **carry on** this task[1] against all odds[2].
我們將不顧一切繼續這項任務。

5. You should **carry on** the experiment[3] until you succeed[4].

句中關鍵單字
1 task 任務
2 odd 奇數、奇怪的事物
3 experiment 試驗
4 succeed 成功

• cast away [kæst əˋwe] (1) 丟掉 (2) 浪費

易混淆片語 **cast aside** 拋棄

老外就醬用！

I don't know[1] how to **cast away** all my worries[2].
我不知道該如何拋掉煩惱。

6. My manager[3] asked[4] us not to **cast away** the time.

句中關鍵單字
1 know 知道
2 worry 煩惱
3 manager 經理
4 ask 要求

• catch a chill [kætʃ ə tʃɪl] 著涼、感冒

相關片語 **catch a cold** 著涼、感冒
易混淆片語 **shiver with cold** 冷得發抖

老外就醬用！

Jack has **caught a chill**, so he won't come[1] today.
傑克感冒了，所以他今天不會來了。

7. Please take[2] your coat[3] so that you won't **catch a chill**.

句中關鍵單字
1 come 來
2 take 帶上
3 coat 外套

Answers 翻譯參考解答

1. 我認為你年紀夠大，能自己處理這個問題了。
2. 班因為年齡的關係而獲得寬恕。
3. 我們已經決定搭船去日本。
4. 只有嬰兒的母親才能讓嬰兒平靜下來。
5. 你應該繼續試驗直到成功。
6. 經理要我們不要浪費時間。
7. 請帶上外套才不會著涼。

• collect oneself [kə`lɛkt wʌn`sɛlf]
心平氣和、平心靜氣、鎮定一下

老外就醬用！

Please **collect yourself** before[1] you become[2] angry.
在你生氣之前請先讓自己鎮定一下。

Try It 翻譯

1. It is hard[3] for me to **collect myself** before such a bad guy[4].

句中關鍵單字

1 before 之前
2 become 變得、成為
3 hard 困難的
4 guy 傢伙

• challenge sb. to a duel [`tʃælɪndʒ `sʌm͵bɑdɪ tu ə `djuəl]
要求某人參加決鬥

易混淆片語 **accept a challenge** 應戰

老外就醬用！

He is not likely[1] to **challenge others to a duel**.
他不太可能會跟別人決鬥。

Try It 翻譯

2. The cowboy[2] was forced[3] to **challenge others to a duel**.

句中關鍵單字

1 likely 可能的
2 cowboy 牛仔
3 force 強迫

• cheer up [tʃɪr ʌp] (1) 振作 (2) 使高興

相關片語 **jolly up** 使振奮

老外就醬用！

Cheer up, you can defeat[1] him next time.
振作點，你下次就能贏過他了。

Try It 翻譯

3. **Cheer up**, I believe[2] you can do better[3] than him in the contest[4].

句中關鍵單字

1 defeat 打敗、戰勝
2 believe 相信
3 better 更好的（good 的比較級）
4 contest 比賽

• cheese sb. off [tʃiz `sʌm͵bɑdɪ ɔf] 使某人厭煩、煩惱或灰心

老外就醬用！

This man is **cheesed off** with his boring[1] life.
這個人厭倦自己那無聊的生活。

Try It 翻譯

4. She's **cheesed off** with repetitive[2] work at her company[3].

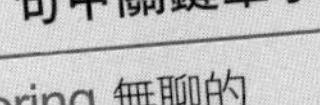

句中關鍵單字

1 boring 無聊的
2 repetitive 重複的
3 company 公司

• choke down [tʃok daʊn] (1) 強嚥下去 (2) 忍辱接受

相關片語 put up with 忍受

老外就醬用！

I hate[1] to **choke down** the pills[2] on the table.
我討厭吃桌子上的那些藥丸。

5. He **choked down** the insult[3] for he desperately[4] needed this job.

句中關鍵單字

1 hate 討厭
2 pill 藥丸
3 insult 屈辱、侮辱
4 desperately 極度地、拼命地

• chop sth. down [tʃɑp ˋsʌmθɪŋ daʊn] 砍倒某物

老外就醬用！

It is illegal[1] to **chop down** the trees in the park[2].
砍倒公園裡的樹木是違法行為。

6. He is not strong[3] enough to **chop down** this cherry[4] tree.

句中關鍵單字

1 illegal 違法的、非法的
2 park 公園
3 strong 強壯的
4 cherry 櫻桃

• clap hands [klæp hænds] 鼓掌

老外就醬用！

The audience[1] **clapped hands** when he finished his performance[2]. 觀眾為他的表演鼓掌。

7. Let's **clap hands** for his wonderful[3] speech[4].

句中關鍵單字

1 audience 觀眾
2 performance 表演
3 wonderful 精彩的
4 speech 演說

Answers 翻譯參考解答

1. 我很難在這樣一個壞蛋面前心平氣和。
2. 這個牛仔被強迫跟別人進行決鬥。
3. 振作點，我相信你能在比賽中做得比他好。
4. 她厭倦公司裡那些重複的工作。
5. 他強忍屈辱，因為他實在太需要這份工作了。
6. 他力氣不夠砍倒這棵櫻桃樹。
7. 讓我們為他精彩的演說鼓掌。

・clip sb.'s wings [klɪp ˋsʌm͵bɑdɪs wɪŋs] 限制某人的權利

老外就醬用！

The boss[1] would **clip** the unruly[2] sales manager's **wings** sooner or later. 老闆遲早會限制那位不服管束的銷售經理的權利。

1. You have no right[3] to **clip** your son's **wings** after he turns 18.

句中關鍵單字
1 boss 老闆
2 unruly 難以駕馭的
3 right 權利

・combine A with B [kəmˋbaɪn ə wɪð bi] 結合A與B

易混淆片語 **be combined in** 化合成、聯合的

老外就醬用！

The nation[1] advocates[2] **combining** education **with** recreation. 這個國家宣導把教育與娛樂結合起來。

2. We should **combine** the theories[3] **with** the reality[4].

句中關鍵單字
1 nation 國家
2 advocate 宣導、主張
3 theory 理論
4 reality 實際、現實

・come into power [kʌm ˋɪntu ˋpaʊɚ] 掌權

相關片語 **take the reins** 掌權
易混淆片語 **power off** 關掉電源

老外就醬用！

This political[1] party finally[2] **came into power**.
該政黨終於開始執政了。

3. When did the Democratic[3] Progressive[4] Party **come into power**?

句中關鍵單字
1 political 政治的
2 finally 最終、終於
3 democratic 民主的
4 progressive 進步的、前進的

・come over [kʌm ˋovɚ] 過來

易混淆片語 **come out** 出現、揭露、出來

老外就醬用！

The Smiths let[1] him **come over** at any[2] time.
史密斯一家讓他隨時過來坐坐。

4. Will you **come over** tonight[3] for the party[4]?

句中關鍵單字
1 let 讓
2 any 任何的、任何
3 tonight 今晚
4 party 派對

• come true [kʌm tru] 實現

相關片語 come off 實現

老外就醬用！

He made his dream[1] **come true** the following[2] year.
他在第二年的時候實現了自己的夢想。

5. I hope[3] my dream will **come true** soon[4].

句中關鍵單字
1 dream 夢想
2 following 下面的、接著的
3 hope 希望
4 soon 很快

• communicate with [kəˋmjunə͵ket wɪð] 與……溝通、通訊、通話

老外就醬用！

Parents should[1] often **communicate with** their kids[2].
父母親應該經常和自己的孩子溝通。

6. I can't **communicate with** the pilot[3] on the plane[4].

句中關鍵單字
1 should 應該
2 kid 孩子
3 pilot 飛行員
4 plane 飛機

• compare to... [kəmˋpɛr tu] 比擬、比作

相關片語 assimilate to 比作

易混淆片語 beyond compare 無與倫比的

老外就醬用！

Compare to the city[1], countryside[2] is quiet and peaceful[3].
與城市相比，鄉下較安寧和平靜。

7. **Compare to** other means of transport[4], subway is quite fast.

句中關鍵單字
1 city 城市
2 countryside 鄉下、農村
3 peaceful 平靜的
4 transport 交通

Answers 翻譯參考解答

1. 你兒子滿十八歲之後你就沒有權利再去限制他了。
2. 我們應該將理論與現實相結合。
3. 民進黨是在哪一年上臺執政的？
4. 你今晚會來參加派對嗎？
5. 我希望我的夢想能快點實現。
6. 我聯繫不到機上的飛行員。
7. 和其他交通工具相比，地鐵很快速。

• compete with / against [kəm`pit wɪð / ə`gɛnst]
與……競爭

老外就醬用！

The developing[1] countries can't **compete with** the developed[2] countries in this field.
在這個領域，發展中國家無法與發達國家抗衡。

1. Our firm[3] is too small to **compete with** the multinational[4] companies.

句中關鍵單字
1 developing 發展中的
2 developed 發達的
3 firm 公司
4 multi-national 多國的

• complain about... [kəm`plen ə`baʊt] 抱怨……

相關片語 **murmur at** 抱怨

老外就醬用！

My mom often **complains about** high prices[1].
媽媽常常抱怨物價高。

2. The students[2] often **complain about** so much homework[3].

句中關鍵單字
1 price 價格
2 student 學生
3 homework 作業

• concern about [kən`sɝn ə`baʊt] 對……關心

易混淆片語 **as concerns** 關於

老外就醬用！

The naughty[1] boy doesn't **concern about** anyone[2].
這個淘氣的男孩對誰都不關心。

3. He never[3] sees his mother and **concerns about** her illness[4].

句中關鍵單字
1 naughty 淘氣的
2 anyone 無論誰、任何人
3 never 從不
4 illness 疾病

• congratulations on... [kən͵grætʃə`leʃənz an] 祝賀……

老外就醬用！

Congratulations on your wedding[1] day, you are the most beautiful[2] bride[3] I've ever seen.
祝福妳新婚快樂，你是我見過最美的新娘。

Try It 翻譯

4. **Congratulations on** your graduation[4].

句中關鍵單字
1 wedding 婚禮
2 beautiful 美麗的
3 bride 新娘
4 graduation 畢業

• connect with [kəˋnɛkt wɪð] 與……聯繫

相關片語 get in touch with 與……聯繫

老外就醬用！

The man **connects with** his girlfriend[1] by email[2].
他用電子郵件與女友聯繫。

5. I **connect with** my parents[3] by phone[4] every week.

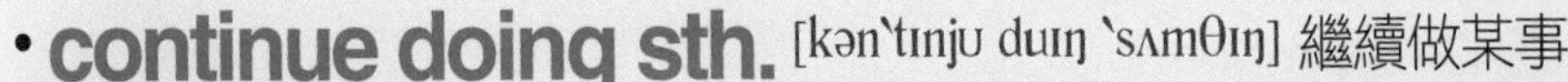

句中關鍵單字
1 girlfriend 女友
2 email 電子郵件
3 parent 父母
4 phone 電話

• continue doing sth. [kənˋtɪnju duɪŋ ˋsʌmθɪŋ] 繼續做某事

相關片語 go on doing sth. 繼續做某事

老外就醬用！

The writer[1] **continued writing** this novel[2] for years.
作家持續寫了這小說好幾年。

6. The company will **continue using** the conference[3] room.

句中關鍵單字
1 writer 作家、作者
2 novel 小說
3 conference 會議

• cool down [kul daʊn] (1) 使平靜 (2) 使冷卻

老外就醬用！

The room[1] has **cooled down** after turning on the air-conditioning[2].
開空調之後，房間涼快多了。

7. He can't **cool down** after the argument[3] with his boss.

句中關鍵單字
1 room 房間
2 air-conditioning 空調
3 argument 爭吵

Answers 翻譯參考解答

1. 我們公司太小，無法與跨國公司競爭。
2. 學生們經常抱怨作業太多。
3. 他從不來探望母親，也從不關心她的病情。
4. 恭喜你畢業了。
5. 我每週都用電話聯繫父母。
6. 這家公司將繼續使用這個會議室。
7. 和老闆爭吵過後，他無法平靜下來。

• crawl with [krɔl wɪð] 爬滿

易混淆片語 ▶ **crawl into sb.'s favour** 拍某人馬屁

老外就醬用！

The old tree in front of[1] my house is **crawling with** ants[2].
我家門前的老樹上爬滿了螞蟻。

1. The floor[3] in the kitchen[4] is **crawling with** insects.

句中關鍵單字
1 in fornt of 在…前面
2 ant 螞蟻
3 floor 地板
4 kitchen 廚房

• creep along [krip əˋlɔŋ] 沿著……爬行

易混淆片語 ▶ **creep in** 悄悄混進

老外就醬用！

I can't see clearly[1] what is **creeping along** the coast[2].
我看不清楚是什麼東西在岸邊爬行。

2. A snake[3] **creeping along** the wall scared[4] us a lot.

句中關鍵單字
1 clearly 清楚地
2 coast 海岸
3 snake 蛇
4 scare 驚嚇

• cross out [krɔs aʊt] 劃掉

相關片語 ▶ **cross off** 劃掉

老外就醬用！

I am considering[1] **crossing out** this paragraph[2].
我在想是不是要把這段刪掉。

3. He didn't know who had **crossed out** his name[3] and got angry[4] about that.

句中關鍵單字
1 consider 考慮、認為
2 paragraph 段落
3 name 名字
4 angry 生氣的

• deal with sth. [dil wɪð ˋsʌmθɪŋ] 處理、應付某件事情

老外就醬用！

The manager[1] will decide[2] how to **deal with** this matter.
經理會決定如何處理這件事情。

4. We will **deal with** the problems you mentioned[3] as soon as possible[4].

句中關鍵單字
1 manager 經理
2 decide 決定
3 mention 提到
4 possible 可能的

• dream of [drim ɑv] 夢想著

易混淆片語 dream away one's life 虛度一生

老外就醬用！

In fact, many stars[1] are **dreaming of** an ordinary[2] life.
實際上，很多明星都想過著平凡的生活。

5. A lot of boys **dreamed of** becoming a general[3] when they were young[4].

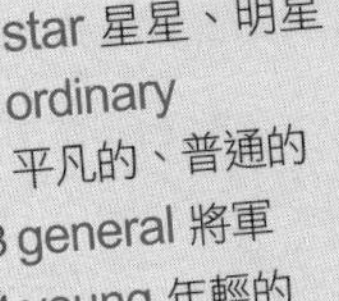

句中關鍵單字
1 star 星星、明星
2 ordinary 平凡的、普通的
3 general 將軍
4 young 年輕的

• debate on [dɪˋbet ɑn] 對……的爭論

老外就醬用！

The committee[1] agreed that there was no need to **debate on** this subject[2]. 委員會認為沒有必要對該問題進行討論了。

6. The engineers[3] **debated on** the question until midnight[4].

句中關鍵單字
1 committee 委員會
2 subject 主題
3 engineer 工程師
4 midnight 半夜

• delay doing sth. [dɪˋle ˋduɪŋ ˋsʌmθɪŋ] 拖延做某事

相關片語 without any delay 不得延誤、即刻

老外就醬用！

Why have they **delayed delivering** the products[1]?
他們為何要延遲交貨？

7. The postman[2] has to **delay sending** the parcels[3] because of the heavy snow.

句中關鍵單字
1 product 產品
2 postman 郵差
3 parcel 包裹

Answers 翻譯參考解答

1. 廚房的地板上爬滿了蟲子。
2. 一條正沿著牆爬行的蛇把我們大家都嚇壞了。
3. 他不知道是誰把他的名字給劃掉了，對此感到很生氣。
4. 我們將儘快處理您提到的問題。
5. 很多男孩子小時候都曾夢想過當一名將軍。
6. 工程師們討論這個問題直到半夜。
7. 由於雪很大，郵差不得不延遲遞送這些包裹。

• deny doing sth. [dɪˋnaɪ ˋduɪŋ ˋsʌmθɪŋ] 否認做某事

老外就醬用！

She **denied knowing** anything about the murder[1].
她否認知道任何有關謀殺的事情。

1. He **denies telling** the secret[2] to his friend[3].

句中關鍵單字
1 murder 謀殺
2 secret 秘密
3 friend 朋友

• depend on [dɪˋpɛnd ɑn] 依賴、依靠

相關片語 **rely on** 依賴

老外就醬用！

There is no one who we can **depend on** forever[1].
沒有人是可以讓我們永遠依靠的。

2. The graduates[2] cannot **depend on** their parents[3] for living[4] all the time.

句中關鍵單字
1 forever 永遠
2 graduate 畢業生
3 parent 父母
4 living 生活、生計

• desire for [dɪˋzaɪr fɔr] 渴望

易混淆片語 **get one's desire** 如願以償

老外就醬用！

The people[1] in the war-torn countries **desire for** peace[2].
飽受戰爭之苦的國家人民渴望和平。

3. In the modern[3] society[4], more and more people **desire for** wealth.

句中關鍵單字
1 people 人民
2 peace 和平
3 modern 現代的
4 society 社會

• die away [daɪ əˋwe] 漸漸消失、漸漸平息

易混淆片語 **die in battle** 戰死、陣亡

老外就醬用！

The noise[1] in the market **died away** as the car[2] went far.
隨著車子走遠，市集的吵鬧聲也漸漸消失了。

4. His anger[3] **died away** after we told him the truth[4].

句中關鍵單字
1 noise 噪音
2 car 汽車
3 anger 怒氣、生氣
4 truth 真相

• die off [daɪ ɔf] 相繼死去

易混淆片語 **died afterwards** 不久後死了

老外就醬用！

The leaves **die off** that is when autumn[1] comes.
葉子相繼枯死的時候就是秋天了。

5. The cattle[2] will **die off** in winter[3] if the cattle-shed is not warm[4] enough.

句中關鍵單字

1 autumn 秋天
2 cattle 牲口、牲畜
3 winter 冬天
4 warm 暖和的、溫暖的

• dip sth. into [dip ˋsʌmθɪŋ ɪntu] 把某物浸入

老外就醬用！

Don't **dip** your finger[1] **into** the water[2]. It is hot.
別把手指放到水裡，它很燙。

6. I need to **dip** my pen **into** the ink[3] for it has run out of ink.

句中關鍵單字

1 finger 手指
2 water 水
3 ink 墨水

• disagree with [ˏdɪsəˋgri wɪð] 有分歧、不一致

易混淆片語 **disagree on** 眾說紛紜

老外就醬用！

We completely[1] **disagree with** them on this matter[2].
我們和他們對於這件事的看法完全不一樣。

7. We can't be those whose conduct[3] **disagrees with** his or her words.

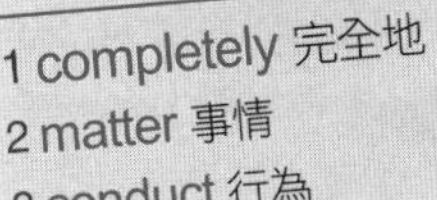

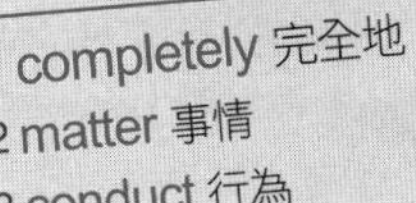

句中關鍵單字

1 completely 完全地
2 matter 事情
3 conduct 行為

Answers 翻譯參考解答

1. 他否認將秘密告訴了自己的朋友。
2. 畢業生不能一直依靠父母生活。
3. 在現代社會，有越來越多的人渴望擁有財富。
4. 我們告訴他真相之後，他的怒氣才漸漸平息了下來。
5. 要是牲畜棚（牛棚／牛舍）不夠暖和，這些牲口就會在冬天死掉。
6. 我的鋼筆沒墨水了，我須沾一點墨水才行。
7. 我們不能成為言行不一的那種人。

• disappoint with [ˌdɪsəˋpɔɪnt wɪð] 對……感到失望

相關片語 **disappoint at** 對……感到失望

老外就醬用！

The audience[1] was **disappointed with** his performance[2].
觀眾對他的表演感到失望。

1. He always worries[3] that his father will be **disappointed with** him.

句中關鍵單字
1 audience 觀眾
2 performance 表演
3 worry 擔心

• discuss about [dɪˋskʌs əˋbaʊt] 討論

相關片語 **discuss with** 跟……討論

老外就醬用！

It will take us two hours[1] to **discuss about** the plan[2].
我們將花兩個小時來討論這個計畫。

2. Both of them only want to **discuss about** the price[3].

句中關鍵單字
1 hour 小時
2 plan 計畫
3 price 價錢

• divide into [dəˋvaɪd ˋɪntu] 分成……

老外就醬用！

We can **divide** the fruits[1] **into** four types[2].
我們可以把這些水果分成四類。

3. The plain[3] is **divided into** two parts by the river[4].

句中關鍵單字
1 fruit 水果
2 type 類型
3 plain 平原
4 river 河流

• do honor to [du ˋɑnɚ tu] 給……帶來榮譽、對……表示敬意

老外就醬用！

The man's heroism[1] **did / does honor to** his country[2].
這個人的英勇行為為他的國家爭光。

4. His achievements[3] **did / does honor to** both his family[4] and his country.

句中關鍵單字
1 heroism 英勇行為
2 country 國家
3 achievement 成就
4 family 家庭、家人

• drain off [dren ɔf] (1) 枯竭 (2) 排去、流掉

相關片語 **drain away** 漸漸枯竭、流盡

老外就醬用！

The old[1] man always felt his life[2] **draining off**.
老人總是覺得自己的生命在慢慢枯竭。

Try It 翻譯

5. The workers[3] are trying to **drain off** the water in this pond[4].

句中關鍵單字
1 old 老的
2 life 生命
3 worker 工人
4 pond 池塘

• dust off [dʌst ɔf] 除去……的灰塵

老外就醬用！

The owner[1] seldom **dust off** the dirt[2] on the doormat.
這家主人很少去除腳踏墊上的泥巴。

Try It 翻譯

6. It is so kind of you to help me **dust off** my coat[3].

句中關鍵單字
1 owner 主人
2 dirt 灰塵、泥土
3 coat 衣服、外套

• earn a living [ɝn ə ˋlɪvɪŋ] 謀生

相關片語 **make a living** 謀生

老外就醬用！

He **earns a living** by writing articles[1] for a newspaper[2].
他靠給報社寫文章謀生。

Try It 翻譯

7. He has learned[3] to **earn a living** since he was a child[4].

句中關鍵單字
1 article 文章
2 newspaper 報紙、報社
3 learn 學會、學習
4 child 孩子

Answers 翻譯參考解答

1. 他總是擔心父親會對他感到失望。
2. 雙方都只想討論價錢的問題。
3. 這個平原被河流分成了兩部分。
4. 他的成就為家人和國家都爭光。
5. 工人們正在試著將這個池塘的水排出去。
6. 你真好，幫我把衣服上的灰拍掉了。
7. 他從小時就學會自己賺錢過活。

• earn one's salt [ɝn wʌns sɔlt] 自食其力

老外就醬用！

The girls[1] have to **earn their salt** after their parents' death[2].
雙親亡故後，女孩們便自食其力了。

1. It is not easy[3] for a disabled[4] person to **earn his salt.**

句中關鍵單字
1 girl 女孩
2 death 死亡
3 easy 容易的
4 disabled 殘廢的、有缺陷的

• ease the burden [iz ðə ˋbɝdn̩] 減輕負擔

相關片語 ▶ lighten the burden 減輕負擔

老外就醬用！

Schools[1] must **ease the burden** of the students' tuition[2] fee.
學校必須減輕學生的學費負擔。

2. The nation is considering[3] **easing the burden** of heavy taxation[4] on its people.

句中關鍵單字
1 school 學校
2 tuition 學費
3 consider 考慮
4 taxation 徵稅、稅款

• eat one's words [it wʌns wɝdz] 收回前言

易混淆片語 ▶ echo with 發出回音、產生回響

老外就醬用！

He **ate his words** after he found he was wrong[1].
他發現自己錯了之後就收回了前言。

3. The officer[2] was forced to **eat his words** when the truth was brought[3] to light[4].

句中關鍵單字
1 wrong 錯的
2 officer 官員
3 bring 帶（bring 的過去分詞）
4 light 光亮、明亮

• edit out [ˋɛdɪt aut] 刪去

相關片語 ▶ cross out 刪去

老外就醬用！

All the paragraphs[1] that are too long should be **edited out**.
所有太長的段落都要刪掉。

4. Some parts[2] of the book will be **edited out** before its publication[3].

句中關鍵單字
1 paragraph 段落
2 part 部分
3 publication 出版

• empty out [ˋɛmptɪ aʊt] 使……成為空的

易混淆片語 ▶ be empty of 缺少

老外就醬用！

I need[1] to **empty out** the drawer[2] to find my ring.
我必須清空抽屜才能找出我的戒指。

句中關鍵單字
1 need 需要
2 drawer 抽屜
3 empty 清空
4 purse 錢包

5. I didn't find anything even if I **emptied**[3] **out** my purse[4].

• enable sb. to [ɪnˋebl̩ ˋsʌm͵badɪ tu] 使某人能夠

易混淆片語 ▶ enable to buy 使能買

老外就醬用！

This chance[1] **enables** him **to** get promotion[2] quickly[3].
這次機會使得他很快獲得了晉升。

句中關鍵單字
1 chance 機會
2 promotion 晉升
3 quickly 快速地
4 school 學校

6. The plan **enables** lots of poor kids **to** go to school[4].

• encourage sb. to do sth.

[ɪnˋkɝɪdʒ ˋsʌmbadɪ tu ˋdu ˋsʌmθɪŋ] 鼓勵做某事

易混淆片語 ▶ be encouraged by 受……的鼓勵

老外就醬用！

My teacher[1] often **encourages** me **to** try something new[2].
老師常常鼓勵我去嘗試新事物。

句中關鍵單字
1 teacher 老師
2 new 新的
3 shy 害羞的
4 express 表達

7. He **encouraged** the shy[3] boy **to** express[4] his idea.

Answers 翻譯參考解答

1. 殘障人士想要自食其力並不容易。
2. 該國正在考慮減輕人民的重稅負擔。
3. 當真相大白的時候，那位官員被迫收回之前説過的話。
4. 這本書的幾個部分將在出版前被刪除。
5. 我把錢包都掏空了，也沒找到什麼。
6. 這個計畫使許多窮苦的小孩都能夠上學。
7. 他鼓勵那害羞的男孩表達自己的想法。

• engage in [ɪnˋgedʒ ɪŋ] (1) 從事於 (2) 忙於

相關片語 employ oneself in 從事於、忙於

老外就醬用！

My parents have **engaged in** farming[1] for more than fifteen years. 我的雙親從事農業工作已超過十五年以上。

1. He is **engaged in** painting[2] the wall of his house[3].

句中關鍵單字
1 farming 農業、耕種
2 paint 粉刷、油漆
3 house 房子

• enjoy doing sth. [ɪnˋdʒɔɪ ˋduɪŋ ˋsʌmθɪŋ] 享受做某事

易混淆片語 enjoy oneself 盡情地玩

老外就醬用！

Some kids[1] don't **enjoy going** to school every day.
有些小孩並不喜歡天天上學。

2. I **enjoy reading** classic[2] English literature[3] very much.

句中關鍵單字
1 kid 小孩
2 classic 古典的、經典的
3 literature 文學

• erase from [ɪˋres frɑm] 擦掉、抹去

相關片語 wipe off 擦掉

老外就醬用！

I can't **erase** such strange[1] idea **from** my mind[2].
我無法將這個奇怪的想法從腦子裡抹去。

3. It is hard for one to **erase** the people they hate[3] **from** memory[4].

句中關鍵單字
1 strange 奇怪的
2 mind 記憶力
3 hate 憎恨
4 memory 記憶

• escape from [əˋskep frɑm] 逃跑、逃脫

相關片語 run away 逃跑

老外就醬用！

No one ever **escaped from** this prison[1].
還沒有人從這座監獄中逃出來過。

4. They tried[2] to **escape from** the prison under the cover[3] of night[4].

句中關鍵單字
1 prison 監獄
2 try 試著
3 cover 掩飾
4 night 夜晚

• excellence in [ˋɛksḷəns ɪn] 某方面的卓越

老外就醬用！

He won a prize[1] for his **excellence in** films[2].
他在電影領域表現優異而獲獎。

Try It 翻譯

5. He deserves[3] the title[4] for his **excellence in** teaching.

句中關鍵單字
1 prize 獎品、獎賞
2 film 電影
3 deserve 值得、應受
4 title 頭銜

• explode with rage / anger [ɪkˋsplod wɪð redʒ / ˋæŋgɚ] 勃然大怒

相關片語 hit the ceiling / roof 勃然大怒

老外就醬用！

He **exploded with rage** after hearing such news[1].
聽到這個消息後他勃然大怒。

Try It 翻譯

6. He **exploded with rage** when he saw his girlfriend dating[2] someone else[3].

句中關鍵單字
1 news 消息、新聞
2 date 約會
3 else 別的、其他的

• export sth. to... [ˋɛksport ˋsʌmθɪŋ tu] 輸出某物到⋯⋯

易混淆片語 invisible exports 無形輸出

老外就醬用！

This nation **exports** thousands[1] of tons of tea leaves **to** America[2] every year. 該國每年都會向美國輸出數千噸茶葉。

Try It 翻譯

7. Our company **exports** all kinds of handicraft[3] products **to** foreign[4] countries.

句中關鍵單字
1 thousand 千
2 America 美國
3 handicraft 手工藝品
4 foreign 外國的

Answers 翻譯參考解答

1. 他正忙於粉刷房子的牆呢！
2. 我很喜歡看英國古典文學名著。
3. 人很難將自己憎恨的那個人從記憶中抹去。
4. 他們趁夜色試著逃離這座監獄。
5. 教學出色的頭銜是他應得的。
6. 看到自己女友和別人約會時他勃然大怒。
7. 我們公司向國外輸出各種手工藝品。

• factor in [ˋfæktɚ ɪn] 將……納入、將……列入為重要因素

易混淆片語 ▶ **the feel good factor** 能創造輕鬆愉快氣氛的東西

老外就醬用！

The color will be a key[1] **factor in** this design[2].
顏色將是這個設計的關鍵因素。

Try It 翻譯

1. Good actors[3] are an important **factor in** producing[4] a good movie.

句中關鍵單字
1 key 關鍵的
2 design 設計
3 actor 演員
4 produce 製作

• fade out [fed aʊt] 淡出

相關片語 ▶ **fade in** 淡入

老外就醬用！

The picture[1] **faded out** in front of my eyes[2] when it was getting dark. 天色變暗後，這個畫面也在我眼前漸漸淡去。

Try It 翻譯

2. He can make the words **fade out** on the computer[3].

句中關鍵單字
1 picture 畫面、圖畫
2 eye 眼睛
3 computer 電腦

• fail in [fel ɪn] 在……上失敗、不及格

易混淆片語 ▶ **without fail** 一定、必定

老外就醬用！

He **failed in** the math[1] exam again for his frequent[2] absence[3] from class. 他經常缺課，所以數學考試才沒及格。

Try It 翻譯

3. I can't believe[4] that the top student in my class **failed in** English this time.

句中關鍵單字
1 math 數學
2 frequent 頻繁的
3 absence 缺席
4 believe 相信

• fall behind [fɔl bɪˋhaɪnd] 落後

易混淆片語 ▶ **behind the times** 過時的、跟不上時代的

老外就醬用！

It is his laziness[1] that makes him **fall behind** in his studies.
是懶惰讓他在學習上落後了。

Try It 翻譯

4. Mike **fell behind** in his studies[2] because he was ill[3] for months.

句中關鍵單字
1 laziness 懶惰
2 study 學習
3 ill 生病的

• fall in love with [fɔl ɪn lʌv wɪð] 愛上……

易混淆片語 **love to do sth.** 喜歡做某事

老外就醬用！

The two young[1] students **fell in love with** each other soon[2].
兩個年輕的學生很快就愛上了對方。

5. I **fell in love with** him at first sight[3].

句中關鍵單字
1 young 年輕的
2 soon 很快
3 sight 視力、景象

• fall short of [fɔl ʃɔrt ɑv] 沒有達到

易混淆片語 **go short of** 缺乏

老外就醬用！

The blockbuster[1] **fell** far **short of** our expectations[2].
這部大片遠遠低於我們的期望。

6. The young man feels that his dreams often **fall short of** his hope[3].

句中關鍵單字
1 blockbuster 大片、轟動
2 expectation 期望
3 hope 希望

• familiar with [fəˋmɪljɚ wɪð] 熟悉

易混淆片語 **be on familiar terms with** 與……交情好

老外就醬用！

He can be your interpreter[1] for he is so **familiar with** English.
他很熟悉英語，因此能做你的口譯人員。

7. A lawyer[2] should be very **familiar with** the rules[3] and laws[4].

句中關鍵單字
1 interpreter 口譯員
2 lawyer 律師
3 rule 規則
4 law 法律

Answers 翻譯參考解答

1. 好演員是拍一部好電影的重要因素。
2. 他能將這些字在電腦上做出淡出的效果。
3. 我不敢相信班上的優等生這次英語考試竟然不及格。
4. 麥克病了好幾個月，因此功課落後了。
5. 我見到他的第一眼就愛上了他。
6. 年輕人覺得自己的理想總是達不到自己的期望。
7. 一個律師應該對法律法規都十分瞭解。

• feed on [fid ɑn] 以……為食

易混淆片語 feed up 供給食物

老外就醬用！

They often **feed** their dogs **on** fresh[1] meat[2].
他們常常用新鮮的肉來餵狗。

1. Do you know what the owls[3] **feed on** except the mice[4]?

句中關鍵單字
1 fresh 新鮮的
2 meat 肉
3 owl 貓頭鷹
4 mice 老鼠（mouse 的複數）

• fence off [fɛns ɔf] 隔開、避開

易混淆片語 fence against 防護……以免……

老外就醬用！

You'd better **fence off** the garden[1] in case of chickens[2].
你最好把花園隔開以防小雞進來。

2. It is no use[3] to **fence off** the fields because the cattle[4] can still get in.

句中關鍵單字
1 garden 花園
2 chicken 小雞
3 use 用途
4 cattle 牛、牲口

• figure out [ˋfɪgjɚ aʊt] 計算出來、弄明白

易混淆片語 figure in 把……算入

老外就醬用！

I can't **figure out** why he left the company[1] so soon.
我無法明白他為何如此快就離開了公司。

3. Only the manager[2] can **figure out** a problem[3] like that.

句中關鍵單字
1 company 公司
2 manager 經理
3 problem 問題

• find fault with [faɪnd fɔlt wɪð] 找碴、挑剔

相關片語 particular about 挑剔

老外就醬用！

I hate[1] him because he often **find fault with** me.
我討厭他因為他老是找我碴。

4. The manager[2] often **find fault with** my work[3].

句中關鍵單字
1 hate 討厭、憎惡
2 manager 經理
3 work 工作

• fix up [fɪks ʌp] 安排

相關片語 **make an arrangement** 安排

老外就醬用！

His neighbor[1] **fixed** him **up** with a job last[2] week.
他的鄰居上週給他安排了一份工作。

句中關鍵單字
1 neighbor 鄰居
2 last 上個
3 others 其他人

5. I don't like others[3] to **fix** me **up** with a job.

• flesh and blood [flɛʃ ænd blʌd] 血肉之軀

易混淆片語 **flesh-to-flesh combat** 肉搏戰

老外就醬用！

The pain[1] is more than **flesh and blood** can bear[2].
這種痛苦不是血肉之軀所能忍受的。

句中關鍵單字
1 pain 痛苦、疼痛
2 bear 忍受
3 body 身體
4 spirit 精神

6. The **flesh and blood** can bear the pain in body[3] but not in spirit[4].

• flow away [flo əˋwe] 流走、流逝

易混淆片語 **flow out** 流出

老外就醬用！

We must[1] find ways to let the water[2] **flow away**.
我們必須找到辦法使水流走。

句中關鍵單字
1 must 必須
2 water 水
3 youth 年輕

7. The youth[3] **flows away** just as the water does.

Answers 翻譯參考解答

1. 你知道除了老鼠，貓頭鷹還吃些什麼嗎？
2. 把田地圍起來這沒用，牛還是會進來。
3. 只有經理才能弄明白這樣的問題。
4. 經理老是在工作上找我麻煩。
5. 我不喜歡別人給我安排工作。
6. 血肉之軀能承受身體上的疼痛但是無法承受精神上的痛苦。
7. 年華似水般流逝。

• focus on [ˋfokəs ɑn] 集中

易混淆片語 **out of focus** 離開焦點的、模糊的

老外就醬用！

All the experts[1] are required[2] to **focus on** this disease[3].
所有的專家都被要求關注該疾病。

1. I can't **focus on** my homework[4] today.

句中關鍵單字
1 expert 專家
2 require 要求
3 disease 疾病
4 homework 家庭作業

• fool around [ful əˋraʊnd] 閒蕩

相關片語 **hang about** 閒蕩

老外就醬用！

The boy **fooled around** all day after he dropped[1] out of school. 這個男孩輟學後整天在外遊蕩。

2. In the summer[2], lots of people will **fool around** on the beach[3].

句中關鍵單字
1 drop 下降、終止
2 summer 夏天
3 beach 沙灘

• form the habit of [fɔrm ðə ˋhæbɪt ɑv] 形成……的習慣

老外就醬用！

He **formed the** bad **habit of** smoking[1] when he was young[2]. 他年輕的時候就染上抽菸這個壞習慣。

3. It took him some time to **form the habit of** reading[3] the newspaper[4].

句中關鍵單字
1 smoking 抽煙
2 young 年輕的
3 read 閱讀
4 newspaper 報紙

• found on [faʊnd ɑn] 建立在……之上

老外就醬用！

The novelist[1] decided to write a novel **founded on** facts[2].
小說家決定根據事實寫一部小說。

4. This is a theory[3] **founded on** lots of experiments[4].

句中關鍵單字
1 novelist 小說家
2 fact 事實
3 theory 理論
4 experiment 試驗、實驗

• from a different angle [frɑm ə ˋdɪfərənt ˋæŋg!]

從不同的觀點、立場

老外就醬用！

A different[1] person will look at things **from a different angle.**

不同的人看事情的角度不同。

5. His words sound[2] reasonable[3] **from a different angle.**

句中關鍵單字

1 different 不同的
2 sound 聽起來
3 reasonable 合理的

• from bad to worse [frɑm bæd tu wɝs] 每況愈下

相關片語 **go downhill** 每況愈下

老外就醬用！

I am afraid that his illness[1] is getting **from bad to worse.**

恐怕他的病情開始惡化了。

6. My husband[2] often complains[3] that my temper[4] is going **from bad to worse.**

句中關鍵單字

1 illness 疾病、病情
2 husband 老公
3 complain 抱怨
4 temper 脾氣

• from house to house [frɑm haʊs tu haʊs] 挨家挨戶

相關片語 **from door to door** 挨家挨戶

老外就醬用！

The man peddles[1] his fruit[2] **from house to house** every day.

這個人每天都挨家挨戶地叫賣水果。

7. The salesman[3] wants to sell his products[4] **from house to house.**

句中關鍵單字

1 peddle 兜售、叫賣
2 fruit 水果
3 salesman 推銷員
4 product 產品

Answers 翻譯參考解答

1. 我今天無法集中精神寫作業。
2. 夏天，好多人會到沙灘上走走。
3. 他花了一段時間才養成看報紙的習慣。
4. 這是一個基於眾多試驗的理論。
5. 從另外一個角度看，他的話聽起來蠻合理的。
6. 老公總是抱怨我的脾氣越來越壞。
7. 這名推銷員想挨家挨戶地推銷產品。

• get a boot out of [gɛt ə but aut ɑv] 從某事當中得到樂趣

My grandpa[1] **gets a boot out of** fishing[2] in the river.
爺爺從河裡釣魚中獲得了樂趣。

1. I **get a boot out of** reading[3] all kinds of books[4].

句中關鍵單字
1 grandpa 爺爺
2 fishing 釣魚
3 read 閱讀
4 book 書籍

• get drunk [gɛt drʌŋk] 喝醉

相關片語 **be in liquor** 喝醉

老外就醬用！

The poor boy's father[1] **got drunk** again[2] tonight.
那個可憐的小男孩的父親今晚又喝醉了。

2. His wife[3] doesn't allow[4] him to **get drunk** at the party.

句中關鍵單字
1 father 父親
2 again 再次
3 wife 妻子
4 allow 允許

• get rid of... [gɛt rɪd ɑv] 擺脫

相關片語 **rid oneself of** 擺脫

老外就醬用！

I try to persuade[1] my father to **get rid of** smoking.
我試著勸說父親戒煙。

3. It is not easy[2] for her to **get rid of** such bad[3] guy.

句中關鍵單字
1 persuade 勸說、說服
2 easy 容易的
3 bad 壞的

• get sore about sth. [gɛt sor əˋbaut ˋsʌmθɪŋ] 因某事而惱怒

相關片語 **get steamed up about sth.** 因某事而惱怒

老外就醬用！

His father **got sore about** his cheating[1] last night.
父親對他的欺騙行為感到十分惱怒。

4. My boss[2] **got sore about** our bad performance[3].

句中關鍵單字
1 cheating 欺騙行為
2 boss 老闆
3 performance 表現

• get the picture [gɛt ðə ˋpɪktʃɚ] 瞭解情況

易混淆片語 take a picture 照相

老外就醬用！

It is hard[1] for the little kid to **get the picture** of the situation[2].
小孩子很難瞭解這個情況。

5. I hope[3] you can **get the picture**. Someone ran away with all the money[4].

句中關鍵單字

1 hard 難的
2 situation 情況、形勢
3 hope 希望
4 money 錢

• get used to [gɛt jusd tu] 習慣於

相關片語 be accustomed to 習慣於

老外就醬用！

It will take me months[1] to **get used to** the country[2] life.
我將要花好幾個月才能夠習慣鄉下的生活

6. It is hard for me to **get used to** these strange[3] customs[4].

句中關鍵單字

1 month 月
2 country 鄉下
3 strange 奇怪的
4 customs 風俗

• give in [gɪv ɪn] 屈服

相關片語 succumb to 屈服於……

老外就醬用！

His father is quite stubborn[1] and he never[2] **gives in**.
他的父親很頑固，從不屈服。

7. He said that he wouldn't **give in** to his opponent's[3] threat[4].

句中關鍵單字

1 stubborn 頑固的、倔強的
2 never 從不
3 opponent 對手
4 threat 威脅

Answers 翻譯參考解答

1. 我從廣泛涉獵各種書籍中獲得樂趣。
2. 他的妻子不允許他在派對上喝醉酒。
3. 她要擺脱這壞蛋並不是那麼容易。
4. 老闆對我們糟糕的表現很惱火。
5. 希望你瞭解這個情況，有人捲款而逃了。
6. 要習慣這些奇怪的風俗對我來説很難。
7. 他説他不會屈服於對手的威脅。

• give up [gɪv ʌp] 放棄

易混淆片語 **give oneself away** 露馬腳、現原形

老外就醬用！

I don't hope he **gives up** his dreams[1] halfway[2].
我不希望他中途放棄自己的夢想。

1. He saved[3] other's life, but **gave up** his own[4].

句中關鍵單字
1 dream 夢想
2 halfway 中途
3 save 挽救
4 own 自己的

• give room [gɪv rum] 騰出地方

易混淆片語 **do one's room** 收拾房間

老外就醬用！

I'll **give room** for him to put some luggage[1].
我將騰出地方讓他放行李。

2. He asked[2] me to **give room** for him to put[3] some books.

句中關鍵單字
1 luggage 行李
2 ask 要求
3 put 放置

• glory in [ˋglorɪ ɪn] 因……而洋洋得意

易混淆片語 **return with glory** 凱旋

老外就醬用！

He **gloried in** this victory[1], though he only won once[2].
儘管他只贏過一次比賽，他仍為這次的勝利感到得意。

3. Napoleon must have **gloried in** his victory on his success[3] in Europe[4].

句中關鍵單字
1 victory 勝利
2 once 一次
3 success 成功
4 Europe 歐洲

• glow with rage [glo wɪð redʒ] 怒容滿面

易混淆片語 **all of a glow** 熱烘烘

老外就醬用！

I don't know[1] why[2] he **glows with rage** when he came in.
我不知道他為何進來的時候怒容滿面。

4. Don't talk[3] to him when he is **glowing with rage**. He will become more furious[4].

句中關鍵單字
1 know 知道
2 why 為什麼
3 talk 講話
4 furious 生氣的、狂怒的

• go about [go əˋbaut] 從事

相關片語 ▶ go into 從事

老外就醬用！

The workers[1] are **going about** their usual[2] work.
員工們正在忙著做平常的那些工作。

5. I seldom[3] see so many people **going about** one project[4].

句中關鍵單字
1 worker 員工、工人
2 usual 平常的
3 seldom 很少
4 project 計畫、工程

• go ahead [go əˋhɛd] 繼續前進

相關片語 ▶ move on 繼續前進

老外就醬用！

The man asked me to **go ahead** to find[1] the post[2] office.
這個人叫我一直往前走就能找到郵局了。

6. **Go ahead** and we can make something[3] better.

句中關鍵單字
1 find 找到
2 post 郵件
3 something 某事、某物

• go mad [go mæd] 發瘋了

易混淆片語 ▶ be mad at... 對……發怒

老外就醬用！

He will **go mad** if he hears[1] such good news[2].
他要是聽到這個好消息一定會高興得發狂。

7. I will **go mad** if I have to stay[3] in hospital[4] for weeks.

句中關鍵單字
1 hear 聽到
2 news 消息
3 stay 待、停留
4 hospital 醫院

Answers
翻譯參考解答

1. 他挽救了別人的生命，卻放棄了自己的。
2. 他請我讓出一些地方讓他放書。
3. 拿破崙當時一定為他在歐洲的成功洋洋得意。
4. 不要在他怒容滿面的時候跟他講話喔。他會更生氣的。
5. 我很少看到這麼多人為一個計畫而忙。
6. 繼續前進，我們能製造出更好的東西來。
7. 如果要我在醫院待上幾週，我肯定會瘋掉的。

• go rotten [go ˋrɑtn̩] 腐壞

易混淆片語 **talk rot** 胡說八道

老外就醬用！

The grapes[1] in the fridge[2] is starting to **go rotten**.
冰箱裡的葡萄已經開始腐壞變質了。

1. The fruits[3] will **go rotten** if you put them in the fridge for too long.

句中關鍵單字
1 grape 葡萄
2 fridge 冰箱
3 fruit 水果

• go through fire and water [go θru faɪr ænd ˋwɔtɚ] 赴湯蹈火

易混淆片語 **fresh water** 淡水

老外就醬用！

He will **go through fire and water** for her because she saved[1] his life[2]. 他願為她赴湯蹈火，因為她曾救過他。

2. He will **go through fire and water** for you if you are kind[3] to him.

句中關鍵單字
1 save 挽救
2 life 生命
3 kind 友好的、和藹的

• go with the stream [go wɪð ðə strim] 隨波逐流

相關片語 **go against the stream** 逆流、違反時勢、反潮流

老外就醬用！

Most people **go with the stream**, but only[1] some don't.
大部分的人都在隨波逐流，只有少數人不是這樣。

3. A person[2] who **goes with the stream** seldom[3] does something unusual[4].

句中關鍵單字
1 only 只有
2 person 人
3 seldom 很少
4 unusual 不平凡的

• grab the moment [græb ðə ˋmomənt] 把握時機

易混淆片語 **grab and not let go** 抓住不放

老外就醬用！

One can succeed[1] only if[2] he can **grab the moment**.
人只有把握住時機才能取得成功。

4. He **grabbed the moment** and got a promotion[3].

句中關鍵單字
1 succeed 成功
2 only if 只有
3 promotion 升遷、晉升

• hammer at [ˋhæmɚ æt] 敲打、致力於、不斷強調

易混淆片語 **put the hammer down** 踩油門、加速

老外就醬用！

He is so angry[1] that he is constantly[2] **hammering at** the piano keys. 他是如此生氣以致於不斷地使勁敲鋼琴鍵。

句中關鍵單字

1 angry 生氣的
2 constantly 不斷地
3 scientist 科學家
4 research 研究

5. The scientist[3] is **hammering at** the research[4] day and night.

• harmful to [ˋhɑrmfəl tu] 有害於

相關片語 **do harm to** 對……有害

老外就醬用！

Smoking is **harmful to** everyone's health[1].
吸煙對所有人的身體健康有害。

句中關鍵單字

1 health 健康
2 ultraviolet 紫外線的
3 skin 皮膚

6. The ultraviolet[2] light is **harmful to** our skin[3].

• have a finger in every pie [hev ə ˋfɪŋgɚ ɪn ˋɛvrɪ paɪ] 好管閒事、事事參與

易混淆片語 **share of the pie** 分享利益

老外就醬用！

No one likes those[1] who always **have a finger in every pie.**
沒人喜歡總是好管閒事的人。

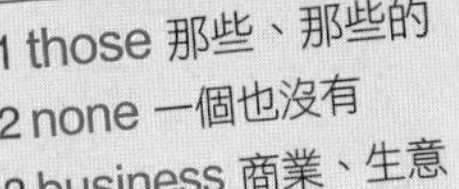

句中關鍵單字

1 those 那些、那些的
2 none 一個也沒有
3 business 商業、生意

7. Don't **have a finger in every pie**; It is none[2] of your business[3].

Answers 翻譯參考解答

1. 如果把水果放在冰箱裡面太久，它們就會腐壞變質。
2. 如果你對他好，他會為你赴湯蹈火。
3. 隨波逐流的人很少做不平凡的事。
4. 他把握住時機才得以升遷。
5. 這名科學家日以繼夜地致力於這項研究。
6. 紫外線有害皮膚。
7. 不要多管閒事，這不關你的事。

• have a good ear for [hev ə gʊd ɪr fɔr] 對……有鑑賞力

易混淆片語 **be all ears** 洗耳恭聽

老外就醬用！

The kid[1] is said to **have a good ear for** music[2].
據說這個小孩對音樂很有鑑賞能力。

1. He was born in the artist's family and **has a good ear for** art since childhood[3].

句中關鍵單字
1 kid 小孩
2 music 音樂
3 childhood 童年

• have no faith in [hev no feθ ɪn] 不信賴

相關片語 **be in bad faith** 不誠實的

老外就醬用！

He **has no faith in** humanity[1] after being cheated[2] last time.
上次被騙之後，他就不相信人性了。

2. He failed[3] because he **had no faith in** his own ability[4].

句中關鍵單字
1 humanity 人性
2 cheat 欺騙
3 fail 失敗
4 ability 能力

• have nothing to do with [hev ˋnʌθɪŋ tu du wɪð] 與……無關

易混淆片語 **for nothing** 免費、徒然、無端

老外就醬用！

This matter[1] **has nothing to do with** you and your husband[2].
這件事跟妳和妳的丈夫沒有關係。

3. His bad performance[3] **has nothing to do with** his intelligence[4].

句中關鍵單字
1 matter 事情
2 husband 丈夫
3 performance 表演
4 intelligence 智力

• hesitate about [ˋhɛzə͵tet əˋbaut] 猶豫

相關片語 **hang back** 猶豫

老外就醬用！

I **hesitated about** voting[1] for him until I heard his opponent's[2] scandal[3]. 在聽到他對手的醜聞之前，我一直猶豫要不要投給他。

4. I **hesitate about** going abroad until I am sure that I can apply for scholarships[4] and grants.

句中關鍵單字
1 vote 投票
2 opponent 對手
3 scandal 醜聞
4 scholarship 獎學金

• hide from [haɪd frɑm] 隱瞞、躲避

易混淆片語 hide one's emotion 掩飾某人的感情

老外就醬用！

It is hard for a soldier[1] to **hide from** their enemies[2] here.
士兵在這裡很難躲避敵人。

5. Some rich people always **hide from** their poor relatives[3].

句中關鍵單字
1 soldier 士兵
2 enemy 敵人
3 relative 親戚

• hint at [hɪnt æt] 暗示

易混淆片語 take a hint 領會暗示

老外就醬用！

I don't think[1] she was **hinting at** something just now.
我不認為她剛才在暗示什麼。

6. So far, nothing[2] about the campaign[3] has been **hinted at**.

句中關鍵單字
1 think 認為
2 nothing 什麼也沒有
3 campaign 運動、競選

• hire oneself to [haɪr wʌn`sɛlf tu] 受雇於

相關片語 work for hire 受雇工作

老外就醬用！

He quit his job and **hired himself to** handle[1] the case[2].
他辭職後就開始自己處理這個案子了。

7. He **hired himself to** run[3] his mother's company after her death[4].

句中關鍵單字
1 handle 處理
2 case 案子
3 run 經營、管理
4 death 死亡

Answers 翻譯參考解答

1. 他生於藝術世家，從小就對藝術很有鑑賞能力。
2. 他失敗是因為他根本就不相信自己的能力。
3. 他表演糟糕跟他的智力沒有關係。
4. 在確定能申請獎學金和補助金之前，我一直猶豫是否要出國。
5. 一些有錢人總是躲著自己的窮親戚。
6. 目前為止，一點都沒有此次競選的跡象。
7. 母親死後，他就自己管理母親的公司了。

• in a blaze of passion [ɪn ə ˋblez ɑv ˋpæʃən] 盛怒之下

易混淆片語 **in a towering rage** 怒氣衝天

老外就醬用！

His father shut[1] him in a small[2] room **in a blaze of passion.**
父親一怒之下就把他關進了一個小房間。

1. His father slapped[3] him on the face[4] **in a blaze of passion.**

句中關鍵單字
1 shut 關閉
2 small 小的
3 slap 摑
4 face 臉

• in addition to... [ɪn əˋdɪʃən tu] 除了……

易混淆片語 **with the addition of** 外加

老外就醬用！

In addition to English, she has to study[1] German[2].
除了英語外，她還得學德語。

2. **In addition to** English books, I have many books in other languages[3].

句中關鍵單字
1 study 學習
2 German 德語
3 language 語言

• in advance [ɪn ədˋvæns] 提前、預先

相關片語 **by anticipation** 預先

老外就醬用！

Please tell me **in advance** if you change[1] your mind.
如果你改變主意，請提前通知我。

3. I will get you informed[2] of the news **in advance.**

句中關鍵單字
1 change 改變、變化
2 inform 通知

• in a rush [ɪn ə rʌʃ] 急忙地

相關片語 **in a hurry** 匆忙地

老外就醬用！

You'd better not make any decision[1] **in a rush** during an emergency[2]. 你最好不要在緊急時刻倉促做決策。

4. The kids go to school[3] **in a rush** so they have no time to eat their breakfast[4].

句中關鍵單字
1 decision 決策、決定
2 emergency 緊急時刻
3 school 學校
4 breakfast 早餐

• rush at [rʌʃ æt] 衝向

易混淆片語 **rush to a conclusion** 急於下結論

老外就醬用！

Run, the dog[1] is **rushing at** you.
快跑，那隻狗正向你撲過來。

5. You will probably[2] spoil[3] your work if you **rush at** it.

句中關鍵單字

1 dog 狗
2 probably 大概、很可能
3 spoil 搞糟

• in a second [ɪn ə `sɛkənd] 馬上

老外就醬用！

He said he would be back[1] **in a second** but he didn't.
他說很快就回來的，卻沒有。

6. The car[2] before us ran so fast that it disappeared[3] **in a second**.

句中關鍵單字

1 back 回來
2 car 汽車
3 disappear 消失

• in brief [ɪn brif] 簡言之

易混淆片語 **make brief of** 使簡短

老外就醬用！

I will give an introduction[1] **in brief** on this article[2].
我將簡短地對這篇文章做個介紹。

7. **In brief**, we need more workers to help finish[3] the work on time.

句中關鍵單字

1 introduction 介紹
2 article 文章
3 finish 完成

Answers 翻譯參考解答

1. 父親一怒之下摑了他一記耳光。
2. 除了英語書，我還有很多其他語言的書。
3. 我會提前通知你這個消息的。
4. 孩子們匆忙上學，以致於沒有時間吃早餐了。
5. 在匆忙中完成工作是會把工作搞砸的。
6. 我們前面的車子開得真快，一轉眼就不見了。
7. 簡而言之，我們需要更多人手協助以按時完成這項工作。

• in case of [ɪn kes ɑv] 如果、萬一

In case of emergency, you can run[1] out of that door[2].
萬一遇到緊急情況，你可以從這扇門跑出去。

1. We must turn off the gas[3] every time **in case of** fire[4].

句中關鍵單字
1 run 跑
2 door 門
3 gas 氣體、瓦斯
4 fire 火災

• in charge (of) [ɪn tʃɑrdʒ (ɑv)] 負責管理

易混淆片語 **take charge** 負責、看管

老外就醬用！

This is the man **in charge of** the hospital[1] nearby[2].
他就是附近那家醫院的負責人。

2. He is left **in charge of** the company[3] when I am away.

句中關鍵單字
1 hospital 醫院
2 nearby 在附近
3 company 公司

• in conflict [ɪn ˋkɑnflɪkt] 在衝突中

易混淆片語 **come into conflict with** 和……衝突

老外就醬用！

What you have done is **in conflict** with your words[1].
你言行不一致。

3. I must admit[2] that all people live[3] **in conflict**.

句中關鍵單字
1 words 言語
2 admit 承認
3 live 生活

• in contact with... [ɪn ˋkɑntækt wɪð] 與……保持聯繫

相關片語 **keep in touch with** 與……保持聯繫

老外就醬用！

I am still[1] **in contact with** my ex-husband[2].
我仍然和前夫保持著聯繫。

4. If you care[3] about him, you should keep **in contact with** him.

句中關鍵單字
1 still 仍然
2 ex-husband 前夫
3 care 在乎

• in detail [ɪn ˋditel] 詳細地

易混淆片語 go into detail 詳述

老外就醬用！

Could you tell me about the accident[1] **in detail**?
你能告訴我事故的細節嗎？

5. The police[2] want the witness[3] to tell them the situation[4] **in detail**.

句中關鍵單字

1 accident 事故、意外
2 police 員警
3 witness 目擊者
4 situation 狀況、情況

• in favor of [ɪn ˋfevɚ ɑv] 支持

相關片語 stand by 支持

老外就醬用！

Not all the people will be **in favor of** the President[1].
不是所有人都支持這位總統。

6. More and more voters[2] are **in favor of** the candidate[3].

句中關鍵單字

1 President 總統
2 voter 選民
3 candidate 候選人

• inform sb. of sth. [ɪnˋfɔrm ˋsʌm͵badɪ ɑv ˋsʌmθɪŋ] 通知某人某事

相關片語 notify sb. of sth. 將通知某人

老外就醬用！

Could you **inform** me **of** the final[1] result of the test[2]?
你能通知我該試驗的最終結果嗎？

7. You will be **informed of** the details[3] within[4] a week.

句中關鍵單字

1 final 最終的
2 test 試驗、測試
3 detail 詳情、細節
4 within 在……之內

Answers 翻譯參考解答

1. 我們必須每次都關掉瓦斯以防引發火災。
2. 我不在的時候，由他留下來管理公司。
3. 我必須承認所有的人都生活在衝突矛盾之中。
4. 如果你在乎他的話，你就應該跟他保持聯繫。
5. 警方要求目擊者告知詳細狀況。
6. 有越來越多的選民開始支持這個候選人了。
7. 我們將在一週內通知你細節。

• in general [ɪn ˋdʒɛnərəl] 總地來說

老外就醬用！

In general, I prefer pop[1] music to classical[2].
一般來說，相對於古典音樂，我更喜歡流行音樂。

Try It 翻譯

1. **In general**, boys can do better than girls in this respect[3].

句中關鍵單字
1 pop 流行的
2 classical 古典的
3 respect 方面

• in one's opinion [ɪn wʌns əˋpɪnjən] 依某人看來

相關片語 ▶ **in one's view** 依某人看來

老外就醬用！

In my opinion, you should tell[1] him the truth[2].
我覺得你應該告訴他事情的真相。

Try It 翻譯

2. **In my opinion**, people should eat more vegetable[3] and fruits than meat[4].

句中關鍵單字
1 tell 告訴
2 truth 真相
3 vegetable 蔬菜
4 meat 肉

• in one's shoes [ɪn wʌns ʃuz] 站在某人的立場

相關片語 ▶ **in sb.'s place** 站在某人的立場

老外就醬用！

You will forgive[1] him if you are **in his shoes**.
如果你站在他的立場想想，你就會原諒他。

Try It 翻譯

3. Everyone[2] would do the same thing[3] if he or she was **in his shoes**.

句中關鍵單字
1 forgive 原諒
2 everyone 每個人
3 thing 事情

• in order [ɪn ˋɔrdɚ] 井然有序地

易混淆片語 ▶ **in order to...** 為了

老外就醬用！

My mum asked[1] me to keep[2] all my things **in order**.
媽媽叫我把自己的東西整理好。

Try It 翻譯

4. The secretary[3] is helping the manager to put the files[4] **in order**.

句中關鍵單字
1 ask 要求
2 keep 保持
3 secretary 秘書
4 file 文件

• in person [ɪn ˋpɝsn̩] 親自

相關片語 ▶ **in the flesh** 親自

老外就醬用！

My father promised[1] he would be there **in person**.
父親答應會親自出席。

5. You'll be present[2] **in person** or have someone[3] else come.

句中關鍵單字

1 promise 答應、承諾
2 present 出席的、在場的
3 someone 某人

• in place of [ɪn ples ɑv] 代替

易混淆片語 ▶ **feel out of place** 感到拘謹

老外就醬用！

Someone will attend[1] the meeting **in place of** me.
有人將代替我參加會議。

6. The scientists[2] are looking for materials[3] that can be used **in place of** plastics[4].

句中關鍵單字

1 attend 參加
2 scientist 科學家
3 material 材料
4 plastic 塑膠

• in principle [ɪn ˋprɪnsəpl̩] (1) 原則上 (2) 大體上

易混淆片語 ▶ **against one's principle** 違反某人的原則

老外就醬用！

Most people in the institute[1] only agree[2] with his idea **in principle**. 協會大多數人只是在原則上同意了他的想法。

7. After the debate[3], we think it is a good plan[4] **in principle**.

句中關鍵單字

1 institute 協會
2 agree 同意
3 debate 討論、辯論
4 plan 計畫

Answers 翻譯參考解答

1. 一般來說，男孩子在這方面比女孩子做得好。
2. 我覺得人們應該多吃點蔬菜水果而不是肉。
3. 如果大家站在他的立場，也會做出同樣的事。
4. 秘書正在幫經理把他的文件整理好。
5. 你可以親自出席，或讓其他人來。
6. 科學家們正在尋找可以替代塑膠的材料。
7. 討論之後，我們覺得這大體上是個好計畫。

• in process of... [ɪn ˋprɑsɛs ɑv] 在……的過程中、進行中

相關片語 ▶ **in the course of** 在……的過程中

老外就醬用！

I need to borrow[1] your car because my car is **in process of** repair[2]. 我需要借用你的車子，因為我的車正在修理。

1. A lot of details[3] must be paid attention to **in process of** design[4].

句中關鍵單字
1 borrow 借
2 repair 修理
3 detail 細節
4 design 設計

• in proof of... [ɪn pruf ɑv] 作為……的證據、證明

易混淆片語 ▶ **give proof on** 舉例證明

老外就醬用！

He must find enough[1] evidence **in proof of** his innocence[2].
他需要足夠的證據來證明他的清白。

2. The scientists need to do more research[3] **in proof of** the theory[4].

句中關鍵單字
1 enough 足夠的
2 innocence 清白、無辜
3 research 研究
4 theory 理論

• in rags [ɪn rægz] 衣衫襤褸

易混淆片語 ▶ **without a rag** 身無分文

老外就醬用！

No one is willing[1] to give money to the people **in rags** now.
現在沒人願意把錢給衣衫襤褸的人了。

3. You can't look down[2] upon the people **in rags** on the street[3].

句中關鍵單字
1 willing 願意的
2 look down 瞧不起
3 street 街道

• in relation with... [ɪn rɪˋleʃən wɪð] 與……有關係

相關片語 ▶ **in connection with** 與……有關係

老外就醬用！

Don't you think[1] the case is **in relation with** his wife[2]?
你不覺得這個案子跟他妻子有關係嗎？

4. Such strange[3] phenomenon[4] is **in relation with** local customs.

句中關鍵單字
1 think 覺得、認為
2 wife 妻子
3 strange 奇怪的
4 phenomenon 現象

• in return for... [ɪn rɪˋtɝn fɔr] 作為……的回報

易混淆片語 ▶ **return sth. to sb.** 歸還某物給某人

老外就醬用！

The slave[1] decided to work for him all his life **in return for** his help. 奴隸決定終生為他效勞，以報答他的幫助。

5. What can I give[2] my best friend **in return for** his kindness[3]?

句中關鍵單字
1 slave 奴隸
2 give 給
3 kindness 好心、仁慈

• in season [ɪn ˋsizn̩] 在旺季

易混淆片語 ▶ **at all seasons** 一年四季

老外就醬用！

You can buy cheap[1] fruits[2] only when they are **in season**.
只有水果盛產的時候，你才能買到便宜的水果。

6. I would like to buy[3] some strawberries[4] for they are **in season** now.

句中關鍵單字
1 cheap 便宜的
2 fruit 水果
3 buy 買
4 strawberry 草莓

• in silence [ɪn ˋsaɪləns] 沉默地

易混淆片語 ▶ **break silence** 打破沉默

老外就醬用！

The girl is a newcomer[1], and she often does things **in silence**[2].
這個女孩是新來的，她常常默默地做事。

7. I don't want to keep **in silence** and decide to tell her the truth[3].

句中關鍵單字
1 newcomer 新來的人
2 silence 沉默
3 truth 真相

Answers 翻譯參考解答

1. 在設計過程中，有大量的細節需要注意。
2. 科學家需要做更多的研究來證明該理論。
3. 不要看不起街頭那些衣衫襤褸的人。
4. 這種奇怪的現象跟當地的風俗有關。
5. 我能送給好友什麼以回報他的友善呢？
6. 現在是草莓旺季，我想去買點草莓。
7. 我不想保持沉默，決定告訴她真相。

• insist on ... [ɪn`sɪst ɑn] 堅持做……

相關片語 **persist in** 堅持……

老外就醬用！

I **insist on** receiving[1] my product[2] before Friday.
我堅持要在週五之前收到商品。

1. They **insist on** donating[3] some money to the old man.

句中關鍵單字
1 receive 收到
2 product 商品、產品
3 donate 捐獻

• in spite of [ɪn spaɪt ɑv] 儘管

老外就醬用！

He often does whatever[1] he wants **in spite of** any warning[2].

2. We will finish this work on time **in spite of** the heavy rain[3].

句中關鍵單字
1 whatever 無論什麼
2 warning 警告
3 heave rain 豪雨

• instead of [ɪn`stɛd ɑv] 代替

相關片語 **in place of** 代替

老外就醬用！

Will he attend[1] the conference[2] **instead of** you?
他會替你去參加會議嗎？

3. He is busy[3], so his wife will go to the party[4] **instead of** him.

句中關鍵單字
1 attend 參加
2 conference 會議
3 busy 忙碌的
4 party 宴會、聚會

• in substance [ɪn `sʌbstəns] 本質上、實質上

易混淆片語 **the substance of a speech** 講話的要旨

老外就醬用！

The author[1], **in substance**, talks about the same thing in the two paragraphs[2]. 實際上，作者在兩段文字中說的都是同一件事。

4. Your paper[3] is **in substance** better than[4] his.

句中關鍵單字
1 author 作者
2 paragraph 段落
3 paper 論文
4 than 比

• in support of [ɪn səˋport ɑv] 支持、支援

易混淆片語 ▶ **lend support to** 支持

老外就醬用！

Can you speak[1] **in support of** your own idea[2]?
你能發言來支持自己的想法嗎？

5. The professor[3] finds the evidence **in support of** his theory.

句中關鍵單字
1 speak 發言
2 idea 想法
3 professor 教授

• in terms of [ɪn tɝms ɑv] 就……而言

易混淆片語 ▶ **in high terms** 極力稱讚

老外就醬用！

The new product[1] is not so competitive[2] **in terms of** price.
在價格方面，新產品並沒有太多優勢。

6. **In terms of** design[3], this product is better than that one.

句中關鍵單字
1 product 產品
2 competitive 有競爭力的
3 design 設計

• in the central of... [ɪn ðə ˋsɛntrəl ɑv] 在……的中心

老外就醬用！

The Forbidden[1] City is located[2] **in the central of** Beijing.
紫禁城位於北京的市中心。

7. There is a very large[3] square[4] **in the central of** the city.

句中關鍵單字
1 forbidden 禁止的
2 located 位於
3 large 大的
4 square 廣場

Answers 翻譯參考解答

1. 他們堅持要捐點錢給老人。
2. 儘管大雨滂沱，我們仍將按時完成工作。
3. 他很忙，因此他的妻子將代替他出席宴會。
4. 你的論文實質上比他的還要好。
5. 教授找到了能證實自己理論的依據。
6. 在設計方面，這個產品比那個還要好。
7. 在這個城市的中心有個很大的廣場。

• in the field of... [ɪn ðə fild ɑv] 在……的領域

相關片語 **in the special line of** 在……方面

老外就醬用！

He did a lot of contributions[1] **in the field of** physics[2].
他在物理學領域做了很多貢獻。

Try It 翻譯

1. The company is unrivalled[3] **in the field of** electronic[4] products.

句中關鍵單字
1 contribution 貢獻
2 physics 物理學
3 unrivalled 無與倫比的
4 electronic 電子的

• in the following... [ɪn ðə ˋfɑləwɪŋ] 在接下來的……

易混淆片語 **follow after** 緊跟

老外就醬用！

I will continue[1] my writing[2] **in the following** years.
在接下來的幾年裡，我將繼續寫作。

Try It 翻譯

2. I will tell[3] you all the things[4] **in the following** days.

句中關鍵單字
1 continue 繼續
2 writing 寫作
3 tell 告訴
4 thing 事情

• in the mask of... [ɪn ðə mæsk ɑv] 在……的掩飾下

易混淆片語 **tear the mask from sb.'s face** 扯下某人的假面具

老外就醬用！

He cheated[1] people out of money **in the mask of** kindness[2].
他在仁慈的掩飾下騙取人們的錢財。

Try It 翻譯

3. The man is a fraud[3] **in the mask of** a doctor[4].

句中關鍵單字
1 cheat 騙取、欺騙
2 kindness 仁慈
3 fraud 騙子
4 doctor 醫生

• in the meanwhile [ɪn ðə ˋminˏhwaɪl] 同時

相關片語 **at the same time** 同時

老外就醬用！

I will be home in the weekend[1], and I am not sure[2] what to do **in the meanwhile.** 我週末會在家，而且我還不確定要做什麼。

Try It 翻譯

4. He let[3] me finish my talk and **in the meanwhile,** he smiled[4] at me.

句中關鍵單字
1 weekend 週末
2 sure 確信
3 let 讓
4 smile 微笑

• in the name of... [ɪn ðə nem ɑv] 以……的名義

易混淆片語 **be named in honor of...** 為紀念……而命名

老外就醬用！

I will arrest[1] the criminal[2] **in the name of** the law.
我將以法律的名義逮捕這名罪犯。

Try It 翻譯 5. All of us should save the poor[3] **in the name of** God[4].

句中關鍵單字
1 arrest 逮捕
2 criminal 罪犯
3 the poor 可憐人
4 God 上帝

• in the neighborhood of... [ɪn ðə ˋnebɚ͵hʊd ɑv] 在……附近、周圍

相關片語 **in the vicinity of** 在附近

老外就醬用！

The old lady[1] found her cat[2] **in the neighborhood of** the park.
老婦人在公園附近找到了她的貓。

Try It 翻譯 6. I want to live[3] **in the neighborhood of** my company[4].

句中關鍵單字
1 lady 婦人、夫人
2 cat 貓
3 live 居住
4 company 公司

• in theory [ɪn ˋθiərɪ] 理論上

易混淆片語 **the theory of relativity** 相對論

老外就醬用！

Your proposition[1] sounds fine **in theory**, but not in practice[2].
你的建議理論上聽起來不錯，但實際上卻行不通。

Try It 翻譯 7. **In theory**, it takes people two hours to reach[3] the island[4].

句中關鍵單字
1 proposition 建議
2 practice 實踐
3 reach 到達
4 island 小島

Answers 翻譯參考解答

1. 這家公司在電子產品領域無人能敵。
2. 我會在隨後幾天將所有事都告訴你。
3. 這是一個冒充醫生的騙子。
4. 他讓我把話講完，同時還對我笑了笑。
5. 我們都應該以上帝之名拯救這些可憐的人。
6. 我想住在公司附近的地方。
7. 理論上説，到達小島要花兩小時。

• in the period of... [ɪn ðə ˋpɪrɪəd ɑv] ……期間

易混淆片語 ▶ **put a period to sth.** 結束某事

老外就醬用！

A lot of employees[1] were dismissed[2] **in the period of** recession. 經濟不景氣的時候，有好多員工被解雇。

Try It 翻譯 1. There were many famous poets[3] **in the period** of the Renaissance[4].

句中關鍵單字
1 employee 員工
2 dismiss 解雇
3 poet 詩人
4 Renaissance 文藝復興

• in the same oven [ɪn ðə sem ˋʌvən] 處於相同的困境

老外就醬用！

Don't complain[1]. We are **in the same oven.**
不要抱怨了。我們的處境都一樣困難。

Try It 翻譯 2. They will say[2] nothing[3] if they are **in the same oven.**

句中關鍵單字
1 complain 抱怨
2 say 說
3 nothing 什麼也沒有

• introduce to... [ˌɪntrəˋdjus tu] 介紹給

易混淆片語 ▶ **introduce into** 把……列入、插入

老外就醬用！

May I **introduce to** you my best[1] friend[2]?
我可以向你介紹一下我最好的朋友嗎？

Try It 翻譯 3. I'd like to **introduce to** you the gentleman[3] over there.

句中關鍵單字
1 best 最好的
2 friend 朋友
3 gentleman 紳士

• investigate and punish [ɪnˋvɛstəˌget ænd ˋpʌnɪʃ] 究辦

易混淆片語 ▶ **investigate openly and secretly** 明查暗訪

老外就醬用！

Who has the right[1] to **investigate and punish**?
誰才有查辦的權利？

Try It 翻譯 4. The police[2] will **investigate and punish** some firms[3] this year.

句中關鍵單字
1 right 權利
2 police 員警
3 firm 企業、公司

• invite sb. to do sth. [ɪn`vaɪt `sʌm,badɪ tu du `sʌmθɪŋ]

邀請某人做某事

易混淆片語 ▶ **be invited out** 應邀

老外就醬用！

May I **invite** you **to** have dinner[1] with me on Sunday[2]?
能邀請你週日與我共進晚餐嗎？

5. Can I **invite** you **to** attend[3] this international[4] conference?

句中關鍵單字

1 dinner 晚餐
2 Sunday 週日
3 attend 參加
4 international 國際的

• keep an eye on sb. [kip æn aɪ an `sʌm,badɪ] 密切關注、看顧

易混淆片語 ▶ **cast an eye on** 粗略地看一下

老外就醬用！

Please **keep an eye on** that guy[1] who looks so suspicious[2].
那個人行跡可疑，請密切關注他。

6. I need someone to **keep an eye on** my baby[3] when I go out.

句中關鍵單字

1 guy 傢伙、男子
2 suspicious 可疑的
3 baby 嬰兒、孩子

• keep healthy [kip `hɛlθɪ] 保持健康

相關片語 ▶ **keep fit** 保持健康

易混淆片語 ▶ **keep up with...** 跟上……

老外就醬用！

Exercise[1] helps[2] to **keep healthy**. 運動有助於保持身體健康。

7. Eat lots of fruits will greatly[3] help to **keep healthy**.

句中關鍵單字

1 exercise 運動
2 help 說明
3 greatly 很、大大地

Answers
翻譯參考解答

1. 在文藝復興時期，出現了很多著名的詩人。
2. 如果他們處於相同的困境，就什麼也不會說了。
3. 我想介紹在那邊的那位紳士給你。
4. 警察今年將查辦一些企業。
5. 可否邀請您參加此次國際會議？
6. 我需要有人在我出門的時候看顧一下我的孩子。
7. 多吃水果有益身體健康。

• keep in touch with... [kip ɪn tʌtʃ wɪð] 與……保持聯繫

易混淆片語 **touch on** 提起、談到

老外就醬用！

We **keep in touch with** each other all the time after graduation[1]. 我們畢業之後還一直保持著聯繫。

1. I **keep in touch with** my sister[2] by email[3].

句中關鍵單字
1 graduation 畢業
2 sister 姐姐
3 email 電子郵件

• keep off [kip ɔf] 讓開、不要接近

易混淆片語 **be well off** 處境好

老外就醬用！

Please make sure the kids[1] **keep off** the lawn[2].
請不要讓小孩們靠近草坪。

2. You'd better **keep off** the dog[3], or it will bite[4] you.

句中關鍵單字
1 kid 小孩
2 lawn 草坪
3 dog 狗
4 bite 咬

• knit one's brows [nɪt wʌns braʊz] 皺眉頭

相關片語 **bend one's brows** 皺眉頭

老外就醬用！

He stood[1] in front of the window[2] and **knit his brows** for a long time. 他皺著眉頭站在窗子面前好一陣子。

3. He **knit his brows** and said nothing after hearing[3] the bad news.

句中關鍵單字
1 stand 站
2 window 窗戶
3 hear 聽到

• knock on... [nɑk ɑn] 敲……

易混淆片語 **get the knock** 喝醉

老外就醬用！

Who is **knocking on** my door[1] at mid-night[2]?
半夜誰在敲我的門？

4. Do you hear someone[3] **knocking on** the door?

句中關鍵單字
1 door 門
2 mid-night 半夜
3 someone 有人

• laugh at [ˋlæf æt] 嘲笑

易混淆片語 **have the last laugh** 笑到最後

老外就醬用！

They **laugh at** the boy[1] whenever he makes a mistake[2].
每次男孩犯錯，他們都嘲笑他。

5. It is not polite[3] for you to **laugh at** others in public[4].

句中關鍵單字
1 boy 男孩
2 mistake 錯誤
3 polite 禮貌的
4 public 公眾的

• lead to [lid tu] 導致、導向

易混淆片語 **lead nowhere** 徒勞無功

老外就醬用！

This road[1] doesn't **lead to** the Royal Hotel you mentioned[2].
這條路不通往你說的那個皇家酒店。

6. Believe it or not, such chemical[3] will **lead to** cancer[4].

句中關鍵單字
1 road 路
2 mention 提到
3 chemical 化學的
4 cancer 癌症

• leak out [lik aut] 洩漏

易混淆片語 **spring a leak** 出現漏縫

老外就醬用！

Someone found that the petrol[1] in the tank[2] was **leaking out**.
有人發現油箱裡的汽油正往外漏。

7. No one found[3] that the oil on board[4] was **leaking out**.

句中關鍵單字
1 petrol 汽油
2 tank 油箱
3 found 發現（find 的過去式）
4 board 甲板

Answers 翻譯參考解答

1. 我和姐姐透過電子郵件保持聯繫。
2. 你最好不要接近那條狗，否則它會咬你。
3. 聽到這個壞消息之後，他皺著眉頭，一言不發。
4. 你聽到有人在敲門嗎？
5. 當眾嘲笑別人是很不禮貌的行為。
6. 信不信由你，這種化學物質會導致癌症。
7. 沒有人發現船上的石油正往外漏。

• leap to a conclusion [lip tu ə kən`kluʒən]
貿然斷定、過早下結論

相關片語 **jump to conclusions** 冒然斷定

老外就醬用！

I can't understand[1] why he **leapt to a conclusion** on this matter[2]. 我不明白他為何要對此事早早就下定論。

1. It is not wise[3] for the police to **leap to a conclusion.**

句中關鍵單字
1 understand 明白、理解
2 matter 事情
3 wise 明智的

• lend...to [lɛnd tu] 借……給

易混淆片語 **lend a willing ear to** 自發地傾耳聆聽

老外就醬用！

Will you **lend** your English dictionary[1] **to** me tonight[2]?
今晚你能把你的英語字典借給我嗎？

2. Could you **lend** your fancy[3] car **to me** this weekend?

句中關鍵單字
1 dictionary 字典
2 tonight 今晚
3 fancy 昂貴的

• let go of [lɛt go ɑv] 鬆手、放開

易混淆片語 **let in** 讓……進入

老外就醬用！

Will the terrorists[1] **let go of** the hostages[2] this time?
恐怖分子這次會釋放人質嗎？

3. The kid got angry[3] and shouted[4] **"Let go of me!"**

句中關鍵單字
1 terrorist 恐怖分子
2 hostage 人質
3 angry 生氣的
4 shout 喊叫

• let sb. down [lɛt `sʌm,bɑdɪ daʊn] 使某人失望

相關片語 **to one's disappointment** 失望的是……

老外就醬用！

I am afraid[1] that I will **let** my father **down** this time.
我害怕這次會讓父親失望。

4. I believe you can win[2] this contest[3] and won't **let us down.**

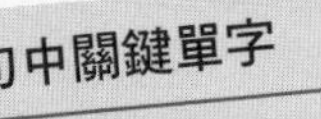

句中關鍵單字
1 afraid 害怕的、恐怕
2 win 贏
3 contest 比賽

• lie in [laɪ ɪn] 在於……

易混淆片語 lie to sb. 對某人說謊

老外就醬用！

The major difficulty[1] **lies in** finding a good film script[2].
最主要的困難在於找到一個好的電影劇本。

5. The secret[3] of her beauty **lies in** her smile[4], not her looks.

句中關鍵單字
1 difficulty 困難
2 script 劇本、腳本
3 secret 秘密
4 smile 微笑

• limit to [ˋlɪmɪt tu] 限於

易混淆片語 to the utmost limit 到極限

老外就醬用！

It would be easier[1] for the students to write[2] if you **limit** them **to** 300 words.
如果你把字數限制在三百字以內，學生們寫起來就容易多了。

6. They **limited** themselves **to** a glass[3] of wine[4] each.

句中關鍵單字
1 easier 更容易的（easy 的比較級）
2 write 寫
3 glass 杯子
4 wine 酒

• little by little [ˋlɪtl̩ baɪ ˋlɪtl̩] 一點一點地、漸漸地

易混淆片語 make little of 不重視

老外就醬用！

If you work hard[1], you can learn[2] English well **little by little**.
如果你勤奮學習的話，你就能一點一點地把英語學好。

7. I am so glad[3] that his health is improving[4] **little by little**.

句中關鍵單字
1 hard 努力地
2 learn 學習
3 glad 開心的
4 improve 改善、變得更好

Answers 翻譯參考解答

1. 警方冒然下定論並非明智之舉。
2. 這個週末是否能借我你的名車？
3. 這個孩子生氣地喊著：「放開我！」
4. 我相信你能贏得這次的比賽，不會讓我們失望。
5. 她美麗的秘密來自於她的微笑而不是她的外表。
6. 他們規定自己每個人只能喝一杯酒。
7. 他的健康狀況正在逐漸好轉，這讓我感到很開心。

• live on [lɪv ɑn] 靠……生活

易混淆片語 live and learn 活到老學到老

老外就醬用！

The old couple[1] next door **live on** a small pension[2].
隔壁的老夫婦靠著微薄的養老金過活。

1. You cannot **live on** credit[3], you must find a job.

句中關鍵單字
1 couple 夫婦
2 pension 養老金
3 credit 信譽、貸款

• live up to [lɪv ʌp tu] 達到、遵循

易混淆片語 put into practice 付諸實行

老外就醬用！

I don't believe[1] that he will **live up to** his promise[2].
我不相信他會實踐自己的諾言。

2. I felt it was hard for me to **live up to** his expectations[3].

句中關鍵單字
1 believe 相信
2 promise 諾言
3 expectation 期望

• lock...out [lɑk aut] 把……關在外面

易混淆片語 lock one's fingers together 緊扣手指

老外就醬用！

I can't believe that he **locked** himself **out** last night[1].
我真不敢相信，他昨晚居然把自己鎖在外頭。

3. You'd better take the key[2] in case your father[3] **locks** you **out**.

句中關鍵單字
1 night 夜晚
2 key 鑰匙
3 father 爸爸、父親

• long for [lɔŋ fɔr] 渴望

相關片語 be anxious for 渴望

老外就醬用！

People **long for** sunshine[1] in the winter[2].
在冬天，人們渴望陽光。

4. She is **longing for** a chance[3] to study abroad[4].

句中關鍵單字
1 sunshine 陽光
2 winter 冬天
3 chance 機會
4 abroad 到國外

MP3 Track 046

• look down upon [lʊk daʊn əˋpɑn] 看不起

相關片語 turn one's nose up at 對……嗤之以鼻、看不起

老外就醬用！

Will the city dwellers[1] **look down upon** the countrymen[2]?
城裡人會看不起鄉下人嗎？

5. They all **look down upon** the guy because he is quite rude[3].

句中關鍵單字

1 dweller 居民、居住者
2 countryman 鄉下人、農村人
3 rude 粗魯的

• look for a needle in a haystack

[lʊk fɔr əˋnidḷ ɪn ə ˋheˏstæk] 大海撈針

相關片語 fish for a needle in the ocean 大海撈針

老外就醬用！

You won't find[1] your key[2] in the park. It's like **looking for a needle in a haystack.**
在公園你找不到鑰匙的，這就像大海撈針。

6. Finding you clip[3] is like **looking for a needle in a haystack.**

句中關鍵單字

1 find 找到
2 key 鑰匙
3 clip 夾子

• lose control of [luz kənˋtrol ɑv] 失控

相關片語 out of control 失控

老外就醬用！

Don't scold[1] him anymore[2], or he will **lose control of** himself.
不要再責備他了，否則他會控制不住自己。

7. He **lost control of** his temper[3] when he saw her.

句中關鍵單字

1 scold 責備
2 anymore 不再、再也不
3 temper 脾氣

Answers
翻譯參考解答

1. 你不能靠借貸過活，你必須找份工作。
2. 我感覺自己很難達到他的期望。
3. 你最好帶著鑰匙，以防你爸爸把你鎖在外頭。
4. 她渴望有機會能出國留學。
5. 大家都看不起他，因為他很無禮。
6. 找到你的夾子就跟大海撈針一樣難。
7. 當他看到她，他的脾氣就失控了。

• lose one's nerve [luz wʌns nɝv] 不知所措、失去勇氣

易混淆片語 lose one's life 喪生

老外就醬用！

He began[1] to **lose his nerve** after the failure[2] last time.
上次失敗之後，他就開始失去勇氣了。

1. He **lost his nerve** when he saw his house burning[3] into nothing[4].

句中關鍵單字

1 began 開始（begin 的過去式）
2 failure 失敗
3 burn 燃燒
4 nothing 沒有東西、什麼也沒有

• major in [ˋmedʒɚ ɪn] 主修、專攻

易混淆片語 major subjects 主修科目

老外就醬用！

I **majored in** law[1] at college[2]. What about you?
我大學的時候主修法律。你呢？

2. Are you **majoring in** English Literature[3]?

句中關鍵單字

1 law 法律
2 college 大學
3 literature 文學

• make a bold try [mek ə bold traɪ] 做了一個大膽嘗試

易混淆片語 as bold as brass 厚臉皮

老外就醬用！

Dad **made a bold try** for going into trade[1].
爸爸做了一個大膽嘗試去經商。

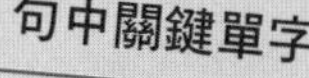

句中關鍵單字

1 trade 貿易
2 elope 私奔

3. Why don't you **make a bold try** to elope[2] with her?

• make a fuss over minor things [mek ə fʌs ˋovɚ ˋmaɪnɚ θɪŋz] 大驚小怪

易混淆片語 alike with minor differences 大同小異

老外就醬用！

Please do not **make a fuss over minor things** any[1] more[2].
請你不要再大驚小怪了。

4. It's immature[3] to **make a fuss over minor things** all the time.

句中關鍵單字

1 any 任何
2 more 另外
3 immature 不成熟

• make a mistake [mek ə mə`stek] 犯錯

易混淆片語 ▶ **be mistaken for** 誤認為

老外就醬用！

If you **make a mistake**, correct[1] it right away.
如果你犯了錯，那就馬上糾正它。

5. Don't be sad[2], everyone[3] **makes mistakes**.

句中關鍵單字
1 correct 改正
2 sad 難過、傷心
3 everyone 每個人

• make arrangements for... [mek ə`rendʒmənt fɔr]

(1) 為……做好準備工作 (2) 為……做好安排

相關片語 ▶ **make preparations for** 為……做準備

老外就醬用！

I'll **make arrangements for** meeting[1] you at the airport[2].
我將安排到機場接你的事。

6. Could you **make arrangements for** a dinner party[3]?

句中關鍵單字
1 meet 見面
2 airport 機場
3 dinner party 晚宴

• make capital (out) of sth. [mek `kæpətḷ (aut) ɑv `sʌmθɪŋ]

利用某事獲利

易混淆片語 ▶ **speak in capitals** 強調

老外就醬用！

He **made capital out of** drug[1] peddling[2].
他利用販毒來獲利。

7. It's selfish[3] of you to **make capital out of** this accident[4].

句中關鍵單字
1 drug 毒品
2 peddle 販賣
3 selfish 自私的
4 accident 事故

Answers 翻譯參考解答

1. 當他看到自己的房子著火時，他就不知所措了。
2. 你的主修是英國文學嗎？
3. 你為什麼不冒險跟她私奔呢？
4. 一直大驚小怪是不成熟的表現。
5. 別難過，每個人都會犯錯。
6. 請問你能安排好四個人的晚宴嗎？
7. 你利用這事故來獲利真自私。

• make every effort [mek ˋɛvrɪ ˋɛfɚt] 盡一切努力

相關片語 make one's best endeavors 盡一切努力

老外就醬用！

We will **make every effort** to protect[1] you.
我們會竭盡全力來保護你。

1. Please **make every effort** to slow[2] down the progress[3] of the illness[4].

句中關鍵單字

1 protect 保護
2 slow 放慢
3 progress 進展
4 illness 疾病

• make pale by comparison [mek pel baɪ kəmˋpærəsn̩] 相形見絀

易混淆片語 beyond comparison 無與倫比的、無可匹敵的

老外就醬用！

His eloquence[1] **made** my interview[2] **pale by comparison.**
他的口才使我的採訪相形見絀。

2. Your beautiful garden[3] **makes** my lawn[4] **pale by comparison.**

句中關鍵單字

1 eloquence 口才
2 interview 採訪
3 garden 花園
4 lawn 草坪

• make progress in... [mek ˋprɑgrɛs ɪn] 在……有進展

易混淆片語 in progress 在進行中

老外就醬用！

I am very eager[1] to **make progress in** my work[2].
我很積極地使工作有所進展。

3. It's not so difficult[3] to **make progress in** English study[4].

句中關鍵單字

1 eager 熱切的
2 work 工作
3 difficult 困難的
4 study 學習

• make sb. drowsy [mek ˋsʌm͵bɑdɪ ˋdraʊzɪ] 使人昏昏欲睡

易混淆片語 feel drowsy 昏昏欲睡

老外就醬用！

The light[1] music[2] **makes** me **drowsy.**
這首輕音樂使我昏昏欲睡。

4. Why do some medicines[3] **make** people **drowsy**?

句中關鍵單字

1 light 輕的
2 music 音樂
3 medicine 藥物

• make sense [mek sɛns] 有意義、使人懂

易混淆片語 ▶ **in a sense** 在某種意義上來說

老外就醬用！

I am afraid[1] that your explanation[2] does not **make sense**.
恐怕您的解釋並無任何意義。

5. Why not try[3] to **make sense** of something[4] that doesn't **make sense**.

句中關鍵單字
1 afraid 害怕
2 explanation 解釋
3 try 試著
4 something 某些事

• make something of... [mek ˋsʌmθɪŋ ɑv] 從……中得利

易混淆片語 ▶ **something else** 別的什麼

老外就醬用！

Don't try to **make something of** this case[1]!
不要妄想從這件事中得到任何好處！

6. Try to fully[2] **make something of** our knowledge[3] at work.

句中關鍵單字
1 case 事件
2 fully 充分地
3 knowledge 知識

• make sth. of / from sth. [mek ˋsʌmθɪŋ ɑv / frɑm ˋsʌmθɪŋ] 從某物中製作出某物

易混淆片語 ▶ **make up for** 彌補、補償

老外就醬用！

You can **make** a table[1] **of** this board[2].
你能用這塊木板做成桌子。

7. My mother used to **make** wine[3] **from** beets[4].

句中關鍵單字
1 table 桌子
2 board 木板
3 wine 酒
4 beet 甜菜根

Answers 翻譯參考解答

1. 請你們盡全力減緩病情的惡化。
2. 你那美麗的花園使我的草坪相形見絀。
3. 在英語學習上取得進步並沒有那麼難。
4. 為什麼有些藥物使人昏昏欲睡？
5. 為什麼不把沒意義的事情變得有意義呢？
6. 在工作中試著充分利用我們的知識。
7. 我母親過去用甜菜根來釀酒。

• make use of sth. [mek juz ɑv ˋsʌmθɪŋ] 利用某物

相關片語 ▶ take advantage of　利用某物

易混淆片語 ▶ of no use　沒有用的

老外就醬用！

We should **make** good **use of** our time[1].
我們應該好好利用時間。

1. Why not **make use of** this chance[2] to learn[3]?

句中關鍵單字
1 time 時間
2 chance 機會
3 learn 學習

• match with... [mætʃ wɪð] 和……相配

相關片語 ▶ go together　相配

老外就醬用！

I want a handbag[1] to **match with** this suit[2].
我想要一個和這套衣服相配的手提包。

2. I don't think your jacket[3] **matches with** your trousers[4].

句中關鍵單字
1 handbag 手提包
2 suit 一套衣服
3 jacket 夾克
4 trousers 褲子

• measure up [ˋmɛʒɚ ʌp] 合格、符合標準

易混淆片語 ▶ be the measure of sth.　成為衡量某事物的標準

老外就醬用！

Why not go to the shop[1] to be **measured up** for your suit[2]?
為什麼不去商店量身訂做衣服？

3. Mary did not get the job because[3] she did not **measure up**.

句中關鍵單字
1 shop 商店
2 suit （一套）衣服
3 because 因為

• mention of... [ˋmɛnʃən ɑv] 提及……

易混淆片語 ▶ not worth mentioning　不值得一提

老外就醬用！

The news[1] today made no **mention of** the serious[2] earthquake.
今天的新聞居然沒提到這次嚴重的地震。

4. The **mention of** booklist[3] is only for the information of readers[4].

句中關鍵單字
1 news 新聞
2 serious 嚴重的
3 booklist 書目
4 information 資料

• mess with [mɛs wɪð] 干擾、干預

易混淆片語 ▶ meddle in　干預

老外就醬用！

Never[1] **mess with** the laws of nature[2].　不要打亂自然法則。

5. Do not **mess with** me, I know[3] the truth[4].

句中關鍵單字
1 never 不要
2 nature 自然
3 know 知道、瞭解
4 truth 事實

• mop the ground with sb.

[mɑp ðə graʊnd wɪð ˋsʌm͵bɑdɪ] 打敗某人

相關片語 ▶ knock sb. off his perch　打敗某人

老外就醬用！

I finally[1] **mop the ground with** my elder[2] brother.
我終於打敗了我哥哥。

6. Peter tried to **mop the ground with** that big guy[3], but failed[4].

句中關鍵單字
1 finally 終於
2 elder 年長的
3 guy 傢伙
4 fail 失敗

• more or less [mor ɔr lɛs] 或多或少

易混淆片語 ▶ further more　進一步說明

老外就醬用！

Our living condition[1] has **more or less** improved[2].
我們的生活條件多少有些改善了。

7. It took me **more or less** a whole day to finish it.

句中關鍵單字
1 condition 條件
2 improve 改善

Answers 翻譯參考解答

1. 為什麼不好好利用這次學習的機會呢？
2. 我認為你的夾克與你的褲子不相配。
3. 瑪麗沒得到那份工作，因為她不符合標準。
4. 所提及的書目只是為讀者提供資訊。
5. 別耍我，我瞭解實情。
6. 彼得試圖打敗那大個兒，但是失敗了。
7. 我用了差不多一整天時間把這完成。

• most important of all [most ɪm`pɔrtn̩t ɑv ɔl] 最重要的是

相關片語 **above all** 最重要的是

老外就醬用！

In my opinion[1], persistence[2] is the **most important of all.**
在我看來，毅力是最重要的。

1. **Most important of all**, we have to grasp[3] all the skills[4].

句中關鍵單字
1 opinion 見解
2 persistence 毅力
3 grasp 掌握
4 skill 技巧

• move on [muv ɑn] 繼續進行

易混淆片語 **move forward** 前進

老外就醬用！

You'd better accept[1] your failures[2] and **move on.**
你最好接受失敗然後繼續前行。

2. Could we **move on** to the next[3] topic[4]?

句中關鍵單字
1 accept 接受
2 failure 失敗
3 next 下一個
4 topic 話題

• never too old to learn [`nɛvɚ tu old tu lɝn] 學無止境、活到老學到老

易混淆片語 **as of old** 一如既往

老外就醬用！

Remember[1] that we are **never too old to learn.**
記住我們要活到老學到老。

3. I always[2] believe[3] that **never too old to learn.**

句中關鍵單字
1 remember 記住
2 always 總是、一直
3 believe 相信

• next to [nɛkst tu] 在……旁邊

易混淆片語 **next to nothing** 差不多沒有

老外就醬用！

There is a supermarket[1] **next to** the restaurant[2].
那個餐廳旁邊有一家超級市場。

4. Sam always likes to sit[3] **next to** pretty[4] girls.

句中關鍵單字
1 supermarket 超級市場
2 restaurant 餐廳
3 sit 坐
4 pretty 漂亮的

• not have a clue [nɑt hæv ə klu] 毫無頭緒、什麼也不知道

老外就醬用！

I **don't have a clue** how[1] to dance[2].
我對舞蹈一竅不通。

5. My sister **doesn't have a clue** how to drive[3] a car[4].

句中關鍵單字
1 how 如何
2 dance 跳舞
3 drive 開車
4 car 車子

• obey the rule [əˋbe ðə rul] 遵循規則

相關片語 ▶ **observe a rule** 遵守規則

老外就醬用！

Everybody[1] shall[2] **obey the rule.**
人人都應當遵守規則。

6. No matter[3] who you are, you must[4] **obey the rule.**

句中關鍵單字
1 everybody 每個人
2 shall 必須、應
3 no matter 無論
4 must 必須

• object to [ˋɑbdʒɪkt tu] 反對

相關片語 ▶ **be against** 反對
易混淆片語 ▶ **achieve one's object** 達到目的

老外就醬用！

Does anyone[1] **object to** my opinion?
有人反對我的意見嗎？

7. No one ventured[2] to **object to** boss[3]'s plan[4].

句中關鍵單字
1 anyone 任何人
2 venture 大膽提出
3 boss 老闆
4 plan 計畫

Answers 翻譯參考解答

1. 最重要的是，我們必須掌握所有的技巧。
2. 我們可以討論下一個話題了嗎？
3. 我一直相信學無止境。
4. 山姆總是喜歡坐在漂亮女孩的身旁。
5. 我姐姐一點也不知道怎樣開車。
6. 無論你是誰，你都必須遵守規則。
7. 沒有人膽敢反對老闆的計畫。

• observe on [əbˋzɝv ɑn] 評論、提出意見

相關片語 comment on 評論

老外就醬用！

I have nothing[1] to **observe on** what you just said.
關於你剛才說的話，我沒有什麼好講的了。

Try It 翻譯

1. Didn't he **observe on** your new[2] hairstyle[3]?

句中關鍵單字
1 nothing 沒事
2 new 新的
3 hairstyle 髮型

• occur to [əˋkɝ tu] 想起、想到

易混淆片語 think of 想起

老外就醬用！

It never **occurs to** me to take a plane[1] home.
我從沒想過坐飛機回家。

Try It 翻譯

2. Does it ever **occur to** you to ask[2] a stranger[3] for help[4]?

句中關鍵單字
1 plane 飛機
2 ask 要求
3 stranger 陌生人
4 help 幫助

• omit doing sth. [oˋmɪt ˋduɪŋ ˋsʌmθɪŋ] 疏忽做某事

易混淆片語 omit an item from a list 從目錄中略去一項

老外就醬用！

Don't **omit locking** the door when you leave[1].
離開的時候別忘了鎖門。

Try It 翻譯

3. I can never imagine[2] that you **omitted writing** your name on the examination[3] paper[4].

句中關鍵單字
1 leave 離開
2 imagine 想像
3 examination 測驗
4 paper 紙

• on a...mission [ɑn ə ˋmɪʃən] 負有……的使命

易混淆片語 mission in life 天職

老外就醬用！

The new manager[1] is **on a mission** to change the troubling situation[2].
這位新經理受命於改變這個令人頭疼的局面。

Try It 翻譯

4. It seems[4] that he is **on a** secret[4] **mission** now.

句中關鍵單字
1 manager 經理
2 situation 局面
3 seem 似乎
4 secret 秘密

• once in a blue moon [wʌns ɪn ə blu mun] 千載難逢

易混淆片語 **promise sb. the moon** 對某人做無法兌現的承諾

老外就醬用！

Don't you think it is a chance[1] **once in a blue moon**?
你不認為這是一個千載難逢的好機會嗎？

5. We are so busy[2] that we go home to visit[3] our parents[4] **once in a blue moon**.

句中關鍵單字
1 chance 機會
2 busy 忙碌的
3 visit 拜訪
4 parents 雙親

• on duty [ɑn ˋdjutɪ] 值班

相關片語 **off duty** 下班

老外就醬用！

Can I ask who is **on duty** today?
我能問問今天是誰值班嗎？

6. Policemen[1] wear[2] their uniforms[3] when **on duty**.

句中關鍵單字
1 policemen （複數形）警察
2 wear 穿
3 uniform 制服

• on occasion [ɑn əˋkeʒən] 偶爾、有時

相關片語 **from time to time** 有時

老外就醬用！

Will you remember[1] me **on occasion**?
你偶爾會想起我嗎？

7. I meet her **on occasion** at the coffee[2] house[3].

句中關鍵單字
1 remember 想起
2 coffee 咖啡
3 house 房子

Answers 翻譯參考解答

1. 他沒評論你的新髮型嗎？
2. 你是否曾想到要向陌生人求助？
3. 我真是不敢想像你居然沒在考試卷上寫名字。
4. 他似乎正執行一項秘密的任務。
5. 我們都很忙，難得回家探望父母。
6. 警察在值班的時候都穿制服。
7. 我有時會在咖啡廳遇到她。

• on purpose [ɑn ˋpɝpəs] 故意地

易混淆片語 **beside the purpose** 不適當地

老外就醬用！

Betty seems to do these[1] things **on purpose.**
貝蒂似乎是有意地做這些事。

1. I swear[2] I never avoid[3] you **on purpose.**

句中關鍵單字
1 these 這些
2 swear 發誓
3 avoid 迴避

• on the base of [ɑn ðə bes ɑv] 以……為基礎

相關片語 **on the basis of...** 以……為基礎

老外就醬用！

Parents do everything **on the base of** their children's interest[1].
父母做一切事情都以孩子的利益為基礎。

2. **On the base of** economy[2], we must make feasible[3] strategy[4].

句中關鍵單字
1 interest 利益
2 economy 經濟
3 feasible 可行的
4 strategy 戰略

• on the edge of [ɑn ðə ɛdʒ ɑv] 在……邊緣

易混淆片語 **have an edge on sb.** 勝過某人

老外就醬用！

I remember that the cup[1] was set[2] **on the edge of** the table.
我記得那個杯子之前是擺在桌子邊緣的。

3. I didn't know I was **on the edge of** danger[3] at that time.

句中關鍵單字
1 cup 杯子
2 set 擺放
3 danger 危險

• on the list [ɑn ðə lɪst] 在名單上

易混淆片語 **be struck off the list** 被除名

老外就醬用！

Would you please check[1] each[2] name **on the list?**
請核對一下名單上的每一個名字好嗎？

4. Tony anxiously[3] searched[4] for his name **on the list.**

句中關鍵單字
1 check 核對
2 each 每一個
3 anxiously 焦急地
4 search 搜尋

• on the path to... [ɑn ðə pæθ tu] 在通往……的路上

易混淆片語 break a path 開闢道路

老外就醬用！

I believe our country is **on the path to** economic[1] recovery[2].
我相信我們的國家正走在經濟復甦的軌道上。

5. We are **on the path to** a brighter[3] future[4].

句中關鍵單字
1 economic 經濟的
2 recovery 復甦
3 brighter 更光明的
4 future 未來

• out at (the) elbow [aʊt æt (ðə) ˋɛl͵bo] 衣衫襤褸

相關片語 in rags 衣衫襤褸

易混淆片語 elbow grease 吃力的工作

老外就醬用！

My father always wears that **out at elbow** sweater[1].
我父親總是穿著那件破舊的毛衣。

6. Your clothes[2] are **out at the elbow**. Why not buy[3] some new ones?

句中關鍵單字
1 sweater 毛衣
2 clothes 衣服
3 buy 買

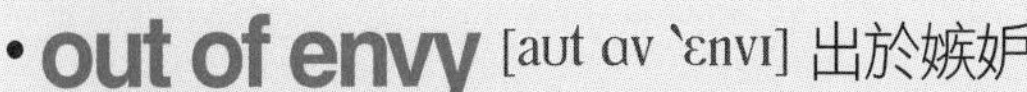

• out of envy [aʊt ɑv ˋɛnvɪ] 出於嫉妒

易混淆片語 lost in envy 非常嫉妒

老外就醬用！

I am sorry; I said that only[1] **out of envy**.
很抱歉，我只是出於嫉妒說了那些話。

7. Mary's indifferent[2] attitude[3] toward[4] Susan was **out of envy**.

句中關鍵單字
1 only 只是
2 indifferent 冷淡的
3 attitude 態度
4 toward 對於

Answers 翻譯參考解答

1. 我發誓我不是有意迴避你的。
2. 在經濟基礎上，我們必須擬定確切可行的戰略。
3. 當時我不知道我正處於極度危險的境地。
4. 湯尼焦急地在名單上搜尋他的名字。
5. 我們正走在通往光明未來的路上。
6. 你的衣服很破舊了。為什麼不買些新衣服呢？
7. 瑪麗對蘇珊冷漠的態度是出於嫉妒。

• out of reach [aʊt ɑv ritʃ] 拿不到

易混淆片語 within sb.'s reach 在某人力所能及的範圍內

老外就醬用！

Please keep[1] the drugs **out of reach** of children.
請將那些藥物放在孩子拿不到的地方。

1. At present, the expensive[2] houses are **out of reach** of young[3] generation[4].

句中關鍵單字
1 keep 存放
2 expensive 昂貴的
3 young 年輕的
4 generation 階層、世代

• over and over [ˋovɚ ænd ˋovɚ] 反覆、一遍又一遍

易混淆片語 all over 到處、各方面

老外就醬用！

I hate doing the same[1] things **over and over** again.
我討厭重複地做同樣的事情。

2. I emphasized[2] this issue **over and over**, but you still[3] did wrong[4].

句中關鍵單字
1 same 相同的
2 emphasize 強調
3 still 仍然
4 wrong 錯的

• owe to... [o tu] (1) 歸功於……(2) 由於……

易混淆片語 own up 坦白

老外就醬用！

His success[1] should **owe to** his ability[2] not luck.
他的成功應當歸功於他的能力而不是運氣。

3. All my achievements[3] **owe to** my mother's encouragements[4].

句中關鍵單字
1 success 成功
2 ability 能力
3 achievement 成就
4 encouragement 鼓勵

• pack off [pæk ɔf] 送走

易混淆片語 pack up one's things 把自己的東西打包好

老外就醬用！

I wish[1] we could **pack off** my nephew[2] as soon as possible.
真希望我們可以快點送走姪子。

4. Let's **pack off** these goods[3] to them at once[4].

句中關鍵單字
1 wish 希望
2 nephew 姪子
3 goods 貨物
4 at once 馬上

• participate in [pɑrˋtɪsə͵pet ɪn] 參加、參與

易混淆片語 ▶ **participate one's sufferings** 分擔某人的痛苦

老外就醬用！

How many people will **participate in** the meeting[1]?
多少人會參加這個會議？

5. Would you like to **participate in** this game[2]?

句中關鍵單字
1 meeting 會議
2 game 遊戲

• pay attention to [pe əˋtɛnʃən tu] 注意到

易混淆片語 ▶ **pay one's debts** 還債

老外就醬用！

What else[1] should we **pay attention to**?
我們還需要特別注意什麼嗎？

6. Please **pay attention to** your behavior[2] in public[3].

句中關鍵單字
1 else 其他
2 behavior 言談舉止、行為
3 in public 當眾

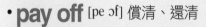

• pay off [pe ɔf] 償清、還清

易混淆片語 ▶ **hell to pay** 麻煩的事情

老外就醬用！

You'd better **pay off** your credit[1] card[2] in time.
你最好及時還清你的信用卡帳單。

7. I am afraid that you have to **pay off** the mortgage[3] this year.

句中關鍵單字
1 credit 信用
2 card 卡
3 mortgage 抵押借款

Answers 翻譯參考解答

1. 如今昂貴的房價讓年輕世代望而卻步。
2. 我再三強調此事，但你們還是出錯了。
3. 我所有的成就都是由於我媽媽的鼓勵。
4. 我們馬上把這些貨物發給他們吧！
5. 你願意參與這個遊戲嗎？
6. 在公共場所請留意你的言談舉止。
7. 恐怕你今年必須償清抵押借款。

• pay for [pe fɔr] 為……付款

老外就醬用！

You haven't **paid for** the books[1] yet[2].
您還沒有付這本書的錢。

1. None[3] of my parents would like to **pay for** my education[4].

句中關鍵單字
1 book 書
2 yet 還沒
3 none 沒有任何人
4 education 教育

• persuade sb. into doing [pɚˋswed ˋsʌm͵badɪ ˋɪntu ˋduɪŋ]
說服某人做某事

易混淆片語 **persuade sb. by taking oneself as an example** 現身說法

老外就醬用！

I am trying to **persuade** him **into** giving up[1] the attempt[2].
我正力圖勸他放棄這種嘗試。

2. How can I **persuade** my husband[3] **into** doing exercises[4] every day?

句中關鍵單字
1 give up 放棄
2 attempt 企圖、嘗試
3 husband 老公
4 exercise 運動

• pick up [pɪk ʌp] 撿起、領取

易混淆片語 **pick a hole in** 在……上挖洞、對……吹毛求疵

老外就醬用！

Jack, **pick up** your jacket and hang[1] it on the hook[2].
傑克，撿起你的夾克並掛起來。

3. Will you please **pick up** my parcel[3] at the post office[4]?

句中關鍵單字
1 hang 掛
2 hook 鉤子
3 parcel 包裹
4 post office 郵局

• piece together [pis təˋgɛðɚ] 拼湊、湊合

易混淆片語 **a piece of** 一塊、一片

老外就醬用！

The detective[1] tried to **piece together** the facts[2].
這個偵探試圖把事實拼湊起來。

4. I still can not **piece together** memories[3] of my childhood[4].

句中關鍵單字
1 detective 偵探
2 fact 事實
3 memory 記憶
4 childhood 童年

• pile up [paɪl ʌp] 堆積、積累

易混淆片語 ▶ **pile on** 湧上（巴士、火車、飛機等）

老外就醬用！

Your dirty[1] clothes **pile up** like[2] a mountain[3].
你的髒衣服堆積成山了。

Try It 翻譯

5. Remember never **pile up** problems for yourself[4].

句中關鍵單字

1 dirty 髒的
2 like 像是
3 mountain 山
4 yourself 你自己

• play a role in [ple ə rol ɪn] 在……發揮作用、在……扮演角色

易混淆片語 ▶ **play on one's weaknesses** 利用某人的弱點

老外就醬用！

I don't think China would **play a role in** expanding[1] the dialogue[2].
我認為中國在擴大對話方面不會發揮作用。

Try It 翻譯

6. Kelly **plays an** important[3] **role in** the movie.

句中關鍵單字

1 expand 擴大
2 dialogue 對話
3 important 重要的
4 movie 電影

• play away [ple əˋwe] 浪費、玩掉

易混淆片語 ▶ **in full play** 正起勁

老外就醬用！

The young man **played away** his youth[1].
這個年輕人虛度了青春。

Try It 翻譯

7. My uncle[2] **played away** almost[3] all his savings[4] last year.

句中關鍵單字

1 youth 青春
2 uncle 叔叔
3 almost 幾乎
4 savings 積蓄

Answers 翻譯參考解答

1. 我的父母都不願意為我支付教育費用。
2. 我要怎樣勸我老公每天做運動呢？
3. 請你到郵局把我的包裹領回來好嗎？
4. 我還是無法拼湊起童年的回憶。
5. 記住，不要為自己累積問題。
6. 凱莉在這部電影中扮演一個重要的角色。
7. 我叔叔去年幾乎把他全部的積蓄都花光了。

• point to [pɔɪnt tu] 表明、說明

易混淆片語 away from the point　不得要領、離題

老外就醬用！

It seems that all the evidences[1] **point to** his guilt[2].
似乎一切證據都表明他有罪。

1. I can't **point to** any particular[3] reason[4] for this failure.

句中關鍵單字
1 evidence 證據
2 guilt 罪行
3 particular 具體的
4 reason 原因

• point a finger at [pɔɪnt ə ˋfɪŋgɚ æt] 指責

相關片語 lay the blame on　責怪某人

老外就醬用！

If we did wrong, we have no right[1] to **point a finger at** others.
如果我們做錯了，我們沒有權利指責他人。

2. It's impolite[2] to **point** your **finger at** a stranger.

句中關鍵單字
1 right 權利
2 impolite 不禮貌的

• pose a problem for [poz ə ˋprɑbləm fɔr] 給……造成困難

易混淆片語 pose a threat to　對……造成威脅

老外就醬用！

The deficit[1] has **posed a problem for** our company[2].
赤字已經給我們公司造成了很大的困擾。

3. Their only son's death[3] **posed a problem for** the whole family.

句中關鍵單字
1 deficit 赤字
2 company 公司
3 death 去世

• pour cold water on [por kold ˋwɔtɚ ɑn] 對……潑冷水

易混淆片語 pour out　湧出

老外就醬用！

Don't always **pour cold water on** your kid's[1] idea[2].
不要總是潑你孩子冷水。

4. You'd better not **pour cold water on** his optimism[3].

句中關鍵單字
1 kid 孩子
2 idea 想法
3 optimism 樂觀

• prefer to [prɪ`fɝ tu] 較喜歡、寧願

老外就醬用！

I **prefer** walking[1] **to** driving.
與開車相比，我更喜歡走路。

5. I **prefer to** stay[2] at home in such[3] weather[4].

句中關鍵單字
1 walk 走路
2 stay 停留
3 such 如此的
4 weather 天氣

• prepare for [pri`pɛr fɔr] 為……做準備

易混淆片語 prepare to 準備做

老外就醬用！

Have you **prepared** well **for** the examination?
你為考試做好準備了嗎？

6. Everybody should hope[1] for the best[2] and **prepare for** the worst[3].

句中關鍵單字
1 hope 希望
2 best 最好的
3 worst 最壞的

• prepare the ground for [pri`pɛr ðə graʊnd fɔr] 為某事鋪路

易混淆片語 on the ground of 以……的理由、因為

老外就醬用！

We have **prepared the ground for** our next performance[1].
我們開始為下次的表演做準備。

7. Your parents[2] have **prepared the ground for** your future[3].

句中關鍵單字
1 performance 表演
2 parents 父母
3 future 未來

Answers 翻譯參考解答

1. 這次失敗我說不出具體原因來。
2. 用手指著陌生人是不禮貌的。
3. 他們獨子的去世使整個家庭陷入困境。
4. 你最好別給他的樂觀態度潑冷水。
5. 這樣的天氣我寧願待在家裡。
6. 每個人都應該抱最好的希望，做最壞的打算。
7. 你的父母已經為你的未來鋪好了路。

• press on [prɛs ɑn] 強加於

易混淆片語 press one's way through a crowd 從人群中擠過去

老外就醬用！

We must **press on** with the project[1] without delay[2].
我們要毫不拖延地加緊進行這項工程。

Try It 翻譯 1. Although[3] the job is a little boring[4], let us **press on** with it.

句中關鍵單字
1 project 工程
2 delay 延遲
3 although 儘管、雖然
4 boring 無聊的

• prevent from [prɪˋvɛnt frɑm] 防止

相關片語 guard against 預防

老外就醬用！

Drinking[1] tea[2] helps to **prevent from** getting cataract[3].
喝茶可以預防白內障。

Try It 翻譯 2. Nothing could **prevent** Tom **from** speaking[4] out his opinion.

句中關鍵單字
1 drink 喝
2 tea 茶
3 cataract 白內障
4 speak 說

• propose to [prəˋpoz tu] 向……求婚

老外就醬用！

How would you **propose to** the girl[1] you love[2]?
你會如何向你愛的女孩求婚呢？

Try It 翻譯 3. I am afraid that it's too soon[3] to **propose to** her now.

句中關鍵單字
1 girl 女孩
2 love 愛
3 soon 快

• protect... from... [prəˋtɛkt frɑm] 保護……使免於……

相關片語 give security against 保護、使無憂

老外就醬用！

Wear sun[1] glasses[2] to **protect** eyes **from** the sun.
戴墨鏡以保護眼睛免受陽光的傷害。

Try It 翻譯 4. Monica wants a man who will **protect** her **from** getting hurt[3] again.

句中關鍵單字
1 sun 太陽
2 glasses 眼鏡
3 hurt 傷害

• prove to sb. [pruv tu ˋsʌm͵bɑdɪ] 向某人證明

易混淆片語 prove one's point　證明某人的觀點是有根據的

老外就醬用！

I will **prove to** everyone that my success is due[1] to constant[2] endeavor[3].
我要向所有人證明我的成功源於我不懈的努力。

5. I hope you could **prove to** us that you are qualified[4] for the job.

句中關鍵單字
1 due 由於
2 constant 持續不懈的
3 endeavor 努力
4 qualified 夠資格的

• provide with [prəˋvaɪd wɪð] 提供

易混淆片語 provide for　為……做準備

老外就醬用！

Please **provide** us **with** quotations[1] and samples[2].
請把報價單和樣品提供給我們。

6. She said her boyfriend can't **provide** her **with** a sense[3] of security[4].

句中關鍵單字
1 quotation 報價
2 sample 樣品
3 sense 感覺
4 security 安全

• put across [pʊt əˋkrɔs] 解釋清楚、說明

相關片語 get across　使被瞭解、講清楚

老外就醬用！

The teacher **put across** the meaning[1] of the word[2] at last[3].
老師終於把這個詞的含義解釋清楚了。

7. I find that such things are very difficult[4] to **put across**.

句中關鍵單字
1 meaning 含意
2 word 字
3 last 最後
4 difficult 難的

Answers 翻譯參考解答

1. 儘管這項工作有些無聊，我們還是趕緊做吧。
2. 沒有什麼能阻止湯姆說出自己的想法。
3. 現在向她求婚太快了吧！
4. 莫妮卡想要一個會保護她使她不再受傷害的男人。
5. 我希望你能夠向我們證明你可以勝任這份工作。
6. 她說她的男朋友無法給她安全感。
7. 我發現這種事情很難說清楚。

• put forth [put forθ] 提出、發表

相關片語 ▶ **put forward** 提出

老外就醬用！

This graduate student has **put forth** a new theory[1] in his research[2] field[3].
這位研究生在他的研究領域提出了新理論。

Try It 翻譯

1. Our company has **put forth** another new book recently[4].

句中關鍵單字
1 theory 理論
2 research 研究
3 field 領域
4 recently 最近

• put on [put ɑn] 穿上

相關片語 ▶ **take off** 脫下

易混淆片語 ▶ **put off** 推遲、暫緩

老外就醬用！

Why not **put on** you new dress[1], Lily?
莉莉，你為什麼不穿上你的新洋裝呢？

Try It 翻譯

2. He **put on** a nice[2] clean[3] shirt[4] and went to work.

句中關鍵單字
1 dress 洋裝
2 nice 漂亮的、好的
3 clean 乾淨的
4 shirt 襯衫

• put down [put daʊn] 放下

相關片語 ▶ **lay down** 放下

老外就醬用！

Does **putting down** the chopsticks[1] mean finishing the meal[2]? 放下筷子是不是就意味著吃完飯了？

Try It 翻譯

3. **Put down** that knife[3] before you hurt anyone else.

句中關鍵單字
1 chopstick 筷子
2 meal 餐點
3 knife 刀子

• put one's finger in [put wʌns ˋfɪŋgɚ ɪn] 插手

老外就醬用！

My mother always **puts** her **finger in** everything[1] about me. 我媽媽總是插手有關我的任何事情。

Try It 翻譯

4. You'd better not **put** your **finger in** his things[2].

句中關鍵單字
1 everything 每件事
2 thing 事情

• quarrel with sb. [ˋkwɔrəl wɪð ˋsʌm͵badɪ] 和某人爭吵

相關片語 ▶ **have a quarrel with** 與……吵架

老外就醬用！

There is no reason[1] for you to **quarrel with** a little girl anyway[2].
無論如何你都沒有理由跟一個小女孩吵架。

Try It 翻譯

5. I always **quarrel with** my cousin[3].

句中關鍵單字

1 reason 理由、原因
2 anyway 無論如何
3 cousin 表（堂）兄弟姐妹

• quote out of context [kwot aʊt ɑv ˋkɑntɛkst] 斷章取義

易混淆片語 ▶ **in the context of** 在……情況下

老外就醬用！

Would you please not **quote** my saying[1] **out of context**?
請你別對我的話斷章取義好嗎？

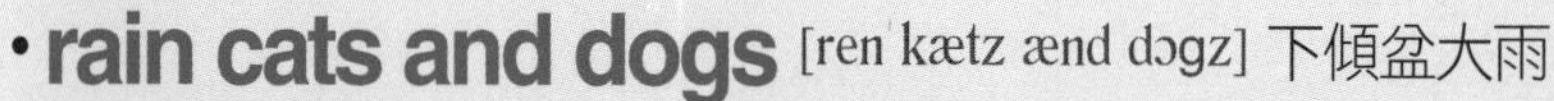

Try It 翻譯

6. The reporter[2] **quoted** me **out of context**.

句中關鍵單字

1 saying 話、言論
2 reporter 記者

• rain cats and dogs [ren kætz ænd dɔgz] 下傾盆大雨

易混淆片語 ▶ **torrential rain** 傾盆大雨

老外就醬用！

Don't go out today[1], because it will **rain cats and dogs**.
今天會下傾盆大雨，所以不要出門。

Try It 翻譯

7. It began[2] to **rain cats and dogs** on our way home.

句中關鍵單字

1 today 今天
2 began 開始（begin 的過去式）

Answers 翻譯參考解答

1. 我們公司最近又出版了一本新書。
2. 他穿了件漂亮乾淨的襯衫去上班。
3. 放下那把刀以免傷到別人。
4. 你最好不要插手他的事務。
5. 我總是和我的表哥吵架。
6. 記者對我的話斷章取義。
7. 在我們回家的路上下起了傾盆大雨。

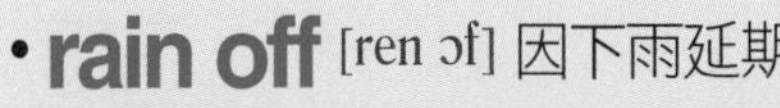

• rain off [ren ɔf] 因下雨延期

相關片語 **be rained out** 因雨被延期

老外就醬用！

The picnic[1] was **rained off** yesterday[2] and will be held tomorrow.
野餐昨天因雨延期，改在明天了。

1. This football[3] match was **rained off** twice[4].

句中關鍵單字

1 picnic 野餐
2 yesterday 昨天
3 football 足球
4 twice 兩次

• rank among [ræŋk əˋmʌŋ] 屬於……之間

易混淆片語 **rank above** 高於

老外就醬用！

Do I **rank among** the winners[1]?
我算是一個勝利者嗎？

2. Does Susan **rank among** your best friends[2]?

句中關鍵單字

1 winner 勝利者
2 friend 朋友

• react against [rɪˋækt əˋgɛnst] 反抗

易混淆片語 **react on** 起作用於

老外就醬用！

Many young[1] people **react against** traditional[2] values.
許多年輕人反對傳統的價值觀。

3. It's normal[3] that children **react against** their parents sometimes[4].

句中關鍵單字

1 young 年輕的
2 traditional 傳統的
3 normal 正常的
4 sometimes 有時

• realize one's dream [ˋriəˏlaɪz wʌns drim] 實現某人的夢想

易混淆片語 **fulfill one's ideal** 實現理想

老外就醬用！

I am sure[1] that I will **realize my dream** one day!
我相信總有一天我的夢想會實現的！

4. How does Lucy plan to **realize her dream** of being a super[2] star[3]?

句中關鍵單字

1 sure 確信
2 super 超級的
3 star 明星

• receive from [rɪˋsiv frɑm] 收到……的來信

老外就醬用！

Have you **received from** your parents[1] this week[2]?
這個星期你收到你父母親的信了嗎？

5. I **received from** my boyfriend[3] just now.

句中關鍵單字

1 parent 父母
2 week 星期
3 boyfriend 男朋友

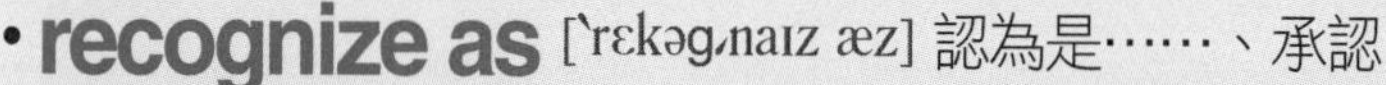

• recognize as [ˋrɛkəg͵naɪz æz] 認為是……、承認

易混淆片語 **recognize a person from a description** 從描述中認出某人

老外就醬用！

We **recognize** him **as** our example[1] to follow[2].
我們認為他是我們學習的榜樣。

6. The professor[3] doesn't **recognize** Mike **as** his student[4].

句中關鍵單字

1 example 榜樣
2 follow 學習、跟隨
3 professor 教授
4 student 學生

• regard A as B [rɪˋgɑrd e æz bi] 把A視為B

易混淆片語 **with regard to** 關於

老外就醬用！

I **regard** Stephen **as** my best[1] friend.
我把史蒂芬當作最好的朋友。

7. All my friends[2] **regard** him **as** a man of men.

句中關鍵單字

1 best 最好的
2 friend 朋友

Answers 翻譯參考解答

1. 這場足球比賽因雨而被迫延期兩次。
2. 蘇珊算你最好的朋友之一嗎？
3. 孩子們有時反對父母親是正常的。
4. 露西打算如何實現她的明星夢？
5. 我剛剛收到我男朋友寄來的信。
6. 這位教授不承認麥克是他的學生。
7. 我所有的朋友都認為他是男人中的男人。

• release... from... [rɪˋlis frɑm] 釋放、解放

相關片語 **give off** 釋放

老外就醬用！

My father will be **released from** the prison[1] next month.
下個月我父親就從監獄釋放了。

1. Let's try[2] to **release** him **from** his suffering[3].

句中關鍵單字
1 prison 監獄
2 try 試著
3 suffering 受苦

• remember to do [rɪˋmɛmbɚ tu du] 記得做某事

易混淆片語 **remember of** 記得……

老外就醬用！

Remember to pay a visit[1] for your grandpa[2] tomorrow.
明天記得去看你爺爺啊！

2. **Remember to** turn off the lights[3] before you go to bed.

句中關鍵單字
1 visit 拜訪
2 grandpa 爺爺
3 light 燈

• remind sb. of sth. [rɪˋmaɪnd ˋsʌm͵bɑdɪ ɑv ˋsʌmθɪŋ] 提醒某人某事

相關片語 **call one's attention to** 喚醒某人某事

老外就醬用！

These old photos[1] **remind me of** my happy childhood[2].
這些老照片使我回憶起快樂的童年。

3. Please **remind me of** this matter[3] in case I forget[4].

句中關鍵單字
1 photo 照片
2 childhood 童年
3 matter 事情
4 forget 忘記

• remove... from... [rɪˋmuv frɑm] 除掉、移開

相關片語 **move away** 移開

老外就醬用！

Let's **remove** the weeds[1] **from** the garden[2].
我們把花園裡的雜草除掉吧。

4. She suddenly[3] **removed** her eyes[4] **from** me.

句中關鍵單字
1 weed 雜草
2 garden 花園
3 suddenly 突然
4 eye 眼睛

• rent... from... [rɛnt frɑm] 向……租借

老外就醬用！

Can I **rent** a room[1] **from** you?
我能跟你租借一間房間嗎？

5. They decide[2] to **rent** a house[3] **from** Mr. Smith.

句中關鍵單字
1 room 房間
2 decide 決定
3 house 房子

• replace... with... [rɪˋples wɪð] 用……代替……

老外就醬用！

How could you **replace** steel[1] **with** woods[2]?
你們怎麼能用木頭代替鋼筋呢？

6. May I **replace** this pair of shoes[3] **with** a larger size[4]?

句中關鍵單字
1 steel 鋼筋
2 wood 木頭
3 shoe 鞋
4 size 大小、尺寸

• reply to [rɪˋplaɪ tu] 答覆、回覆

相關片語 **make a reply** 答覆

老外就醬用！

I think silence[1] is the best **reply to** folly[2].
我認為沉默是對愚蠢最好的回答。

7. None of my students can **reply to** an accurate[3] answer[4].

句中關鍵單字
1 silence 沉默
2 folly 愚蠢
3 accurate 準確的
4 answer 答案

Answers 翻譯參考解答

1. 我們試著消除他的痛苦吧。
2. 睡覺前別忘了關燈。
3. 請提醒我要辦這件事，以免我忘記。
4. 她突然把視線從我身上移開了。
5. 他們決定向史密斯先生租房子。
6. 我可不可以換一雙大一點的鞋？
7. 我的學生中沒有一個人能回答出準確的答案。

• report to sb. [rɪˋport tu ˋsʌm͵badɪ] 向某人告發

易混淆片語 **make a report of** 做報告

老外就醬用！

Staff[1] must **report to** the manager every other week[2].
每隔一個星期，員工就必須向經理彙報工作。

1. You should **report to** the police[3] immediately[4]!

句中關鍵單字

1 staff 員工
2 week 星期
3 police 警察
4 immediately 馬上、立刻

• represent to sb. [͵rɛprɪˋzɛnt tu ˋsʌm͵badɪ] 向某人指出

老外就醬用！

I will **represent to** him the risks[1] he is running[2].
我將向他說明他所冒的風險。

2. Why not **represent to** her that she was wrong[3]?

句中關鍵單字

1 risk 危險
2 run 經營、運行
3 wrong 錯的

• respond to [rɪˋspɑnd tu] 回應、反應

相關片語 **react to** 對……作出反應

老外就醬用！

How did the customers[1] **respond to** our new products?
客戶對我們的新產品反應如何？

3. Animals do not merely[2] passively[3] **respond to** the world[4].

句中關鍵單字

1 customer 客戶
2 merely 僅僅、只
3 passively 被動地
4 world 世界

• result in [rɪˋzʌlt ɪn] 導致

相關片語 **lead to** 導致

老外就醬用！

The bad weather[1] **resulted in** a traffic[2] jam.
糟糕的天氣導致交通堵塞。

4. Taking too much of this medicine[3] will **result in** injury[4] to the liver.

句中關鍵單字

1 weather 天氣
2 traffic 交通
3 medicine 藥
4 injury 受損、受傷

• ring a bell [rɪŋ ə bɛl] 聽起來耳熟

易混淆片語 **be in the ring for** 參加……的競選

老外就醬用！

Does the name[1] Katharine **ring a bell**?
凱薩琳這個名字有沒有很耳熟？

Try It 翻譯

5. It didn't **ring a bell**, so please explain[2] it for me.

句中關鍵單字

1 name 名字
2 explain 解釋

• rise up against [raɪz ʌp əˋgɛnst] 反叛、反抗

易混淆片語 **give rise to sth.** 引發、導致某事

老外就醬用！

Why[1] don't you **rise up against** them?
你為什麼不反抗他們呢？

Try It 翻譯

6. There were many enemies[2] **rising up against** me, I didn't know[3] what to do.

句中關鍵單字

1 why 為什麼
2 enemy 敵人

• roar with laughter [ror wɪð ˋlæftɚ] 哄堂大笑

易混淆片語 **in a roar** 哄笑的

老外就醬用！

My joke[1] made the students in the class[2] **roar with laughter**.
我講的笑話讓全班學生哄堂大笑。

Try It 翻譯

7. Such movie[3] often makes people **roar with laughter**.

句中關鍵單字

1 joke 笑話
2 class 班級
3 movie 電影

Answers
翻譯參考解答

1. 你應該馬上報警！
2. 為什麼不向她指出她錯了呢？
3. 動物不只是被動地對外部世界做出反應。
4. 服用這種藥過量會導致肝臟受損。
5. 這並沒有讓我想起什麼，所以請你解釋一下。
6. 有很多敵人攻擊我，我不知道該怎麼辦。
7. 這種電影常使人們放聲大笑。

• root out [rut aʊt] 根除

易混淆片語 pull up one's roots 自久居之地移居他鄉

老外就醬用！

The government[1] determined[2] to **root out** the corruptions[3].
政府決心根除腐敗現象。

1. Don't you think that the outdated[4] ideas should be **rooted out**?

句中關鍵單字
1 government 政府
2 determine 決心
3 corruption 腐敗
4 outdated 陳舊的、過時的

• root and branch [rut ænd bræntʃ] 徹底地

老外就醬用！

I really want to learn[1] English **root and branch**.
我真想要徹底學好英文。

2. These evil[2] practices must be destroyed[3] **root and branch**.

句中關鍵單字
1 learn 學習
2 evil 邪惡的、有害的
3 destroy 破壞、毀壞

• rub off [rʌb ɔf] 擦掉

相關片語 rub out 擦掉、拭去

老外就醬用！

Please **rub off** the things written on the blackboard[1] after class[2].
下課後請把黑板上的字擦掉。

3. Don't worry[3], the mud[4] can **rub off** quite easily.

句中關鍵單字
1 blackboard 黑板
2 class 班級
3 worry 擔心
4 mud 泥巴

• rub up [rʌb ʌp] (1) 擦亮 (2) 溫習

相關片語 brush up 擦亮、溫習

老外就醬用！

Mom **rubbed up** the silverware[1] with a clean dry[2] cloth.
媽媽用一塊乾淨的布將銀器擦亮。

4. I must **rub up** my English for final[3] examination[4].

句中關鍵單字
1 silverware 銀器
2 dry 乾的
3 final 最終的
4 examination 考試

• run after a shadow [rʌn ˋæftɚ ə ˋʃædo] 捕風捉影

相關片語 make accusations on hearsay 捕風捉影

老外就醬用！

Don't **run after a shadow**, give me the evidence[1]!
不要捕風捉影，拿出證據來！

句中關鍵單字
1 evidence 證據
2 right 正確的

5. It's not right[2] for you to **run after a shadow**.

• run out of [rʌn aut ɑv] 用完

相關片語 use up 用完

老外就醬用！

We **ran out of** coal[1], and had to burn wood[2].
我們的煤用光了，只好燒柴。

句中關鍵單字
1 coal 煤
2 wood 木材
3 ink 墨水
4 new 新的

6. I almost **run out of** ink[3]. I have to buy a new[4] one.

• run after [rʌn ˋæftɚ] 追趕

相關片語 come after 緊跟其後

易混淆片語 run about 跑來跑去

老外就醬用！

If you **run after** two hares[1], you will catch[2] neither.
如果你同時追兩隻兔子，你一個也捉不住。

句中關鍵單字
1 hare 兔子
2 catch 趕上、捉住
3 beautiful 漂亮的、美麗的

7. Susan is a beautiful[3] woman, a lot of men **run after** her.

Answers 翻譯參考解答

1. 你不認為陳舊的思想觀念應該根除嗎？
2. 這些惡習必須徹底根除。
3. 不用擔心，泥巴很容易就能擦掉。
4. 我必須溫習一下英語以便應付期末考試。
5. 捕風捉影是不對的。
6. 我的墨水快要用完了。我得去買瓶新的。
7. 蘇珊是個漂亮的女人，好多男人追她。

• safe as houses [sef æz haʊsɪz] 非常安全、萬無一失

易混淆片語 **in sb.'s safe keeping** 由某人保管

老外就醬用！

Don't worry[1], this place is **safe as houses**.
別擔心，這個地方非常安全。

1. The boat[2] is **safe as houses**, there's no danger[3] of sinking[4].

句中關鍵單字
1 worry 擔心
2 boat 船
3 danger 危險
4 sinking 沉沒

• sail for... [sel fɔr] 航向……

易混淆片語 **at full sail** 開足馬力

老外就醬用！

This vessel[1] would **sail for** London within two days.
這艘船將在兩天之內駛往倫敦。

2. My husband[2] **sailed for** Europe[3] yesterday afternoon.

句中關鍵單字
1 vessel 船、艦
2 husband 老公
3 Europe 歐洲

• save... from... [sev frɑm] 從……救出……

易混淆片語 **save on sth.** 節約

老外就醬用！

Thank you very much for **saving** my son[1] **from** the earthquake[2].
非常感謝你把我兒子從地震中救出來。

3. Oh, God. Please **save** us **from** all our sins[3] and evil[4]!

句中關鍵單字
1 son 兒子
2 earthquake 地震
3 sin 罪孽
4 evil 邪惡

• save one's pocket [sev wʌns ˌpɑkɪt] 節省

老外就醬用！

I began to **save** all **my pocket** money since[1] I was ten.
我從十歲開始存零用錢。

4. The boy wanted[2] to **save his pocket** money for buying[3] books.

句中關鍵單字
1 since 自從
2 want 想
3 buy 買

• scout about for [skaut əˋbaut fɔr] 到處搜尋

易混淆片語 ▶ scout at 譏笑

老外就醬用！

You'd better **scout about for** a new secretary[1].
你最好物色一個新秘書。

5. We were **scouting about for** Peter, but failed[2].

句中關鍵單字

1 secretary 秘書
2 fail 失敗

• scream for [skrim fɔr] 強烈要求

易混淆片語 ▶ scream curses 高聲叫罵

老外就醬用！

We **scream for** raising[1] our pay[2].
我們強烈要求調漲薪水。

6. Why didn't you **scream for** help[3] at that time?

句中關鍵單字

1 raise 提高
2 pay 薪水
3 help 幫助

• scrub out [skrʌb aut] 擦掉

相關片語 ▶ rub off 擦掉

老外就醬用！

I think the spilt[1] ink won't be able to **scrub out** easily[2].
我覺得溢出的墨水不容易擦洗掉。

7. **Scrub out** that name[3]; he's not a member[4] of us.

句中關鍵單字

1 spilt 灑出的
2 easily 容易地
3 name 名字
4 member 成員

Answers 翻譯參考解答

1. 這艘船很安全，沒有沉沒的危險。
2. 我老公昨天下午搭船去歐洲了。
3. 喔，上帝。請把我們從罪孽和邪惡中解救出來！
4. 那個男孩想把零用錢省下來買書。
5. 我們到處尋找彼得，但是沒找到。
6. 你當時為什麼不大聲求救？
7. 把那個名字劃掉，他不是我們的一員。

非學不可的英文片語1000 | English Phrases

• seal off [sil ɔf] 把……封鎖起來

老外就醬用！

This area[1] is **sealed off** until the police make a full investigation[2].
這一區會一封鎖，直到員警充分的調查為止。

1. Why don't you **seal off** that oil can[3]?

句中關鍵單字
1 area 地區
2 investigation 調查
3 can 罐

• search for [sɜtʃ fɔr] 尋找

易混淆片語 ▶ **search into** 調查

老外就醬用！

I must **search for** my lost[1] book[2].
我一定要找到我弄丟的書。

2. May I know[3] what you are **searching for**?

句中關鍵單字
1 lost 丟失的
2 book 書
3 know 知道

• seek for [sik fɔr] (1) 尋找 (2) 搜索

相關片語 ▶ **look for** 尋找

老外就醬用！

Every young[1] people like to **seek for** success[2] in life.
每個年輕人都喜歡探索人生的成功之路。

3. Not all people live to **seek for** wealth[3].

句中關鍵單字
1 young 年輕的
2 success 成功
3 wealth 財富

• seize an opportunity [siz æn ˌɑpɚˋtjunətɪ] 抓住機會、利用機會

老外就醬用！

Let us **seize an opportunity**, act at once[1]!
讓我們抓住機會，立即行動吧！

4. Not everyone[2] is able[3] to **seize an opportunity**.

句中關鍵單字
1 at once 立刻
2 everyone 每個人
3 able 能夠的

• seldom or never [ˋsɛldəm ɔr ˋnɛvɚ] 簡直不、幾乎不

易混淆片語 now or never 勿失良機

老外就醬用！

His parents[1] **seldom or never** scold[2] him.
他的父母極少責備他。

5. Julie **seldom or never** made a mistake[3] in writing.

句中關鍵單字

1 parent 父母
2 scold 責備
3 mistake 錯誤

• send sth. to... [sɛnd ˋsʌmθɪŋ tu] 把某物送（寄）到……

易混淆片語 send sth. out 發出

老外就醬用！

Will you **send** it **to** this address[1] in Japan?
請你把它寄到日本的這個地址好嗎？

6. Please **send** those photos[2] **to** the hotel[3].

句中關鍵單字

1 address 地址
2 photo 照片
3 hotel 旅館

• separate A into B [ˋsɛpə͵ret e ˋɪntu bi] 把A分成B

相關片語 divide...into... 把……分成……

老外就醬用！

If the paragraph[1] is very long, please **separate** it **into** two parts[2].
如果某個段落過長，請分成兩段。

7. Why not **separate** the apple[3] **into** four equal[4] pieces?

句中關鍵單字

1 paragraph 段落
2 part 部分
3 apple 蘋果
4 equal 平等的、相等的

Answers 翻譯參考解答

1. 你為什麼不封住那個油罐？
2. 我能知道你在尋找什麼嗎？
3. 不是所有人活著都為了追求財富。
4. 不是每個人都能夠把握機會。
5. 茱莉在寫作時極少犯錯。
6. 請把那些照片寄到旅館來。
7. 為什麼不把這個蘋果分成四等分？

• serve for [sɝv fɔr] 充當、當作

易混淆片語 **serve out** 分配

老外就醬用！

I think[1] you could **serve for** my bodyguard[2].
我認為你可以充當我的保鏢。

Try It 翻譯 1. The room will **serve for** living room[3].

句中關鍵單字
1 think 認為
2 bodyguard 保鏢
3 living room 客廳

• set off [sɛt ɔf] 出發

易混淆片語 **set to do sth.** 使開始、使著手做某事

老外就醬用！

They **set off** for London yesterday[1].
他們昨天就出發去倫敦了。

Try It 翻譯 2. When do you think we should[2] **set off**?

句中關鍵單字
1 yesterday 昨天
2 should 應該

• set the scene for [sɛt ðə sin fɔr] 導致

老外就醬用！

The unjust[1] treaty[2] **set the scene for** the war.
這個不平等條約導致了這場戰爭。

Try It 翻譯 3. This extramarital[3] relationship **set the scene for** their divorce[4].

句中關鍵單字
1 unjust 不平等的
2 treaty 條約
3 extramarital 婚外的
4 divorce 離婚

• settle down [ˋsɛtl̩ daʊn] (1) 定居 (2) 專心於

相關片語 **be absorbed in** 專心於

老外就醬用！

Why not get a job[1] and try[2] to **settle down**?
為什麼不找一份工作並試著定居下來？

Try It 翻譯 4. You have to **settle down** to study[3] now.

句中關鍵單字
1 job 工作
2 try 試著
3 study 學習

MP3 Track 064

• share with... [ʃɛr wɪð] 和……分享

易混淆片語 ▶ **come in for a share** 得到分配

老外就醬用！

I have a funny[1] joke[2] to **share with** you.
我有一個好笑的笑話要講給你聽。

5. Always **share with** others the best[3] thing you have.

句中關鍵單字
1 funny 好笑的、有趣的
2 joke 笑話
3 best 最好的

• shoot at... [ʃut æt] 向……射擊

相關片語 ▶ **aim at** 向……射擊

老外就醬用！

If I **shoot at** the bird[1] so close[2], I wouldn't miss it.
如果近距離開槍射這隻鳥，我不會射偏。

6. A man with a gun[3] was **shooting at** the crowds[4] suddenly.

句中關鍵單字
1 bird 鳥
2 close 近的
3 gun 槍
4 crowd 人群

• show off [ʃo ɔf] 賣弄、炫耀

易混淆片語 ▶ **show one's true color** 現出原形、顯露出本性

老外就醬用！

Dr. Lee always **shows off** his learning[1].
李博士總是賣弄他的學問。

7. He likes to **show off** his fortune[2].

句中關鍵單字
1 learning 學問、學識
2 fortune 財富

Answers 翻譯參考解答

1. 那個房間將當作客廳。
2. 你想我們應該什麼時候出發？
3. 這段婚外情導致了他們的離婚。
4. 你現在得安下心來念書了。
5. 永遠將最好的事物與別人分享。
6. 有一持槍男子突然向人群射擊。
7. 他很喜歡炫耀自己的財富。

• show respect to [ʃo rɪˋspɛkt tu] 尊敬

相關片語 look up to 尊重

老外就醬用！

We should **show respect to** elderly[1] person.
我們應該對年長者表達尊敬。

1. I **show respect** to any hardworking [2]people.

句中關鍵單字
1 elderly 上了年紀的、稍老的
2 hardworking 努力工作的

• shrink away [ʃrɪŋk əˋwe] 退縮

相關片語 move back 退縮

老外就醬用！

People always **shrink away** from HIV sufferers[1].
大家總是對愛滋病患者退避三舍。

2. Will you **shrink away** when you encounter[2] a problem[3]?

句中關鍵單字
1 sufferer 患者
2 encounter 遭遇、碰到
3 problem 問題

• shut down [ʃʌt daʊn] 關閉

易混淆片語 shut up 閉嘴

老外就醬用！

They threatened[1] to **shut down** the school[2].
他們威脅要關閉這家學校。

3. Why was that restaurant[3] **shut down** last week?

句中關鍵單字
1 threaten 威脅
2 school 學校
3 restaurant 餐館

• sing another song [sɪŋ əˋnʌðɚ sɔŋ] 改變作風

易混淆片語 sing one's own praises 自吹自擂

老外就醬用！

Why not let[1] the girl **sing another song**?
為什麼不讓女孩再唱一首歌呢？

4. Did you find that the mayor[2] **sang another song** after he got back from abroad[3]?

句中關鍵單字
1 let 讓
2 mayor 市長
3 abroad 國外

• slow down [slo daʊn] 減速

易混淆片語 go slow 慢慢走

老外就醬用！

Could[1] you please **slow down**?
可以請你開慢一點嗎？

5. Would[2] you **slow down**, please?

句中關鍵單字

1 could 能
2 would 將要、願意

• smooth over [smuð ˋovɚ] (1) 掩飾 (2) 平息

易混淆片語 smooth down 弄平、變平靜、緩和

老外就醬用！

Linda tried to **smooth over** her errors[1], but the teacher didn't buy[2] it. 琳達試圖掩飾她的錯誤，但老師不買她的帳。

6. The husband and wife agreed to **smooth over** their anger[3].

句中關鍵單字

1 error 錯誤
2 buy 買
3 anger 怒氣、生氣

• solution to... [səˋluʃən tu] ……的解決方法

老外就醬用！

What is the **solution to** this dilemma[1]?
這個困境的解決方案是什麼？

7. We have to find[2] a **solution to** the problem.

句中關鍵單字

1 dilemma 困境
2 find 找到

Answers 翻譯參考解答

1. 我對所有勤奮工作的人都滿懷敬意！
2. 碰到問題時你會退縮嗎？
3. 那家餐館上週為什麼沒有營業？
4. 你發現了嗎？市長從國外回來之後改變作風了。
5. 您能慢一點嗎？
6. 丈夫和妻子同意緩和他們的怒氣。
7. 我們必須找到這個問題的解決方法。

• speak the truth [spik ðə truθ] 説真話

易混淆片語 ▶ **speak for oneself** 為自己辯護、陳述自己的意見

老外就醬用！

Children[1] should be taught[2] to **speak the truth.**
孩童應該學會誠實。

1. Why didn't you **speak the truth** then[3]?

句中關鍵單字
1 children 兒童、孩子
2 taught 教（teach 的過去分詞）
3 then 當時

• spill one's guts [spɪl wʌns gʌts] 告密

易混淆片語 ▶ **have no guts in sth.** 毫無內容

老外就醬用！

Mary decided[1] to **spill her guts** finally[2].
瑪麗終於決定說出實情。

2. I don't like those[3] who always **spill other's guts.**

句中關鍵單字
1 decide 決定
2 finally 最終、終於
3 those 那些

• spin out [spɪn aut] 拖延

相關片語 **drag on** 拖延

老外就醬用！

We **spun out** a whole[1] hour[2] waiting for a bus.
我們整整等了一個小時的公車。

3. The task[3] could be **spun out** to tomorrow[4] if you have no time today.

句中關鍵單字
1 whole 整個、全部
2 hour 小時
3 task 任務
4 tomorrow 明天

• spit in the eye of [spɪt ɪn ðə aɪ ɑv] 蔑視

相關片語 **show contempt for** 蔑視

老外就醬用！

I **spit in the eye of** anyone[1] lazy[2].
我蔑視所有懶惰的人。

4. No one dares[3] to **spit in the eye of** the prince[4].

句中關鍵單字
1 anyone 任何人
2 lazy 懶惰的
3 dare 敢
4 prince 王子

• spring out [sprɪŋ aʊt] (1) 跳出 (2) 突然冒出

易混淆片語 ▶ **spring up** 出現

老外就醬用！

Oil[1] is **springing out** from the well[2].
石油不斷地從井中湧出。

5. A reporter[3] **sprang out** before me as soon as[4] I went out of the door.

句中關鍵單字

1 oil 石油
2 well 井
3 reporter 記者
4 as soon as... 一……就……

• stand aside [stænd əˋsaɪd] 袖手旁觀、站到一旁

易混淆片語 ▶ **aside from** 除此之外

老外就醬用！

No man could **stand aside** in such situation[1].
在這種情況下，沒有人會袖手旁觀。

6. Don't **stand aside** and let others[2] do your work[3]!

句中關鍵單字

1 situation 情況
2 others 其他人
3 work 工作

• stare at [stɛr æt] 盯著……看

易混淆片語 ▶ **make sb. stare** 使某人驚愕

老外就醬用！

The little girl woke up and **stared at** me in surprise[1].
這個小女孩醒了，驚奇地睜大眼睛看著我。

7. It's not polite[2] to **stare at** strangers[3].

句中關鍵單字

1 surprise 驚奇
2 polite 禮貌的
3 stranger 陌生人

1. 你當時為什麼不說實話？
2. 我不喜歡總是告密的人。
3. 如果你今天沒空，這個任務可以拖到明天。
4. 沒有人敢蔑視王子。
5. 我剛走出門口，就有一個記者突然出現在我面前。
6. 不要什麼事情都讓別人幫你做！
7. 盯著陌生人看是沒有禮貌的。

Level 1 老外都在用的基礎片語

• suffer from [ˋsʌfɚ frɑm] 遭受

易混淆片語 suffer for 為……而受苦

老外就醬用！

Have you **suffered from** constipation[1]?
你有便秘的困擾嗎？

1. People in the south[2] seldom **suffer from** sandstorms[3].

句中關鍵單字
1 constipation 便秘
2 south 南方
3 sandstorm 沙塵暴

• sum up [sʌm ʌp] (1) 總結 (2) 加總

易混淆片語 in sum 簡言之

老外就醬用！

Please **sum up** what you said at the meeting[1].
請把你剛才在開會中的話總結一下。

2. Your marks[2] **sum up** to 585. Congratulations[3]!

句中關鍵單字
1 meeting 會議
2 mark 分數
3 congratulation 祝賀、恭喜

• supply... with... [səˋplaɪ wɪð] 提供……給……

相關片語 provide... with... 提供……給……

老外就醬用！

Dictionaries[1] can **supply** us **with** information[2] about words and phrases[3].
字典可以提供我們有關單字和片語的資訊。

3. We believe we can **supply** you **with** all kinds of dresses[4].

句中關鍵單字
1 dictionary 字典
2 information 資訊
3 phrase 片語
4 dress 洋裝、連衣裙

• survive from... [sɚˋvaɪv frɑm] 從……倖存下來

易混淆片語 from before 從……以前

老外就醬用！

How did you **survive from** the tsunami[1]?
你是怎樣從海嘯中倖存下來的？

4. Rose is the only victim[2] that **survived from** the accident[3].

句中關鍵單字
1 tsunami 海嘯
2 victim 受害人、犧牲者
3 accident 事故

• swing along [swɪŋ əˋlɔŋ] 大搖大擺地走、溜達

老外就醬用！

The soldiers[1] came **swinging along.**
那些士兵大搖大擺地走過來。

5. You can't **swing along** here with casual[2] wear[3].

句中關鍵單字
1 soldier 士兵
2 casual 輕便的、非正式的
3 wear 穿著

• tackle one's ears [ˋtækl̩ wʌns ɪrz] 奉承某人

相關片語 **fawn upon** 奉承

老外就醬用！

Why don't you pretend[1] to **tackle his ears**?
為什麼不假裝奉承他？

6. Friends[2] who **tackle your ears** are not your true[3] friends.

句中關鍵單字
1 pretend 假裝
2 friend 朋友
3 true 真正的

• take a rest [tek ə rɛst] 休息

相關片語 **have a rest** 休息一下

老外就醬用！

Why not sit[1] down and **take a rest**?
為什麼不坐下來休息一下呢？

7. Please **take a rest** here in the sitting room[2].

句中關鍵單字
1 sit 坐
2 sitting room 客廳

Answers 翻譯參考解答

1. 南方居民很少遭受沙塵暴的侵襲。
2. 你的總分是 585 分。恭喜你！
3. 我們相信能夠提供給你各式各樣的洋裝。
4. 蘿絲是這次事故中唯一的倖存者。
5. 不能穿著便裝在這散步。
6. 總是奉承你的朋友不是真朋友。
7. 請在這個客廳休息一下。

• take notice of [tek ˋnotɪs ɑv] 注意到、關注、理會

易混淆片語 **catch one's notice** 引起某人注意

Have you **taken notice of** anything special[1]?
你注意到有什麼特別事了嗎？

1. Please **take notice of** my announcement[2].

句中關鍵單字
1 special 特別的
2 announcement 通知、公告

• take off [tek ɔf] (1) 脱掉 (2) 起飛

相關片語 **put on** 穿上

老外就醬用！

I have to **take off** my coat[1], it's too hot[2] here.
我得脱掉外套，這裡太熱了。

Try It 翻譯

2. When does your airplane[3] **take off**?

句中關鍵單字
1 coat 外套
2 hot 熱的
3 airplane 飛機

• take part in [tek pɑrt ɪn] 參加

相關片語 **join in** 參加、加入

老外就醬用！

There are 20 people **taking part in** the program[1].
有二十個人參加這個計畫。

3. Would you like to **take part in** my concert[2]?

句中關鍵單字
1 program 計畫
2 concert 演唱會

• take pride in [tek praɪd ɪn] 以……為傲

相關片語 **be proud of** 以……為驕傲

老外就醬用！

We **take pride in** our excellent[1] son[2].
我們為這麼優秀的兒子感到自豪。

4. Every citizen[3] **takes pride in** the prosperity[4] of the country.

句中關鍵單字
1 excellent 優秀的
2 son 兒子
3 citizen 公民
4 prosperity 繁榮昌盛

• take the responsibility for [tek ðə rɪˌspɑnsə`bɪlətɪ fɔr] 負擔起……的責任

相關片語 assume the responsibility 負擔責任

老外就醬用！

Who will **take the responsibility for** what happened[1]?
誰會為發生的事情負責？

5. No one would like to **take the responsibility for** the accident[2].

句中關鍵單字
1 happen 發生
2 accident 事故

• teach sb. a lesson [titʃ `sʌmˌbɑdɪ ə `lɛsn̩] 教訓某人

相關片語 draw a moral from 吸取教訓

老外就醬用！

Will you help[1] me **teach** Tag **a lesson**?
你願意幫我給泰格一個教訓嗎？

6. We are planning[2] to **teach** him **a lesson**.

句中關鍵單字
1 help 幫助
2 plan 計畫

• teach fish to swim [titʃ fɪʃ tu swɪm] 班門弄斧

易混淆片語 be in the swim 熟悉內情

老外就醬用！

We can't **teach fish to swim** in front of[1] the professionals[2].
在專家面前，我們不能班門弄斧。

7. It's very stupid[3] to **teach fish to swim**.

句中關鍵單字
1 in front of 在……前面
2 professional 專業人員
3 stupid 愚蠢的

Answers 翻譯參考解答

1. 請注意聽我的通知。
2. 你的飛機幾點起飛？
3. 你們願意參加我的演唱會嗎？
4. 每個公民都為國家的繁榮昌盛而感到驕傲。
5. 沒有人願意為這起事故負責。
6. 我們正計畫教訓他一頓。
7. 班門弄斧是很愚蠢的。

• to one's surprise [tu wʌns sə`praɪz] 令某人驚訝的是

易混淆片語 **in surprise** 驚奇地

老外就醬用！

To my surprise, Betty succeeded[1] at last[2].
令我吃驚的是，貝蒂最後居然成功了。

1. **To his surprise,** the news got out soon[3].

句中關鍵單字
1 succeed 成功
2 at last 最後
3 soon 很快

• tooth and nail [tuθ ænd nel] 拼命

相關片語 **risk one's life** 拼命

老外就醬用！

Many people would fight[1] **tooth and nail** for money[2] and fame[3]. 很多人會為名利而拼命。

2. Mom fights **tooth and nail** against our divorce[4].

句中關鍵單字
1 fight 戰鬥
2 money 金錢
3 fame 名望、名氣
4 divorce 離婚

• tower above [`tauɚ ə`bʌv] 高出、勝過

相關片語 **get the best of** 勝過

老外就醬用！

Shakespeare[1] **towers above** all other dramatists[2].
莎士比亞遠超過其他所有的劇作家。

3. I believe your ability[3] **towers above** all your colleagues[4].

句中關鍵單字
1 Shakespeare 莎士比亞
2 dramatist 劇作家
3 ability 能力
4 colleague 同事

• trace back to [tres bæk tu] 追溯到

相關片語 **date back to** 回溯到

老外就醬用！

My family history[1] can be **traced back to** 200 years ago.
我的家族史可追溯到 200 年前。

4. The history of Thanksgiving[2] **traces back to** the start[3] of USA.

句中關鍵單字
1 history 歷史
2 Thanksgiving 感恩節
3 start 開始

• trap in [træp ɪn] 使困於

易混淆片語 ▶ **fall into trap** 落入……圈套

老外就醬用！

One of my friends[1] was **trapped in** the burning hotel[2].
我的一個朋友被困在發生火災的旅館裡。

5. Have you ever been **trapped in** a lift[3]?

句中關鍵單字

1 friend 朋友
2 hotel 旅館
3 lift 電梯

• tremble at [trɛmbl æt] 因……而顫慄

相關片語 ▶ **tremble with fear** 嚇得發抖

老外就醬用！

She **trembled at** the final[1] verdict[2].
她因這最終的判決而顫抖。

6. Judy **trembles at** the sight[3] of the fire[4].

句中關鍵單字

1 final 最終的
2 verdict 判決、裁定
3 sight 看見、目睹
4 fire 火

• trust in [trʌst ɪn] 信任

相關片語 ▶ **have confidence in** 信任

老外就醬用！

I **trust in** your ability[1] to pass[2] the examination.
我相信你有能力通過這次考試。

7. I absolutely[3] **trust in** my friends.

句中關鍵單字

1 ability 能力
2 pass 通過
3 absolutely 完全

Answers 翻譯參考解答

1. 使他驚訝的是，消息很快就洩露出去了。
2. 媽媽極力反對我們離婚。
3. 我相信你的能力勝過你所有的同事。
4. 感恩節的由來可追溯到美國歷史的發端。
5. 你曾經被困在電梯裡嗎？
6. 茱蒂一看見火就發抖。
7. 我完全信賴我的朋友。

• try to [traɪ tu] 試圖

易混淆片語 **try out** 試驗

老外就醬用！

I have been **trying to** forget those terrible[1] memories[2].
我一直試圖忘記那些恐怖的記憶。

1. Never **try to** cover[3] your mistakes.

句中關鍵單字
1 terrible 恐怖的
2 memory 記憶
3 cover 掩蓋

• turn a deaf ear to [tɝn ə dɛf ɪr tu] 對……充耳不聞

易混淆片語 **deaf and dumb** 聾啞的

老外就醬用！

Please don't **turn a deaf ear to** what[1] I have said.
請你不要對我所說的話充耳不聞。

2. My parents[2] always **turn a deaf ear to** my request[3].

句中關鍵單字
1 what 什麼
2 parent 父母
3 request 請求、要求

• turn down [tɝn daʊn] 拒絕、駁回

易混淆片語 **shut down** 關閉、工廠停工

老外就醬用！

The old lady[1] was **turned down** for the job.
那個老婦人被拒絕了這份工作。

3. The impractical[2] suggestion[3] was **turned down** by the boss.

句中關鍵單字
1 lady 婦人、女士
2 impractical 不切實際的
3 suggestion 建議

• turn white into black [tɝn hwaɪt ˋɪntu blæk] 顛倒黑白、混淆是非

易混淆片語 **in black and white** 白紙黑字

老外就醬用！

Why did those people[1] **turn black into white**?
為什麼那些人要顛倒是非？

4. I don't allow[2] anyone[3] to **turn black into white**.

句中關鍵單字
1 people 人
2 allow 允許
3 anyone 任何人

• under the control of [ˋʌndɚ ðə kənˋtrol ɑv] 在……控制之下

相關片語 out of control 失去控制

老外就醬用！

He was **under the control of** evil[1] men and forced[2] to do bad things.
他在壞人控制下被迫做了壞事。

5. Everything[3] of the company is **under the control of** the boss.

句中關鍵單字

1 evil 邪惡的
2 force 強迫
3 everything 一切事務

• under consideration [ˋʌndɚ kən͵sɪdəˋreʃən] 在考慮之中

老外就醬用！

The resolution[1] to the problem is now **under consideration.**
這個問題的解決方案正在考慮中。

6. Our marriage[2] is **under consideration** at the moment[3].

句中關鍵單字

1 resolution 解決
2 marriage 婚事、婚姻
3 moment 時刻

• under one's thumb [ˋʌndɚ wʌns θʌm] 在某人的支配下

易混淆片語 raise one's thumb 豎起拇指

老外就醬用！

The poor[1] young man is always **under his wife's thumb.**
那個可憐的年輕人總受制於他太太。

7. Barney is a bully[2]. He keeps[3] all little children **under his thumb.**

句中關鍵單字

1 poor 可憐的
2 bully 惡霸
3 keep 保持

Answers 翻譯參考解答

1. 千萬不要試圖掩蓋你的錯誤。
2. 我父母總是對我的請求充耳不聞。
3. 這個不切實際的建議被老闆駁回了。
4. 我不允許任何人混淆是非。
5. 公司的一切事務都在老闆的控制之下。
6. 我們的婚事現在正在考慮當中。
7. 巴尼是個惡霸，所有小孩都得受他擺佈。

• under pressure [ˋʌndɚ ˋprɛʃɚ] 在壓力下

易混淆片語 ▶ **exert / put pressure on** 施加壓力

老外就醬用！

Are you able[1] to work **under pressure**?
你能在壓力下工作嗎？

1. She often works constantly[2] **under pressure**.

> **句中關鍵單字**
> 1 able 能的、有能力的
> 2 constantly 不斷地、時常地

• vote down [vot daʊn] 投票否決

相關片語 ▶ **vote through** 投票通過

老外就醬用！

We have no other choice[1] but to **vote** it **down**.
我們別無選擇，只能投票反對這項計畫。

2. The bill[2] was **voted down** at the meeting[3].

> **句中關鍵單字**
> 1 choice 選擇
> 2 bill 議案
> 3 meeting 會議

• wag one's tongue [wæg wʌns tʌŋ] 喋喋不休

相關片語 ▶ **chatter away** 喋喋不休地說個沒完

老外就醬用！

Mary **wags her tongue**, trying to distract[1] his attention[2].
瑪麗喋喋不休，想分散他的注意力。

3. When it comes to shopping[3], she would **wag her tongue**.

> **句中關鍵單字**
> 1 distract 分散
> 2 attention 注意力
> 3 shopping 購物

• wake up [wek ʌp] 醒來、吵醒

易混淆片語 ▶ **follow in the wake of** 跟在……後面、效法……

老外就醬用！

Be quiet[1]; don't **wake up** the baby[2].
安靜點，別吵醒這個嬰兒。

4. I don't **wake up** until 9 o'clock every morning[3].

> **句中關鍵單字**
> 1 quiet 安靜的
> 2 baby 嬰兒
> 3 morning 早上

• walk backwards [wɔk ˋbækwɚdz] 往後走

易混淆片語 walk away 走開

老外就醬用！

I'm a slow[1] walker, but I never **walk backwards**.
我走得很慢，但是我從不後退。

5. I like **walking backwards** in the park[2] while listening to the music[3].

句中關鍵單字
1 slow 慢的
2 park 公園
3 music 音樂

• wander from the track [ˋwandɚ fram ðə træk] 誤入歧途

相關片語 go astray 迷路、誤入歧途

老外就醬用！

You'd better not **wander from the track** in the future[1].
你將來最好別誤入歧途。

6. The speechmaker[2] always tends[3] to **wander from the track**.

句中關鍵單字
1 in the future 將來
2 speechmaker 發言人
3 tend 傾向

• warn sb. against... [wɔrn ˋsʌmˌbadɪ əˋgɛnst] 告誡某人提防

易混淆片語 warn off 告誡離開

老外就醬用！

I **warn him against** the dog in the yard[1].
我提醒他當心院子裡的狗。

7. It's so kind[2] of you to **warn me against** the danger[3].

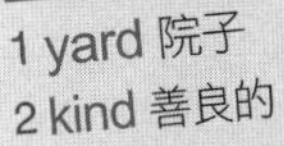

句中關鍵單字
1 yard 院子
2 kind 善良的
3 danger 危險

Answers 翻譯參考解答

1. 她常在壓力下工作。
2. 這項議案在會議上被否決了。
3. 只要講到購物她就喋喋不休。
4. 我每天早上九點才醒。
5. 我喜歡在公園裡一邊倒著走一邊聽音樂。
6. 這個發言人總是喜歡偏離話題。
7. 你真好，告訴我要提防危險。

• win by a neck [wɪn baɪ ə nɛk] 略勝一籌、險勝

易混淆片語 ▶ **neck and neck** 不分上下、並駕齊驅

老外就醬用！

I still think Mr. Wilson **wins by a neck**.
我仍然認為威爾森先生略勝一籌。

1. This article[1] **wins by a neck** by comparison[2].

句中關鍵單字
1 article 文章
2 comparison 比較

• wink at [wɪŋk æt] 使眼色

老外就醬用！

Joey always **winks at** the pretty[1] girls in his class[2].
喬伊總是向班上的漂亮女孩擠眉弄眼。

2. Mother **winked at** me as a sign[3] of keeping silent[4].

句中關鍵單字
1 pretty 漂亮的
2 class 班級
3 sign 符號、手勢
4 silent 沉默的

• win over [wɪn ˋovɚ] 把……爭取過來

易混淆片語 ▶ **win the day** 得勝

老外就醬用！

You have to **win over** the trust[1] of the manager to get this project[2].
你需取得經理的信任，才可以拿到這個專案。

3. You will have to **win over** the whole[3] class.

句中關鍵單字
1 trust 信任
2 project 項目、專案
3 whole 整體、全部

• wipe away [waɪp əˋwe] 擦去、去除

易混淆片語 ▶ **wipe out** 消滅

老外就醬用！

The lady **wiped** her tears[1] **away** with her handkerchief[2].
那位女士用手帕擦去眼淚。

4. Let's **wipe away** despair[3] and believe[4] in ourselves.

句中關鍵單字
1 tear 眼淚
2 handkerchief 手絹
3 despair 絕望
4 believe 相信

• with one's whole heart [wɪð wʌns hol hart] 一心一意地

易混淆片語 **as a whole 整體上**

老外就醬用！

I hope[1] you could succeed[2] **with my whole heart.**
我衷心希望你成功。

5. Students should study[3] **with their whole heart.**

句中關鍵單字
1 hope 希望
2 succeed 成功
3 study 學習

• wonder at [ˋwʌndɚ æt] 對……感到驚奇

相關片語 **be surprised at 對……感到驚奇**

老外就醬用！

Everyone **wonders at** the boy's wit[1].
每個人對男孩的機智都感到驚訝。

6. I **wonder at** your refusal[2] to such[3] a good job.

句中關鍵單字
1 wit 機智、智慧
2 refusal 拒絕
3 such 如此的

• word by word [wɝd baɪ wɝd] 逐字地

易混淆片語 **in a word 總之**

老外就醬用！

You'd better not turn English into Chinese **word by word.**
你最好不要逐字逐句把英語譯成中文。

7. Great[1] books are made[2] **word by word.**

句中關鍵單字
1 great 偉大的
2 make 製作（make 的過去分詞）

Answers 翻譯參考解答

1. 相較之下，這篇文章還是略勝一籌。
2. 母親向我使眼色叫我不要作聲。
3. 你得把全班同學都爭取過來才行。
4. 讓我們拋開絕望，相信我們自己吧。
5. 學生應該全心全意地投入學習。
6. 我對你拒絕了這麼好的工作感到驚訝。
7. 偉大的書籍是一字一句寫成的。

特別收錄

老外「醬」用片語

E-mail & 情境會話 & 日記

Trip to Paris

My dear friends,

I am writing to share my journey in Paris with you guys. As you all know, French dessert, which the French take pride in, has been attractive to me. I have been dreaming of coming to Paris. In this year, I was not busy with my work and my money was sufficient to set off for Paris, so I tried to make my dream come true.

As I arrived in Paris, I found the desserts attract most of my attention. I was curious about the colorful dessert, such as macaron, madeleine and mille-feuille. Though I attempted to try them all, I only tried some of them to save my pocket. So far, everything I had tried was great!

Am I awaking your interest in visiting Paris? If you want to visit Paris, bear in mind that you should always be conscious of the possible risk--people tend to stand aside and stare at you when you are in danger. When enjoying taking a trip to Paris, thus, don't' forget the possible danger.

巴黎之旅

親愛的朋友們：

我寫信是想跟你們分享我在巴黎的旅行。如你們所知道的，法國人最引以為傲的甜點一直吸引著我。我一直夢想著有天可以去巴黎。直到今年，我工作不再那麼的忙碌，而我的錢也夠我去巴黎，所以我試著讓我的夢想成真。

當我到巴黎的時候，甜點擄獲我大部分的注意力，馬卡龍、馬德蓮還有千層派這些繽紛的甜點讓我充滿了好奇心。雖然我試圖想要嚐遍所有的甜點，我最終為了節省荷包，只有試了其中幾種甜點。目前為止，我吃過的所有甜點都很棒！

我激發你們想來法國的興趣嗎？如果你們想來巴黎，請謹記在心：要注意可能的危險一當你有危險的時候，人們通常只會袖手旁觀看著你。所以，享受巴黎之旅時也別忘記潛在危險性。

Correcting the Teacher

March 7, 2018
9:00 p.m

Dear Diary,

I had a special experience in school today because of my teacher and friends. This morning, the teacher thought we were behind schedule so he pressed on with lots of homework. I attempted to prevent him from giving us more homework, so I proved to him that the homework was too much by providing him with our schedule of studying. The teacher, however, lost control and pointed a finger at me, saying I was impolite. I thought he was finding fault with me in the name of politeness. What made me went mad is my friend. He persuaded me into apologizing. He said apology will protect me from posing a problem for myself. I was frustrated by my friend's words which objected to my intention. To my surprise, in the afternoon, the teacher apologized to me. He said he should have concerned about our loading. He reflected on himself and he found that too much homework can even be harmful to us. He thanked me for speak the truth to him. He had a lesson today. Though he will retire this year, he said, it is never too late to learn. I felt so glad that he could sing another song.

指正老師

March 7, 2018
9:00 p.m
日記

我的老師跟我的朋友讓我今天有個很奇特的經驗。今天早上，老師認為我們進度落後，所以他硬要出很多功課給我們。我試圖要避免他出更多的功課，所以我提出了我們的讀書進度作為證明。然而，老師失控的責備我，說我很沒有禮貌。我覺得他只是用禮貌為名找我的碴。更讓我生氣的是我的朋友，他竟然要我跟老師道歉。他說道歉只是為了避免我給自己找更多的麻煩。因為我朋友這一番話無疑是不贊同我的原意，讓我很挫敗。我沒想到的是，下午老師竟然跟我道歉。他說他應該要考慮我們的作業量。他也反省了自己，才發現太多的功課甚至可能對我們的學習有害。他感謝我對他說實話。他今天也學到了一課。他說雖然他今年就要退休了，但是學習永不嫌晚。我很開心他改變了作風。

Wining the Basketball Game

A: We will sign up for a 3 on 3 next week.

B: Who will compete against you?

A: Class B. They won by a neck last time. We are sure that we will win over this time to wipe away record.

B: I wonder at your confidence.

A: Of course! We want to win with our whole heart.

B: Don't regard the result as the only thing. Most important, you guys made every effort.

A: But we are on the path to success. Don't pour cold water on me.

B: I see. You are on a mission to win the game.

A: Yes, we will make them pale by comparison.

B: Yes, you are capable of winning the game.

A: Be proud of me if the result shows I am blessed with talent.

B: Sure!

打贏籃球賽

A: 我們下週要打三對三。

B: 你們要跟誰打啊？

A: B班。他們上次險勝我們一籌，我們很確定這次我們會贏了雪恥。

B: 我對你的信心感到很意外。

A: 當然！我們一心想要贏。

B: 不要把結果當成唯一。最重要的是，你們都很努力了。

A: 但是我們已經在成功的路上了，不要潑我冷水。

B: 我知道，你的任務就是要贏得比賽。

A: 對！我們要讓他們相形見拙。

B: 是的！你們有能力贏得比賽的。

A: 如果結果真的顯示我有得天獨厚的天賦，要為我感到驕傲喔！

B: 當然。

Professors' Argument

A: Are you preparing for the conference?
B: No, I was just back from the conference yesterday.
A: Really? How was the conference?
B: Professor Lee put forth a new theory in the field of psychoanalysis in the international conference.
A: It must be interesting!
B: Not exactly. Professor Liang had quarrel with Professor Lee.
A: How?
B: Lee thought Liang quoted her paper out of context on purpose.
A: And then? Did they come to a conclusion?
B: The host stopped them by putting his finger in their argument. Everyone in the conference was in silence.
A: Hey, you just remind me of what I saw this morning. I just saw Professor Liang talking to Lee in person. She wanted to know her theory in detail though they had been in conflict.
B: Was Liang in favor of Lee's theory?
A: Sure. In my opinion, people who go about this field must support Lee's theory after getting the picture.
B: That's great!

教授們的爭辯

A: 你正在準備研討會的東西嗎？
B: 沒有，我昨天剛從研討會回來。
A: 真的嗎？研討會如何？
B: 李教授在研討會上對精神分析這領域提出了新的理論。
A: 哇，那一定很有趣。
B: 不盡然。梁教授跟李教授起了爭執。
A: 怎麼會？
B: 李教授覺得梁教授故意斷章取義。
A: 然後呢？他們有吵出個結果嗎？
B: 主持人從中協調阻止了他們的爭執。在研討會的大家都噤聲了。
A: 你讓我想起今天早上看到的事情。我看到梁教授親自來跟李教授講話，就算她們起過衝突，她還是想要知道李教授那理論的細節。
B: 那梁教授支持李教授的理論嗎？
A: 當然。我覺得，在了解過後，這領域的每個人都會支持李教授的論點。
B: 太棒了！

Winning the Lottery

A: I just win the lottery.
B: Wow! It is once in a blue moon.
A: Not exactly. I won the lottery on occasion.
B: Yes. That's because you have spent millions of dollars on lottery. Ah, it occurs to me what you have done to Iris when you were in relationship with Iris.
A: What do you mean?
B: You once rent lots of money from her to buy the lottery. Was that the reason why she looked down upon you? It was why she dumped you, wasn't it?
A: Hey, are you laughing at me? Lottery has nothing to do with my relationship with her. Don't have a finger in every pie. I don't want you to discuss about our love.
B: Sorry, I ate my words. Wait a moment... are you hinting at something? Are you still in contact with her?
A: Yes, every day.
B: Will you fall in love with her again?
A: Though I have formed the habit of talking to her every day, we always look at everything from different angle. So, that would be better if we stay in the friend zone.
B: It's a pity that she can't share the money you won by lottery with you.

中樂透

A: 我中樂透了！
B: 哇！真難得啊！
A: 才不是呢！我以前偶爾也會中獎啊。
B: 是啊，因為你已經花了一堆錢在樂透上了啊。對了，這讓我想到你跟艾芮絲交往時候的事情。
A: 什麼意思？
B: 你跟她借了一堆錢買樂透啊！這是她看不起你的原因嗎？你們因為這樣分手了，不是嗎？
A: 喂！你在嘲笑我嗎？樂透跟我們的感情完全沒關。不要多管閒事，我不想要你討論我們的感情。
B: 對不起，我收回我的話。等一下，你在暗示什麼？你還跟她有聯絡嗎？
A: 是啊，每天都有。
B: 你會再次愛上她嗎？
A: 雖然我養成每天跟她講話的習慣，但我們看每件事的角度都不一樣，所以我們還是當朋友比較好。
B: 好可惜喔，這樣她就不能跟你一起花中獎的錢了。

A Scam Phone Call

A: Why did your wife go out in a rush?
B: She got a call from the bank to ask her to operate the ATM to processing repetitive transactions.
A: It might be cruel to you but I think it might be a scam phone call.
B: How come?
A: The scam gang will scam her for money by pretending to be the service of bank once she operates the ATM. And they will get good money by that.
B: It's impossible. She's an expert at money management. She always keeps her eyes open on our money carefully.
A: You are too optimistic about the situation. As you told me before, she's in charge of your money, isn't she?
B: Yes...I am nervous about our money now!
A: Ask her to call the bank again in case she might be deceived. The scam gang wants her money by all means.
B: Ah! She just sends me a message to tell me that the bank informed her that the money is stolen.
A: Call the police!
B: No...she is giving up.
A: Don't let her be master of your money again.
B: I am in no mood for that now.

詐騙電話

A: 為什麼你太太匆匆忙忙的出門了？
B: 她剛接到銀行的電話要他操作ATM以取消重復交易扣款。
A: 這聽起來可能很殘忍，但是我覺得這應該是詐騙電話。
B: 怎麼可能？
A: 詐騙集團會假裝是銀行人員詐財，然後他們就會得到一大筆錢。
B: 不可能。她是理財的專家耶！她總是很小心錢的事情。
A: 你太樂觀了。你之前跟我說過，她負責管你們的錢財，不是嗎？
B: 我現在開始擔心我們的錢了！
A: 快叫她打給銀行以防萬一她被騙。詐騙集團會不計一切的取得她的錢。
B: 她剛剛傳訊息告訴我銀行告訴她已經被竊取了。
A: 快報警！
B: 不……她放棄了。
A: 不要再讓她管你們的錢了。
B: 我現在沒有心情說這些。

Level 2
老外都在用的進階片語

寫作用這些就對了！

• abandon oneself to... [ə`bændən wʌn`sɛlf tu] 縱情、沉溺於……

相關片語 ▶ **to indulge oneself** 縱情於

老外就醬用！

Peter does nothing but **abandon himself to** pleasure[1].
彼得除了沉溺於玩樂什麼都不做。

1. Promise[2] me that you'll never **abandon yourself to** despair[3].

句中關鍵單字
1 pleasure 玩樂
2 promise 答應
3 despair 絕望

• abide by [ə`baɪd baɪ] 遵守、信守

易混淆片語 ▶ **abide one's time** 等待時機

老外就醬用！

Everyone shall **abide by** the law.
每個人都應當遵守法律。

2. If you want to join[1] our club[2], you must **abide by** our rules[3].

句中關鍵單字
1 join 加入
2 club 俱樂部
3 rule 規矩

• abound in [ə`baʊnd ɪn] 富於、充滿

易混淆片語 ▶ **abound with** 充滿

老外就醬用！

Most of her poems **abound in** imagination[1].
她的詩歌大多數富於想像力。

3. This article[2] **abounds in** idioms[3] and proverbs[4].

句中關鍵單字
1 imagination 想像力
2 article 文章
3 idiom 成語
4 proverb 諺語

• abuse one's power [ə`bjuz wʌns `paʊɚ] 濫用權力

相關片語 ▶ **misuse of power** 濫用權力

老外就醬用！

Her father was arrested[1] on charges[2] of **abusing his power**.
她父親因濫用職權而被捕。

4. Nobody has the right to **abuse his / her power** to hurt[3] anyone.

句中關鍵單字
1 arrested 被逮捕
2 charge 控告
3 hurt 傷害

• access to... [ˋæksɛs tu] 可以獲得、接近……

易混淆片語 in an access of fury 勃然大怒

老外就醬用！

I don't know why I am forbidden[1] to **access to** the club.
我不明白為什麼不允許我到那個俱樂部去。

Try It 翻譯 5. Only his private[2] secretary[3] has **access to** those documents[4].

句中關鍵單字
1 forbidden 被禁止
2 private 私人
3 secretary 秘書
4 document 文件

• accidental error [ˌæksəˋdɛntḷ ˋɛrɚ] 偶然誤差

易混淆片語 accidental benefits 附帶優惠

老外就醬用！

He found[1] an **accidental error** in his paper[2].
他在論文裡發現了一個意外的錯誤。

Try It 翻譯 6. Don't worry[3]; it is only an **accidental error**.

句中關鍵單字
1 found 發現（find 過去式）
2 paper 論文
3 worry 擔心

• accommodate sb. for the night

[əˋkɑməˌdet ˋsʌmˌbɑdɪ fɔr ðə naɪt] 留某人過夜

相關片語 put sb. up 提供……住宿

易混淆片語 accommodate with 向……提供

老外就醬用！

We can **accommodate**[1] him **for the night**.
我們能供他住一夜。

Try It 翻譯 7. Can you **accommodate** my[2] parents **for the night**?

句中關鍵單字
1 accommodate 住宿、容納
2 my 我的

Answers 翻譯參考解答

1. 答應我你永遠不會自暴自棄。
2. 如果你想要加入我們的俱樂部，你就必須遵守規矩。
3. 這篇文章有大量的成語和諺語。
4. 誰也沒權利濫用職權傷害他人。
5. 只有他的私人秘書能接觸到那些文件。
6. 別擔心，這只是個偶然的誤差。
7. 你能留我父母過夜嗎？

• accommodate sb. with sth.

[ə`kɑmə͵det `sʌm͵bɑdɪ wɪð `sʌmθɪŋ] 為某人提供……

老外就醬用！

The bank[1] will **accommodate** him **with** a loan[2].
銀行將提供他一筆貸款。

1. Dad promises[3] to **accommodate** me **with** his old car.

句中關鍵單字
1 bank 銀行
2 loan 貸款
3 promise 答應

• accompany with [ə`kʌmpənɪ wɪð] 伴隨

相關片語 **keep sb. company** 陪伴

老外就醬用！

I have to **accompany with** her to go home[1].
我需要陪她回家。

2. Could you **accompany with** me to hold[2] a party[3]?

句中關鍵單字
1 home 家
2 hold 舉辦
3 party 派對

• accomplished fact [ə`kɑmplɪʃɪd fækt] 既定的事實

老外就醬用！

Don't you think[1] it's an **accomplished fact**?
你不覺得這是一個既定的事實嗎？

3. I am sorry[2] I can't change[3] the **accomplished fact**.

句中關鍵單字
1 think 覺得
2 sorry 感到抱歉的
3 change 改變

• accuse sb. of sth. [ə`kjuz `sʌm͵bɑdɪ ɑv `sʌmθɪŋ]

控告某人某事

相關片語 **to indict sb. for** 指控

老外就醬用！

Why don't you **accuse** him **of** his bad[1] action[2]?
你為什麼不控告他這種惡劣的行為？

4. Miller is **accused of** doing all kinds of evil[3] things[4].

句中關鍵單字
1 bad 惡劣的
2 action 行為
3 evil 邪惡的
4 thing 事情

• accustomed to [əˋkʌstəmd tu] 習慣於

相關片語 get used to 習慣於

老外就醬用！

You are already[1] **accustomed to** the college[2] life.
你已經習慣大學的生活了。

5. I have been **accustomed to** the weather[3] here.

句中關鍵單字
1 already 已經
2 college 大學
3 weather 天氣

• acquaint oneself with... [əˋkwent wʌnˋsɛlf wɪð] 使某人熟悉某物

易混淆片語 acquainted with 與……相識

老外就醬用！

I want to **acquaint** myself **with** financial[1] knowledge[2].
我想要瞭解金融知識。

6. They try to **acquaint** themselves **with** this new school[3].

句中關鍵單字
1 financial 金融
2 knowledge 知識
3 school 學校

• acquire knowledge of... [əˋkwaɪr ˋnɑlɪdʒ ɑv] 求得……的知識

老外就醬用！

It's difficult[1] to **acquire knowledge of** logical[2] thinking.
要獲得邏輯思維的知識並不容易。

7. We must work hard to **acquire** a good **knowledge of** English[3].

句中關鍵單字
1 difficult 難的
2 logical 有邏輯的
3 English 英語

Answers 翻譯參考解答

1. 爸爸答應把他的舊車給我開。
2. 你能陪我舉辦這次的派對嗎？
3. 很抱歉我不能改變既定的事實！
4. 米勒被指責做了各種壞事。
5. 我已經適應這裡的天氣了。
6. 他們試著要熟悉這所新學校。
7. 我們必須努力學習才能精通英語。

• adapt oneself to... [ə`dæpt wʌn`sɛlf tu] 使自己適應或習慣於

相關片語 ▶ **get used to** 習慣於

老外就醬用！

Can you **adapt yourself to** the new job[1]?
你能適應新的工作嗎？

Try It 翻譯

1. She found[2] it difficult to **adapt herself to** the new surroundings[3].

句中關鍵單字
1 job 工作
2 found 發現
3 surroundings 環境

• adequate for [`ædəkwɪt fɔr] 適合、足夠

易混淆片語 ▶ **adequate to** 勝任

老外就醬用！

I think the dress[1] is absolutely[2] **adequate for** you.
我認為這件洋裝完全適合你。

Try It 翻譯

2. 50 dollars[3] is not **adequate for** a week of living expenses[4].

句中關鍵單字
1 dress 洋裝
2 absolutely 完全地
3 dollar 美元
4 expense 費用

• adjust to... [ə`dʒʌst tu] 適應、調節……

相關片語 ▶ **adapt oneself to...** 使自己適應或習慣於

老外就醬用！

We have to **adjust to** the uncertain[1] weathers here.
我們必須適應這裡變幻莫測的天氣。

Try It 翻譯

3. Can our body[2] **adjust itself to** the changes[3] of temperature[4]?

句中關鍵單字
1 uncertain 無常的、不確定的
2 body 身體
3 change 變化
4 temperature 溫度

• a foe worthy of sb.'s steel [ə fo `wɝðɪ ɑv `sʌm,bɑdɪs stil] 勁敵、強敵

易混淆片語 ▶ **sworn foe** 不共戴天的仇人

老外就醬用！

He has never[1] met[2] **a foe worthy of his steel**.
他從未遇到過勁敵。

Try It 翻譯

4. I think Michael would become[3] **a foe worthy of your steel**.

句中關鍵單字
1 never 從未
2 met 遇到（meet 的過去分詞）
3 become 成為

• after consultation with... [ˋæftɚ ˏkɑnsḷˋteʃən wɪð]

在與……磋商之後

易混淆片語 **consultation about** （醫生）會診

老外就醬用！

I decide to quit[1] **after consultation with** my best friend[2].
與我最好的朋友商量之後，我決定辭職！

5. She changed her mind[3] **after consultation with** her mother.

句中關鍵單字
1 quit 辭職
2 friend 朋友
3 mind 主意

• agony of [ˋægənɪ ɑv] 痛苦

老外就醬用！

He suffered[1] the **agony of** seeing his son die[2] in his arms[3].
他遭受看著兒子死在自己懷裡的痛苦。

6. Karl is in an **agony of** deciding[4] to quit or not.

句中關鍵單字
1 suffered 忍受
2 die 死
3 arm 臂
4 deciding 決定

• alcohol addiction [ˋælkəˏhɔl əˋdɪʃən] 酒癮

老外就醬用！

My father is trying[1] to fight[2] his **alcohol addiction**.
我父親正試著努力戒酒。

7. **Alcohol addiction** is the first thing that I object[3].

句中關鍵單字
1 trying 試著
2 fight 打仗
3 object 反對

Answers 翻譯參考解答

1. 她對於周圍的新環境感到難以適應。
2. 五十美元不夠一個星期的生活費。
3. 我們的身體能自行調節以適應氣溫變化嗎？
4. 我認為麥克將會成為你的勁敵。
5. 與她媽媽磋商之後，她改變了主意。
6. 卡爾正在為辭不辭職的事而苦惱。
7. 染上酒癮是我最反對的事情。

• alert to do sth. [ə`lɝt tu du `sʌmθɪŋ] 留心做……、小心做……

易混淆片語 ▶ **alert in** 機敏的

老外就醬用！

You must be **alert to** take good care[1] of the little baby[2].
你必須留心好好照顧這個嬰兒。

Try It 翻譯

1. I must **alert** you **to** the snake[3] when crossing through the forest[4].

句中關鍵單字

1 care 照料
2 baby 嬰兒
3 snake 蛇
4 forest 森林

• ally with [ə`laɪ wɪð] 使結盟

易混淆片語 ▶ **ally to** 與……相關聯

老外就醬用！

Our company[1] is **allied with** many big[2] companies.
我們公司與很多大公司都有業務聯繫。

Try It 翻譯

2. Germany had ever **allied with** Italy in history[3].

句中關鍵單字

1 company 公司
2 big 大的
3 history 歷史

• ambitious for... [æm`bɪʃəs fɔr] 對……有雄心的、野心勃勃的

相關片語 ▶ **a lofty aspiration** 有雄心

老外就醬用！

Almost[1] every parents[2] are **ambitious for** their children[3].
幾乎所有的父母都對兒女有熱切的期望。

Try It 翻譯

3. Everybody knows that Linda is **ambitious for** fame[4].

句中關鍵單字

1 almost 幾乎
2 parents 孩童、小孩
3 children 小孩們
4 fame 名聲

• amid fire and thunder [ə`mɪd faɪr ænd `θʌndɚ] 轟轟烈烈

易混淆片語 ▶ **fire away** 開始做事或說話

老外就醬用！

Not all love affairs[1] are **amid fire and thunder**.
不是所有的愛情都轟轟烈烈。

Try It 翻譯

4. Jim wants to achieve[2] his career[3] successfully[4] **amid fire and thunder**.

句中關鍵單字

1 affair 戀愛事件
2 achieve 成就
3 career 事業
4 successfully 成功地

• amplify on [ˋæmpləˏfaɪ ɑn] 詳細闡述

相關片語 expand on sth. 闡述

老外就醬用！

Can you **amplify on** your statement[1]?
你能否詳細闡述你的說法？

5. Could you please **amplify on** your new[2] idea[3]?

句中關鍵單字
1 statement 說法
2 new 新的
3 idea 想法

• amplify the magnitude of...

[ˋæmpləˏfaɪ ðə ˋmægnəˏtjud ɑv] 擴大……的重要性

相關片語 broaden the scope 擴大

老外就醬用！

Obviously[1], you are **amplifying the magnitude of** money[2].
很顯然，你在擴大金錢的重要性。

6. It's silly[3] for you to **amplify the magnitude of** diet pill[4].

句中關鍵單字
1 obviously 顯然地
2 money 金錢
3 silly 愚蠢的
4 diet pill 減肥藥

• amuse oneself with... [əˋmjuz wʌnˋsɛlf wɪð] 以……自娛

易混淆片語 amuse with 使發笑

老外就醬用！

I often **amuse myself with** dancing[1].
我常常跳舞來自娛自樂。

7. We all have the right[2] to **amuse ourselves with** what we love[3].

句中關鍵單字
1 dancing 跳舞
2 right 權利
3 love 喜歡

Answers 翻譯參考解答

1. 穿越森林的時候留意一點，小心有蛇。
2. 在歷史上，德國曾經與義大利結盟過。
3. 大家都知道，琳達野心勃勃想要成名。
4. 吉姆想成就一番轟轟烈烈的事業。
5. 你能詳細闡述一下你的新想法嗎？
6. 你誇大減肥藥的重要性是愚蠢的。
7. 我們都有權利透過我們喜歡的事情來自娛。

• analyze the motive of coming
[ˋænḷˏaɪz ðə ˋmotɪv ɑv ˋkʌmɪŋ] 細察來意

易混淆片語 ▶ **motive for sth.** 對……的動機

老外就醬用！

The detective[1] can **analyze the motive of coming.**
這名偵探能夠細察來意。

Try It 翻譯

1. Jessie has a special[2] ability[3] to **analyze the motive of coming.**

句中關鍵單字
1 detective 偵探
2 special 特殊的
3 ability 能力

• answer sb.'s inquiries
[ˋænsɚ ˋsʌmˏbɑdɪs ɪnˋkwaɪrɪz]
回答某人的質詢

易混淆片語 ▶ **answer up** 迅速回答

老外就醬用！

It's your responsibility[1] to **answer others' inquiries.**
回答他人的質詢是你的責任。

Try It 翻譯

2. Sorry, I have no such[2] obligation[3] to **answer your inquiries.**

句中關鍵單字
1 responsibility 責任
2 such 這樣的
3 obligation 義務

• anxiety for...
[æŋˋzaɪətɪ fɔr] 對……的渴望

易混淆片語 ▶ **anxiety about** 焦慮

老外就醬用！

My daughter expressed[1] **anxiety for** a piano[2].
我的女兒渴望得到一架鋼琴。

Try It 翻譯

3. All of us are waiting[3] with **anxiety for** our examination results[4].

句中關鍵單字
1 express 表達
2 piano 鋼琴
3 wait 等待
4 examination results 考試結果

• apologize for...
[əˋpɑləˏdʒaɪz fɔr] 因……而道歉

易混淆片語 ▶ **sorry for** 為……感到可惜

老外就醬用！

I **apologize for** what I said to you yesterday[1].
我為昨天對你說過的話道歉。

Try It 翻譯

4. We do **apologize for** the inconvenience[2] caused[3] you.

句中關鍵單字
1 yesterday 昨天
2 inconvenience 不便
3 cause 引起

• applicant for sth. [ˋæpləkənt fɔr ˋsʌmθɪŋ] ……的申請人

相關片語 ask for 申請

老外就醬用！

It seems[1] that there are few **applicants for** the job.
似乎沒有幾個人申請這份工作。

5. There are a great many[2] **applicants for** this position[3].

句中關鍵單字
1 seems 似乎
2 a great many 很多
3 position 職位

• approximate to [əˋprɑksəmɪt tu] 接近、近似

相關片語 close to 接近

老外就醬用！

What he said **approximated to** the real[1] facts[2].
他所說的話接近實際情況。

6. The audience[3] of the speech[4] **approximated to** five hundred.

句中關鍵單字
1 real 實際的
2 fact 情況
3 audience 聽眾
4 speech 演講

• arise from... [əˋraɪz frɑm] 由……引起、由……產生

易混淆片語 arise out of 形成

老外就醬用！

I think the accident[1] **arises from** carelessness[2].
我認為這次事故是由於疏忽引起的。

7. Breaking up[3] often **arises from** misunderstanding[4].

句中關鍵單字
1 accident 事故
2 carelessness 疏忽
3 break up 分手
4 misunderstanding 誤會

Level 2 老外都在用的進階片語

Answers 翻譯參考解答

1. 潔西有細察來意的特殊能力。
2. 抱歉，我沒有回答妳質詢的義務。
3. 大家都焦急地等待考試結果。
4. 很抱歉我們為您帶來這些不便。
5. 有很多人申請這個職位。
6. 這場演講大約有五百名聽眾。
7. 分手常常由誤會產生。

• arouse one's curiosity about sth.

[ə`rauz wʌns ˏkjurɪ`ɑsətɪ ə`baut `sʌmθɪŋ] 引起某人對某事的好奇心

易混淆片語 **curiosity kills the cat** 過份好奇是危險的、多管閒事往往惹來一身麻煩

That movie[1] **aroused my curiosity about** kung fu[2].
那部電影引起了我對功夫的好奇心。

1. The show[3] on TV **aroused my son's curiosity about** roller skating[4].

句中關鍵單字
1 movie 電影
2 kung fu 功夫
3 show 表演
4 roller skating 溜直排輪

• arouse sb. from sleeping

[ə`rauz `sʌmˏbɑdɪ frɑm `slipɪŋ] 把某人從夢中喚醒

相關片語 **wake up** 喚醒

老外就醬用！

Why do you always[1] **arouse** me **from sleeping**?
為什麼你總是把我從夢中喚醒？

2. Please[2] don't **arouse** the baby[3] **from sleeping.**

句中關鍵單字
1 always 總是
2 please 請
3 baby 嬰兒

• associate with... [ə`soʃɪˏet wɪð] 把……聯合在一起

老外就醬用！

I don't like[1] to **associate with** rude[2] people.
我不喜歡跟粗魯的人打交道。

3. I always **associate** poverty[3] **with** misery[4].

句中關鍵單字
1 like 喜歡
2 rude 粗魯的
3 poverty 貧窮
4 misery 悲慘

• assume the aggressive [ə`sum ðə ə`grɛsɪv] 採取攻勢

易混淆片語 **assumed name** 化名

老外就醬用！

In my opinion[1], you should **assume the aggressive** on this matter[2]. 在這件事上，我認為你應該採取攻勢。

4. I don't think it's a good time[3] for you to **assume the aggressive.**

句中關鍵單字
1 opinion 看法
2 matter 事件
3 time 時機

• at full tilt [æt fʊl tɪlt] 全力衝刺、全力以赴

相關片語 **to spare no effort / to do one's best** 全力以赴

老外就醬用！

I saw a car running[1] **at full tilt** against the tree.
我看到一輛車猛力地撞上樹。

5. We'd better swim[2] to the shore[3] **at full tilt**. There are crocodiles[4] in the river.

句中關鍵單字
1 run 跑
2 swim 游泳
3 shore 岸邊
4 crocodile 鱷魚

• at one's last gasp [æt wʌns læst gæsp] 奄奄一息

相關片語 **on one's deathbed / on the verge of death** 奄奄一息

老外就醬用！

When I found him, the poor[1] man was **at his last gasp**.
當我發現他時，這可憐的人已經奄奄一息了。

6. He's already **at his last gasp**, let him go[2] this time[3].

句中關鍵單字
1 poor 可憐的
2 go 走
3 this time 這次

• at one's wits' end [æt wʌns wɪtz ɛnd] 志窮力竭、不知所措

相關片語 **be at a loss / be in a maze** 不知所措

老外就醬用！

Do you think[1] he is really **at his wits' end**?
你認為他真的志窮力竭了嗎？

7. Without[2] parents' financial[3] support[4], Rachel is **at her wits' end**.

句中關鍵單字
1 think 認為
2 without 沒有
3 financial 經濟的
4 support 支持

Answers 翻譯參考解答

1. 電視上的表演引起了我兒子對溜直排輪的好奇心。
2. 請別把嬰兒從夢中喚醒。
3. 我常常把貧窮和悲慘聯繫在一起。
4. 我認為這不是該採取攻勢的好時機。
5. 我們最好全速游向岸邊。這條河裡有鱷魚。
6. 他已經奄奄一息了，這次就放過他吧。
7. 沒有了父母的經濟支持，瑞秋不知所措了。

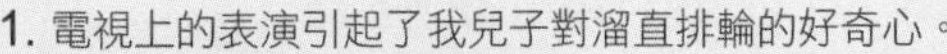

• at sb.'s disposal [æt ˋsʌm,badɪs dɪˋspozḷ]
由某人作主、自由支配

老外就醬用！

You are so lucky[1] to have lots of[2] time **at your disposal.**
你真幸運有那麼多時間可以自由支配。

1. While Tom stays[3] here, I'll put my car **at his disposal.**

句中關鍵單字
1 lucky 幸運的
2 lots of 許多
3 stay 停留

• attain to... [əˋten tu] 得到……、獲得……

老外就醬用！

He **attained to** the sales manager[1] in that company.
他獲得了那個公司銷售經理的職務。

2. At last[2] he **attained to** whatever he wanted in his life[3].

句中關鍵單字
1 sales manager 銷售經理
2 at last 最後
3 life 人生

• at the mercy of... [æt ðə ˋmɝsɪ ɑv]
任由……處置、受……支配

相關片語 **in the power of...受……支配**

老外就醬用！

Why are you **at the mercy of** your mean[1] boss[2]?
你為什麼任由吝嗇的老闆擺佈？

3. Remember[3] that our fates[4] are **at the mercy of** ourselves.

句中關鍵單字
1 mean 吝嗇的
2 boss 老闆
3 remember 記住
4 fate 命運

• at the peril of [æt ðə ˋpɛrəl ɑv] 冒……的危險

易混淆片語 **at the risk of... 冒著……的風險**

老外就醬用！

He went to see[1] her **at the peril of** his life.
他冒著生命危險去看她。

4. John commented[2] on his boss **at the peril of** being fired[3].

句中關鍵單字
1 see 看
2 comment 評論
3 fired 解雇

• avoid a collision with... [ə`vɔɪd ə kə`lɪʒən wɪð]
避免與……衝突

老外就醬用！

Why not[1] **avoid a collision with** the coming car?
為什麼不躲避那輛開過來的車呢？

5. He shut up[2] right away[3] to **avoid a collision with** his wife.

句中關鍵單字
1 Why not...? 為什麼不……呢？
2 shut up 住口
3 right away 立刻

• await sb.'s arrival [ə`wet `sʌm͵badɪs ə`raɪvḷ] 迎候……的到來

老外就醬用！

Why don't you sit[1] here **awaiting her arrival**?
你為什麼不坐在這等待她的到來？

6. We eagerly[2] **await their early[3] arrival.**

句中關鍵單字
1 sit 坐
2 eagerly 急切地
3 early 早的

• ballot for [`bælət fɔr] 投票選舉（某人）、投票贊成（某事）

老外就醬用！

Most people **ballot for** the new policy[1].
大多數人投票贊成新政策。

7. All staff[2] **balloted for** lengthening the holiday[3].

句中關鍵單字
1 policy 政策
2 staff 職員
3 holiday 假期

Answers
翻譯參考解答

1. 當湯姆在這的時候，我會把車給他開。
2. 最後他得到了一生中所有想要的東西。
3. 別忘了命運掌握在我們自己手裡。
4. 約翰冒著被解雇的危險向他的老闆建議。
5. 他立刻住口以免與他妻子發生衝突。
6. 我們急切地等待他們早日到達。
7. 全體職員投票贊成延長假期。

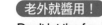

• barrier to... [ˋbærɪɚ tu] 成為……的障礙

老外就醬用！

Don't let the fear[1] become the greatest **barrier to** success[2].
別讓恐懼成為成功最大的障礙。

1. His ugly appearance[3] is a **barrier to** find a girlfriend.

句中關鍵單字
1 fear 恐懼
2 success 成功
3 appearance 相貌

• be abbreviated to [bi əˋbrivɪˌetd tu] 縮寫成

老外就醬用！

Master of Ceremonies[1] is often **abbreviated to** MC.
司儀常常縮寫為 MC。

2. World Trade Organization[2] is commonly **abbreviated to** WTO.

句中關鍵單字
1 Master of Ceremonies 司儀
2 World Trade Organization 世界貿易組織

• be absorbed in... [bi əbˋsɔrbɪd ɪn] 專心於……

相關片語 ▶ **concentrate one's attention** 專心

老外就醬用！

Peter was **absorbed in** a book[1] and didn't hear the phone[2].
彼特正專心地讀一本書，沒有聽見電話響。

3. My two sisters were **absorbed in** the conversation[3] when I came in.

句中關鍵單字
1 book 書
2 phone 電話
3 conversation 談話

• be accountable for [bi əˋkauntəbḷ fɔr] 對……負責

相關片語 ▶ **be responsible for** 對……負責

老外就醬用！

Every governmental[1] official[2] **is accountable for** his own work.
每一個政府官員都應對自己的工作負責。

4. I warned[3] him that he should **be accountable for** his actions.

句中關鍵單字
1 governmental 政府的
2 official 官員
3 warn 警告

• be ambiguous for / of [bi æmˋbɪgjʊəs fɔr] 熱中獲取……

相關片語 ▶ be very fond of 熱中……

老外就醬用！

These paparazzi[1] **are ambiguous for** getting scandals from celebrities[2]. 這些狗仔隊很熱中於追逐名人的醜聞。

5. More and more young people **are ambiguous for** achieving fame[3] and fortune[4].

句中關鍵單字

1 paparazzi 狗仔隊
2 celebrity 名人
3 fame 名聲
4 fortune 財富

• be apt to [bi æpt tu] 易於

易混淆片語 ▶ apt at 善於

老外就醬用！

Don't you think that if a man **is apt to** promise[1], he is also apt to forget[2]? 你不認為易於許諾的人也易於遺忘嗎？

6. Susan **is apt to** fall in love with mature[3] man.

句中關鍵單字

1 promise 許諾
2 forget 忘記
3 mature 成熟的

• be apt to deteriorate [bi æpt tu dɪˋtɪrɪəˏret] 容易變質

相關片語 ▶ to go off 變質

老外就醬用！

Food[1] **is apt to deteriorate** in summer[2].
夏天時，食物很容易變質。

7. Most of food contains[3] preservative[4] for not **being apt to deteriorate.**

句中關鍵單字

1 food 食物
2 summer 夏天
3 contain 含有
4 preservative 防腐劑

Answers 翻譯參考解答

1. 他醜陋的外表是找女友的一大障礙。
2. 世界貿易組織通常縮寫成 WTO。
3. 我回來的時候兩個姊姊正專心於談話之中。
4. 我警告他應該對自己的行為負責。
5. 有越來越多的年輕人汲汲營營於名利。
6. 蘇珊易於愛上成熟的男人。
7. 大部分的食物都含防腐劑以防止變質。

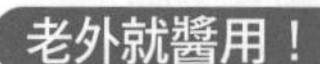

• be arrogant to / toward sb.

[bi ˋærəgənt tu / təˋwɔrd ˋsʌmˏbɑdɪ] 對某人傲慢無禮

相關片語 to be too big for one's boots 自大

老外就醬用！

Tony is always **arrogant to** his friends[1].
湯尼總是對他的朋友很傲慢無禮。

Try It 翻譯 1. You shouldn't be so[2] **arrogant toward** your employees[3].

句中關鍵單字
1 friend 朋友
2 so 那麼
3 employee 員工

• be ashamed of... [bi əˋʃemd ɑv] 對……感到慚愧

易混淆片語 be ashamed to 因難為情而不願……

老外就醬用！

You should[1] **be ashamed of** what you did.
你應該為你所做的事感到慚愧。

Try It 翻譯 2. He ought to[2] **be ashamed of** being idle[3].

句中關鍵單字
1 should 應該
2 ought to 應該
3 idle 懶惰的

• be attached to... [bi əˋtætʃt tu] 附屬於、隸屬於……

易混淆片語 attached to 喜愛

老外就醬用！

The middle school[1] **is** actually **attached to** our university[2].
這所中學實際上附屬於我們大學。

Try It 翻譯 3. This hospital[3] **is attached to** that famous[4] medical college.

句中關鍵單字
1 middle school 中學
2 university 大學
3 hospital 醫院
4 famous 著名的

• be authorized to do sth. [bi ˋɔθəˏraɪzd tu du ˋsʌmθɪŋ]

得到許可做某事

老外就醬用！

We **are authorized to** receive[1] contributions[2] for the poor.
我們受託給予貧窮的人幫助。

Try It 翻譯 4. I have **been authorized to** establish[3] the new company.

句中關鍵單字
1 receive 接受
2 contribution 捐助、捐助之物
3 establish 開設

• be biased against sth. [bi ˋbaɪəst əˋgɛnst ˋsʌmθɪŋ]

對某事物有偏見

相關片語 an one-side view 偏見

老外就醬用！

Many old[1] people **are biased against** rock music[2].
許多老人對搖滾音樂有偏見。

5. I used to **be biased against** those fat[3] people in the past.

句中關鍵單字
1 old 年老的
2 rock music 搖滾樂
3 fat 肥胖的

• be bound to [bi baʊnd tu] 必定、一定

易混淆片語 bound for （準備）前往……

老外就醬用！

If you want to succeed[1], you **are bound to** work hard[2].
如果你想成功，就一定要努力工作。

6. I think Obama **is bound to** win the election[3].

句中關鍵單字
1 succeed 成功
2 work hard 努力工作
3 election 選舉

• be bound up in [bi baʊnd ʌp ɪn] 熱心於、專心致志於

老外就醬用！

It seems you **are** very **bound up in** your new work[1].
你似乎非常喜歡自己的新工作。

7. My husband[2] **is bound up in** his research[3] work.

句中關鍵單字
1 work 工作
2 husband 丈夫
3 research 研究

Answers 翻譯參考解答

1. 你不應該對你的員工那麼傲慢無禮。
2. 他應該為無所事事而感到羞恥。
3. 這家醫院隸屬於那所著名的醫學院。
4. 我已經被授權開設這家新公司。
5. 過去我常常對肥胖的人有偏見。
6. 我認為歐巴馬一定會贏得這次選舉。
7. 我老公專心於自己的研究工作。

• be cautious about [bi ˋkɔʃəs əˏbaut] 對……謹慎

相關片語 **to draw in one's horns** 謹慎

老外就醬用！

You should always **be cautious about** making investments[1].
你在做投資時應該要小心翼翼。

1. People might[2] **be cautious about** believing[3] this statement[4].

句中關鍵單字
1 investment 投資
2 might 可能
3 believe 相信
4 statement 說明

• be characterized as... [bi ˋkærıktəˏraızd hız] 被描述為

易混淆片語 **characterize as** 描繪……的特性

老外就醬用！

Defiance[1] **is characterized as** disobedience[2].
違抗就是不順服。

2. This market[3] **is characterized as** high quality[4], high volume and highly competitive.

句中關鍵單字
1 defiance 違抗
2 disobedience 順服
3 market 市場
4 quality 品質

• be chronic with sb. [bi ˋkrɑnık wıð ˋsʌmˏbɑdı] ……是某人的老毛病

老外就醬用！

Rheumatism[1] has always **been chronic with** him.
風濕是他的老毛病。

3. Flirting with[2] different[3] women **is chronic with** Joey.

句中關鍵單字
1 rheumatism 風濕
2 flirting with 打情罵俏
3 different 不同的

• be coherent to [bi koˋhırənt tu] 與……一致

易混淆片語 **a coherent argument** 條理清楚的話語

老外就醬用！

This book **is coherent to** the former[1] one.
這本書與上一本是連貫的。

4. Your writing style[2] must **be coherent to** the previous chapter[3].

句中關鍵單字
1 former 早前的
2 writing style 寫作風格
3 chapter 章

• become angry from embarrassment

[bɪˋkʌm ˋæŋgrɪ frɑm ɪmˋbærəsmənt] 惱羞成怒

易混淆片語 angry to 因為……而生氣

老外就醬用！

John **became angry from embarrassment** right after hearing[1] that. 約翰聽到那席話立刻惱羞成怒。

5. The criminal[2] plan[3] didn't finish[4], which made him **become angry from embarrassment.**

句中關鍵單字
1 hear 聽到
2 criminal 罪惡的
3 plan 計畫
4 finish 完成

• become confidential with sb.

[bɪˋkʌm ˏkɑnfəˋdɛnʃəl wɪð ˋsʌmˏbɑdɪ] 輕信某人

易混淆片語 confidential information 機密情報

老外就醬用！

Never[1] **become too confidential with** strangers[2].
千萬不要太信任陌生人。

6. You have **become confidential with** your boss[3].

句中關鍵單字
1 never 決不
2 stranger 陌生人
3 boss 老闆

• become the mode [bɪˋkʌm ðə mod] 流行起來

易混淆片語 follow the mode 趕時髦

老外就醬用！

Sex[1] has **become the** main[2] **mode** of AIDS[3].
性已成為愛滋病的主要傳播途徑。

7. This new song[4] of Jay Chou has **become the mode.**

句中關鍵單字
1 sex 性
2 main 主要的
3 AIDS 愛滋病
4 song 歌

Answers 翻譯參考解答

1. 人們可能不會輕易相信這種說法。
2. 這個市場以高品質、高產量和高競爭力為特色。
3. 與不同的女人打情罵俏是喬伊的老毛病。
4. 你的寫作風格必須與前一章保持一致。
5. 犯罪計畫沒有完成讓他惱羞成怒。
6. 你已經獲得了老闆的信賴。
7. 周杰倫的這首新歌已經流行起來。

• be commissioned to [bi kəˋmɪʃənɪd tu] 被委任……

老外就醬用！

The painter[1] **was commissioned to** paint a portrait[2] of the mayor[3]. 這位畫家受託畫一幅市長的肖象。

Try It 翻譯

1. He **was commissioned to** be a general[4] at the age of 43.

句中關鍵單字

1 painter 畫家
2 portrait 肖象
3 mayor 市長
4 general 將軍

• be compatible with reason [bi kəmˋpætəbḷ wɪð ˋrizṇ] 合乎情理

易混淆片語 ▶ reason out 推理出

老外就醬用！

If you think it**'s compatible with reason**, I will do[1] it.
如果你認為這件事合乎情理，那麼我就會做。

Try It 翻譯

2. Quarrelling[2] with your mother-in-law[3] doesn't seem **compatible with reason**.

句中關鍵單字

1 do 做
2 quarrel 吵架
3 mother-in-law 婆婆、丈母娘

• be composed of... [bi kəmˋpozd ɑv] 由……組成

易混淆片語 ▶ to reduce...to 分解成……

老外就醬用！

Water **is composed of** hydrogen[1] and oxygen[2].
水是由氫和氧組合而成的。

Try It 翻譯

3. Concrete **is composed of** cement[3], sand, gravel[4] and water.

句中關鍵單字

1 hydrogen 氫
2 oxygen 氧
3 cement 水泥
4 gravel 砂礫

• be condemned to [bi kənˋdɛmd tu] 被宣告……

老外就醬用！

He **was condemned to** death penalty[1] for murder[2].
他因謀殺而被判處死刑。

Try It 翻譯

4. He **is condemned to** have few days to live by his doctor[3].

句中關鍵單字

1 death penalty 死刑
2 murder 謀殺
3 doctor 醫生

• be confronted with [bi kən`fɔrmd wɪð] 被遵守

易混淆片語 **conform to** 符合

老外就醬用！

These are very simple[1] rules[2], but they must **be conformed with.** 這些規則很簡單，但必須遵守。

5. The building specifications[3] **are basically conformed with** the request[4].

句中關鍵單字
1 simple 簡單
2 rule 規則的
3 specification 規格
4 request 要求

• be confronted with [bi kən`frʌntɪd wɪð] 面臨、面對、碰上

相關片語 **to come up against** 面對

老外就醬用！

Modern economic situation[1] **is confronted with** great challenge[2]. 當代經濟正面臨巨大挑戰。

6. I **was confronted with** my roommate[3] at college in the bookstore[4].

句中關鍵單字
1 situation 形勢
2 challenge 挑戰
3 roommate 室友
4 bookstore 書店

• be consistent with... [bi kən`sɪstənt wɪð] 與……一致

易混淆片語 **consist in** 在於

老外就醬用！

Our remarks[1] must **be consistent with** the facts[2]. 我們的言論必須和事實相符。

7. Your words[3] must **be consistent with** your deeds.

句中關鍵單字
1 remark 言論
2 fact 事實
3 word 話

Answers 翻譯參考解答

1. 他四十三歲時被任命為將軍。
2. 跟妳的婆婆吵架似乎不太合情理。
3. 混凝土是由水泥、沙子、碎石和水混合而成的。
4. 醫生宣告他剩下的日子不多了。
5. 這棟建築的規格符合基本要求。
6. 我在那家書店遇到我大學時的室友。
7. 你必須要言行一致。

• be coordinated with... [bi koˋɔrdṇetɪd wɪð] 與……一致

易混淆片語 coordinate clause 並列子句

老外就醬用！

Your voice[1] has to **be coordinated with** the captions[2] on the screen[3]. 你的聲音必須與螢幕上的字幕協調一致。

1. How shall short-range plans **be coordinated with** long goals[4]?

句中關鍵單字
1 voice 聲音
2 caption 字幕
3 screen 螢幕
4 goal 目標

• be cordial to sb. [bi ˋkɔrdʒəl tu ˋsʌm͵bɑdɪ] 對某人很熱忱

老外就醬用！

He **is** always very[1] **cordial to** everybody[2].
他對所有人總是很熱忱。

2. I think everyone should **be cordial to** others[3].

句中關鍵單字
1 very 很
2 everybody 所有人
3 others 他人

• be critical of... [bi ˋkrɪtɪkḷ ɑv] 對……挑剔、對……吹毛求疵

老外就醬用！

Don't **be** so[1] **critical of** your children[2].
不要對你的孩子那麼苛刻。

3. Do not **be critical of** him; he is a foreigner[3].

句中關鍵單字
1 so 非常
2 children 孩子
3 foreigner 外國人

• be designated as... [bi ˋdɛzɪg͵netɪd æz] 被指派為……

老外就醬用！

The city[1] has **been designated as** a special economic zone[2].
這個城市被規劃成一個經濟特區。

4. Bill **is designated as** the representative of parent company[3].

句中關鍵單字
1 city 城市
2 special economic zone 經濟特區
3 parent company 母公司

• be destined for... [bi `dɛstɪnd fɔr] 註定……

相關片語 as sure as fate 命中註定

老外就醬用！

You **are destined for** marrying[1] him.
你命中註定要嫁給他。

5. This plan[2] **is destined for** getting nothing[3].

句中關鍵單字
1 marry 結婚
2 plan 計畫
3 nothing 無事、無物

• be discreet in [bi dɪ`skrit ɪn] 謹慎

相關片語 careless about 粗心

老外就醬用！

He **is** very **discreet in** giving his opinions[1].
他發表意見十分慎重。

6. You should learn[2] to **be discreet in** everything[3] you do.

句中關鍵單字
1 opinion 意見
2 learn 學會
3 everything 任何事

• be displaced by... [bi dɪs`plest baɪ] 被……取代

易混淆片語 displaced person 難民、因戰爭（或政治迫害）逃離家園的人

老外就醬用！

Absolute[1] income[2] **is** now **displaced by** relative[3] income.
相對收入如今取代了絕對收入。

7. His position[4] **was displaced by** Karl last week.

句中關鍵單字
1 absolute 絕對的
2 income 收入
3 relative 相對的
4 position 位置

Answers 翻譯參考解答

1. 如何讓短期規劃與長期目標相互協調一致？
2. 我認為每個人都應該熱忱地對待他人。
3. 不要對他吹毛求疵，他是個外國人。
4. 比爾被指派為總公司的代表。
5. 這個計畫註定會付諸流水。
6. 你應該學著做任何事都小心謹慎。
7. 他的職位上週被卡爾取代了。

• be distorted with... [bi dɪsˋtɔrtɪd wɪð] 因……而扭曲

易混淆片語 **to become deformed 變形**

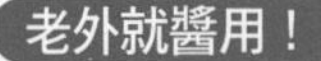

He has **been distorted with** so many[1] murders[2].
他因殺了很多人而人性扭曲了。

1. You should not **be distorted with** those temptations[3].

句中關鍵單字

1 so many 那麼多
2 murder 謀殺
3 temptation 誘惑

• be dubious about... [bi ˋdjubɪəs əˋbaut] 對……感到懷疑

易混淆片語 **dubious of 半信半疑**

老外就醬用！

I am still[1] **dubious about** that person[2].
我仍然不太相信那個人。

2. She **was** rather[3] **dubious about** the whole[4] plan.

句中關鍵單字

1 still 仍然
2 person 人
3 rather 相當
4 whole 整個的

• be economical of [bi ˏikəˋnamɪkḷ av] 節省

易混淆片語 **economically challenged 貧窮的、經濟拮据的**

老外就醬用！

We should **be economical of** our money[1] and time[2].
我們應該節省金錢和時間。

3. My new car **is** very **economical of** fuel[3].

句中關鍵單字

1 money 金錢
2 time 時間
3 fuel 燃料

• be eligible for... [bi ˋɛlɪdʒəbḷ fɔr] 有……的資格

老外就醬用！

I am afraid that you **are** not **eligible for** applying for[1] scholarship[2]. 恐怕你沒有申請獎學金的資格。

4. Mr. Lee **is** absolutely **eligible for** the election[3].

句中關鍵單字

1 applying for 申請
2 scholarship 獎學金
3 election 競選

• be envious of... [bi ˋɛnvɪəs ɑv] 羨慕……、嫉妒……

易混淆片語 admire for 羨慕

老外就醬用！

My friends **are envious of** my warm[1] family[2].
我的朋友都很羨慕我溫暖的家庭。

5. I **am** really **envious of** my sister's occupation[3].

句中關鍵單字
1 warm 溫暖的
2 family 家庭
3 occupation 職業

• be essential to [bi əˋsɛnʃəl tu] 本質、根本、必要的

老外就醬用！

Diligence[1] **is essential to** success[2].
勤奮是成功的基礎。

6. We all know that air **is essential to** human beings[3].

句中關鍵單字
1 diligence 勤奮
2 success 成功
3 human beings 人類

• be expelled from... [bi ɪkˋspɛld frɑm] 被……開除、逐出

老外就醬用！

My brother[1] **was expelled from** school[2] yesterday.
我弟弟昨天被學校開除了。

7. Bob **was expelled from** the club[3] for violating[4] the rules.

句中關鍵單字
1 brother 弟弟
2 school 學校
3 club 俱樂部
4 violate 違犯

Answers 翻譯參考解答

1. 你不應該為那些誘惑而扭曲人性。
2. 她對這整個計畫感到相當懷疑。
3. 我的新車非常省油。
4. 李先生當然有資格參加此次競選。
5. 我真的很羨慕我姊姊的職業。
6. 我們都知道空氣對人類是不可或缺的。
7. 鮑勃因違反了規定而被逐出該俱樂部。

• be explicit about [bi ɪk`splɪsɪt əˏbaʊt] 對……態度明朗

老外就醬用！

I am very **explicit about** my target[1] in this task[2].
我對於這次任務中的目標很明確。

1. He seems to **be** not **explicit about** his answer[3].

句中關鍵單字
1 target 目標
2 task 任務
3 answer 回答

• be exploited by... [bi `ɛksplɔɪtɪd baɪ] 受……剝削

老外就醬用！

The poor workers[1] **were** always **exploited by** capitalists[2] at that time.
那時候可憐的工人總是被資本家剝削。

2. Do you think people working at home[3] **are** more easily **exploited by** employers?

句中關鍵單字
1 worker 工人
2 capitalist 資本家
3 at home 在家

• be foul with [bi faʊl wɪð] 被……弄髒

老外就醬用！

My jeans[1] **were foul with** ink[2].
我的牛仔褲被墨水弄髒了。

3. The white wall[3] **was foul with** oil paint.

句中關鍵單字
1 jeans 牛仔褲
2 ink 墨水
3 wall 牆

• be generated by... [bi `dʒɛnəˏretɪd baɪ] 由……引起的

相關片語 **give rise to** 引起

老外就醬用！

The power cut[1] might **be generated by** short circuit[2].
這次停電可能是短路引起的。

4. Most electricity[3] **is generated by** steam turbines.

句中關鍵單字
1 power cut 停電
2 circuit 電路
3 electricity 電力

• be harassed by... [bi ˋhærəst baɪ] 苦於……

相關片語 to fret one's heart 煩惱

老外就醬用！

Jim has complained[1] of **being harassed by** his neighbors[2].
吉姆抱怨受到鄰居侵擾。

句中關鍵單字
1 complain 抱怨
2 neighbor 鄰居
3 boss 老闆

5. Catherine **is harassed by** her boss[3].

• behind bolt and bar [bɪˋhaɪnd bolt ænd bɑr] 關在牢裡

老外就醬用！

The thief[1] should be **behind bolt and bar**.
應該把這個小偷關在牢裡。

句中關鍵單字
1 thief 小偷
2 use 使用
3 illegal 違法的
4 drug 毒品

6. Do you think people who use[2] illegal[3] drugs[4] should be **behind bolt and bar**?

• be hopeful about... [bi ˋhopfəl əˋbaʊt] 對……充滿希望

易混淆片語 hope against hope 抱一線希望

老外就醬用！

I **am** still **hopeful about** the recovery[1] of my eyes[2].
我對我眼睛的復原仍然充滿希望。

句中關鍵單字
1 recovery 復原
2 eye 眼睛
3 good 好的

7. He **is** not very **hopeful about** this good[3] job.

Answers 翻譯參考解答

1. 他的回答似乎閃爍其詞。
2. 你認為在家辦公的人更容易受雇主剝削嗎？
3. 白牆被油漆弄髒了。
4. 大部分電力是蒸氣機提供的。
5. 凱薩琳受到她老闆的騷擾。
6. 你認為吸毒者應當被關在牢裡嗎？
7. 他對這份好工作不抱很大希望。

• be hospitable to... [bi ˋhɑspɪtəbl̩ tu] 易於接受……

相關片語 **bow to** 接受的

老外就醬用！

I don't think the current[1] trend[2] will **be hospitable to** this idea[3]. 我認為目前的潮流不太容易接受這個想法。

Try It 翻譯 1. My mother **is** always **hospitable to** guests[4] from abroad.

句中關鍵單字
1 current 目前的
2 trend 潮流
3 idea 想法
4 guest 客人

• be humiliated by... [bi hjuˋmɪlɪˏetɪd baɪ] 因……而蒙羞

老外就醬用！

His team[1] **was humiliated by** defeat[2].
他們的團隊因失敗而蒙羞。

Try It 翻譯 2. His family[3] **is humiliated by** what he did.

句中關鍵單字
1 team 團隊
2 defeat 失敗
3 family 家族

• be identical with / to... [bi aɪˋdɛntɪkl̩ wɪð / tu] 和……完全一樣

老外就醬用！

My opinion[1] **is identical with** yours[2].
我的意見和你的一樣。

Try It 翻譯 3. My clothes[3] **are** always **identical with** hers.

句中關鍵單字
1 opinion 意見
2 yours 你的
3 clothes 衣服

• be ignorant of... [bi ˋɪgnərənt ɑv] 在……方面無知、不知……

老外就醬用！

I **am ignorant of** stock[1]. What about[2] you?
我對股票一竅不通。你呢？

Try It 翻譯 4. He **is** totally[3] **ignorant of** my plan.

句中關鍵單字
1 stock 股票
2 What about...? ……怎麼樣？
3 totally 完全

• be in a dilemma [bi ɪn ə dəˋlɛmə] 進退兩難

老外就醬用！

My company **is in a dilemma** at present[1].
我們公司現在正處於進退兩難的境地。

5. I **am in a dilemma** to learn Spanish[2] or Japanese[3].

句中關鍵單字
1 at present 現在
2 Spanish 西班牙語
3 Japanese 日語

• be in awe of [bi ɪn ɔ ɑv] 對……望而生畏、對……感到害怕

相關片語 ▶ be in dread 感到害怕

老外就醬用！

You must **be in awe of** the risk[1].
你必須對風險有畏懼之心。

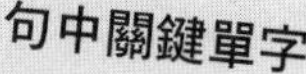

6. I **am in awe of** cats[2] and dogs[3].

句中關鍵單字
1 risk 風險
2 cat 貓
3 dog 狗

• be in bad odor [bi ɪn bæd ˋodɚ] 名聲不佳

老外就醬用！

Martin **is in bad odor** with his friends[1].
馬丁在朋友中聲譽不佳。

7. The store[2] in the corner[3] **is in bad odor**, don't go there.

句中關鍵單字
1 friend 朋友
2 store 商店
3 corner 轉角

Answers 翻譯參考解答

1. 我媽媽總是殷勤招待外國客人。
2. 他的家族因他的所作所為而蒙羞。
3. 我的衣服總是和她的一模一樣。
4. 他對我的計畫一無所知。
5. 學西班牙語還是日語讓我左右為難。
6. 我對貓狗都敬而遠之。
7. 轉角那間商店名聲不佳，別去那裡。

• be in bondage to... [bi ɪn ˋbɑndɪdʒ tu] 受……的支配

相關片語 take the reins 受支配

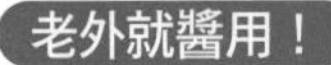
老外就醬用！

He has **been in bondage to** fame[1] and money[2].
他已經成為名利的奴隸。

1. She had **been in bondage to** her husband for years[3].

句中關鍵單字
1 fame 名望
2 money 金錢
3 for years 好多年

• be incidental to [bi ˏɪnsəˋdɛntḷ tu] 伴隨於

老外就醬用！

Certain discomforts[1] **are incidental to** the joys of camping[2] out. 享受露營的歡樂時，難免也會有些不便之處。

2. Justice[3] **is incidental to** law and order[4].

句中關鍵單字
1 discomfort 不便之處
2 camp 露營
3 justice 公正
4 order 秩序

• be in contradiction with... [bi ɪn ˏkɑntrəˋdɪkʃən wɪð] 與……相矛盾

易混淆片語 contradiction in terms 自相矛盾的說法

老外就醬用！

Is ideal[1] **in contradiction with** reality[2]?
理想與現實相矛盾嗎？

3. The conclusion **is in contradiction with** the arguments[3].

句中關鍵單字
1 ideal 理想
2 reality 現實
3 argument 論證

• be in full conviction that... [bi ɪn fʊl kənˋvɪkʃən ðæt] 完全相信……

易混淆片語 carry conviction 有說服力

老外就醬用！

I am in the full conviction that our cause[1] is just[2].
我堅信我們的事業是正當的。

4. He **is in the full conviction that** he will be promoted[3].

句中關鍵單字
1 cause 事業
2 just 正義的
3 promoted 升遷

• be injected against... [bi ɪn`dʒɛktɪd ə`gɛnst]
打過……的預防針

易混淆片語 ▶ **inject with** 用……注入

老外就醬用！

I was injected against measles[1] when I was a child[2].
我小時候打過麻疹的預防針。

Try It 翻譯 5. My son **was injected against** smallpox[3] yesterday.

句中關鍵單字
1 measles 麻疹
2 child 小孩
3 smallpox 天花

• be irritated against sb. [bi `ɪrə,tetɪd ə`gɛnst `sʌm,bɑdɪ]
對某人生氣

相關片語 ▶ **be angry with sb.** 生某人的氣

老外就醬用！

My wife[1] **is** always **irritated against** me[2].
我妻子總是對我生氣。

Try It 翻譯 6. I **am** now very **irritated against** my boss[3].

句中關鍵單字
1 wife 妻子
2 me 我
3 boss 老闆

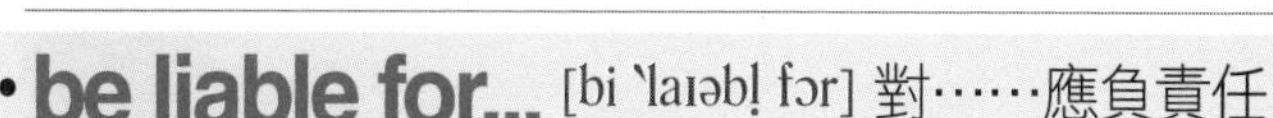

• be liable for... [bi `laɪəbḷ fɔr] 對……應負責任

相關片語 ▶ **answer for** 對負有責任

老外就醬用！

Is a husband **liable for** his wife's personal[1] debt[2]?
丈夫對妻子的個人債務負法律責任嗎？

Try It 翻譯 7. Everyone should **be liable for** his or her actions[3].

句中關鍵單字
1 personal 個人的
2 debt 債務
3 action 行為

Answers 翻譯參考解答

1. 她受丈夫支配很久了。
2. 公正伴隨於法律和秩序。
3. 結論與論證是相矛盾的。
4. 他完全相信他會獲得升遷。
5. 我兒子昨天打了天花的預防針。
6. 我現在對老闆非常生氣。
7. 每個人都應該對自己的行為負責。

• beneficial to [ˌbɛnəˋfɪʃəl tu] 對……有益

相關片語 **be good for** 有益於

老外就醬用！

Doing exercises[1] **is beneficial to** your body[2].
運動有益身體健康。

1. The inventions[3] of Edison **are beneficial to** humankind.

句中關鍵單字
1 do exercises 做運動
2 body 身體
3 invention 發明

• be not framed for [bi nɑt fremd fɔr] 禁不起、受不住

易混淆片語 **out of frame** 紛亂、無秩序

老外就醬用！

I don't understand[1] why[2] some people **are not framed for** success.
我不明白為什麼有些人禁不住成功。

2. If you **are not framed for** frustrations[3], how could you reach your goal?

句中關鍵單字
1 understand 明白
2 why 為什麼
3 frustration 挫折

• be partial to... [bi ˋpɑrʃəl tu] 對……偏心、偏愛

相關片語 **have a preference for** 偏愛

老外就醬用！

Our teacher[1] **is** always **partial to** boy students[2].
我們老師總是偏袒男生。

3. He **is partial to** a cup of tea[3] after dinner.

句中關鍵單字
1 teacher 老師
2 student 學生
3 a cup of tea 一杯茶

• be peculiar to... [bi pɪˋkjuljɚ tu] 是……所特有的

易混淆片語 **peculiar sound** 獨特的聲音

老外就醬用！

Is panda[1] **peculiar to** China?
熊貓是中國特有的嗎？

Try It 翻譯

4. This style[2] of cooking[3] **is peculiar to** Monica.

句中關鍵單字
1 panda 熊貓
2 style 方式
3 cooking 烹調

• be reluctant to do sth. [bi rɪˋlʌktənt tu du ˋsʌmθɪŋ]
不情願做某事

易混淆片語 reluctant assistance 勉強地作

老外就醬用！

Why **are** you **reluctant to** face[1] the reality[2]?
你為什麼不願意去面對現實呢？

句中關鍵單字
1 face 面對
2 reality 現實
3 work with 與……共事

5. I **am reluctant to** work with[3] him.

• be suspicious of... [bi səˋspɪʃəs ɑv] 對……有疑心

易混淆片語 suspicious behavior 令人覺得可疑的行徑

老外就醬用！

I **am** always **suspicious of** strangers[1].
我總是對陌生人持有戒心。

句中關鍵單字
1 stranger 陌生人
2 his 他的
3 good faith 誠意

6. **Are** you still **suspicious of** his[2] good faith[3]?

• be tolerant of... [bi ˋtɑlərənt ɑv] 對……容忍

易混淆片語 tolerant and understanding with each other 互相寬容並互相諒解

老外就醬用！

You should not **be** too **tolerant of** those bad guys[1].
對於那些壞人你不應該太寬容。

句中關鍵單字
1 bad guy 壞人
2 small 小的
3 error 錯誤

7. My teacher **isn't tolerant of** small[2] errors[3].

Answers 翻譯參考解答

1. 愛迪生的發明有益於全人類。
2. 如果你禁不起挫折，那你怎麼達成目標呢？
3. 他特別喜歡飯後喝杯茶。
4. 這種烹調方式是莫妮卡特有的。
5. 我不願意跟他一起工作。
6. 你仍然懷疑他的誠意嗎？
7. 我的老師無法容忍小錯誤。

• betray a secret to sb. [bɪˋtre ə ˋsikrɪt tu ˋsʌmˌbɑdɪ]

向某人洩漏秘密

相關片語 confide the secret to sb. 向某人洩密

老外就醬用！

If you **betray a secret to** me, I will give[1] you a lot of[2] money.
如果你洩密給我，我就給你很多錢。

Try It 翻譯 1. It was John who **betrayed a secret to** them[3].

句中關鍵單字
1 give 給
2 a lot of 很多
3 them 他們

• be under an eclipse [bi ˋʌndɚ æn ɪˋklɪps] 處於災難之中

易混淆片語 be eclipsed by sb. （相形之下）使……黯然失色、使……遠不如（某人）

老外就醬用！

He didn't know[1] that he **was under an eclipse** then[2].
他不曉得那時候他已經處於災難之中。

Try It 翻譯 2. Once[3] you **are under an eclipse**, I will help you out right away.

句中關鍵單字
1 know 曉得
2 then 那時
3 once 一旦

• be under an illusion [bi ˋʌndɚ æn ɪˋljuʒən] 有錯覺

易混淆片語 have no illusion about... 對……不存幻想

老外就醬用！

He **is under an illusion** that she fell in love with[1] him.
他誤以為她愛上自己了。

Try It 翻譯 3. They **were under an illusion** that they have reached[2] the destination[3].

句中關鍵單字
1 fall in love with 愛上
2 reach 到達
3 destination 目的地

• be urgent with sb. for sth.

[bi ˋɝdʒənt wɪð ˋsʌmˌbɑdɪ fɔr ˋsʌmθɪŋ] 堅持要求某人做某事

相關片語 push one's claims 堅持要求

老外就醬用！

My mother **is urgent with me for** doing sports[1] every day[2].

Try It 翻譯 4. I **am urgent with him for** returning[3] my money.

句中關鍵單字
1 sport 運動
2 every day 每天
3 return 歸還

• beyond credibility [bɪ`jɑnd ˏkrɛdə`bɪlətɪ] 難以置信

易混淆片語 beyond endurance 令人無法忍受

老外就醬用！

The whole thing[1] was **beyond credibility**, wasn't it?
整件事都令人難以置信，不是嗎？

5. I discovered[2] the power[3] of dream[4] is **beyond credibility**.

句中關鍵單字
1 thing 事情
2 discover 發現
3 power 力量
4 dream 夢想

• beyond one's capability [bɪ`jɑnd wʌns ˏkepə`bɪlətɪ] 非某人的能力所能及

相關片語 too much for 非某人能力所及

老外就醬用！

Apparently[1] this assignment[2] is **beyond my capability**.
顯然這項任務超出了我的能力範圍。

6. He is **beyond his capability** to do even such simple[3] things.

句中關鍵單字
1 apparently 顯然
2 assignment 任務
3 simple 簡單的

• bid up [bɪd ʌp] 抬高標價

易混淆片語 bid fair to do 有……的可能、有……的希望

老外就醬用！

Mr. Wilson kicked the **bid up** another[1] five hundred.
威爾森先生把出價又抬高了五百元。

7. The garlic[2] was **bid up** far beyond their real value[3].

句中關鍵單字
1 another 又一、另一個
2 garlic 大蒜
3 value 價值

Level 2 老外都在用的進階片語

Answers 翻譯參考解答

1. 是約翰將秘密透露給他們的。
2. 一旦你處於困境，我會立刻幫你解脫。
3. 他們誤以為已經到達目的地了。
4. 我堅持要求他把錢還給我。
5. 我發現夢想的力量難以置信。
6. 他連這樣簡單的事情都做不了。
7. 大蒜的價格被抬得比其實際價值高多了。

• blast off [blæst ɔf] 升空

易混淆片語 **at a blast** 一口氣地

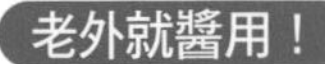

老外就醬用！

The rocket[1] is due to[2] **blast off** at 7:20 A.M..
火箭預計於早上七點二十分發射升空。

1. We ardently anticipate[3] waiting the ship to **blast off.**

句中關鍵單字
1 rocket 火箭
2 due to 預定的
3 anticipate 期望

• blaze away [blez ə`we] 熱烈討論

易混淆片語 **the blaze of fame** 名聲的遠揚

老外就醬用！

The students[1] kept **blazing away** about the party[2].
學生們一直在熱烈談論著派對的事。

2. The bonfire[3] has **blazed away** for hours.

句中關鍵單字
1 students 學生們
2 party 派對
3 bonfire 營火

• blush with shame [blʌʃ wɪð ʃem] 因羞愧而臉紅

相關片語 **flush with shame** 羞得臉紅

老外就醬用！

Saying[1] something wrong[2] made her **blush with shame.**
她因為說錯了話而面紅耳赤。

3. When talking about[3] her boyfriend, she **blushed with shame.**

句中關鍵單字
1 saying 說
2 wrong 錯誤的
3 talking about 談到

• blush like a black dog [blʌʃ laɪk ə blæk dɔg] 厚臉皮

相關片語 **as bold as brass** 厚顏無恥

老外就醬用！

I don't know how[1] he could pretend[2] to **blush like a black dog.** 我不明白他怎麼能裝得這麼厚臉皮。

4. You must learn to **blush like a black dog** in company with[3] women.

句中關鍵單字
1 how 怎麼
2 pretend 假裝
3 in company with 和……在一起

• boast about [bost ə`baut] 自誇

相關片語 value oneself on 自誇

老外就醬用！

Mothers always love[1] to **boast about** how cute[2] their children are. 媽媽們總是喜歡誇耀自己的孩子有多麼可愛。

Try It 翻譯 5. I don't like the people who like to **boast about** themselves[3].

句中關鍵單字
1 love 喜歡
2 cute 可愛
3 themselves 他們自己

• boost up [bust ʌp] 提高、促進

易混淆片語 give a person a boost 吹噓某人

老外就醬用！

I am so happy[1] that this new method[2] can **boost up** productivity. 很高興這種新方法可以提高工作效率。

Try It 翻譯 6. What kind of vitamin[3] can **boost up** calcium[4] absorption?

句中關鍵單字
1 happy 高興的
2 method 方法
3 vitamin 維他命
4 calcium 鈣

• bounce back [bauns bæk] (1) 重新振作 (2) 很快恢復

易混淆片語 give / get the bounce 被解雇

老外就醬用！

I still believe he could **bounce back** even[1] after such big failure[2]. 即使遭受如此重挫，我相信他能夠重新振作。

Try It 翻譯 7. He was badly[3] injured, but he **bounced back** soon[4].

句中關鍵單字
1 even 甚至
2 failure 失敗
3 badly 嚴重地
4 soon 很快

Answers 翻譯參考解答

1. 我們殷切地等待著飛船的發射。
2. 營火已經連續燒了好幾個小時。
3. 一談到她的男朋友，她就羞紅了臉。
4. 你必須學會和女人在一起不害臊。
5. 我不喜歡那些喜歡自吹自擂的人。
6. 哪種維他命可以促進鈣的吸收？
7. 他受了重傷，但很快就康復了。

• brace up [bres ʌp] 振作精神

相關片語 **take heart of grace** 鼓起勇氣

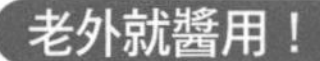

老外就醬用！

The player[1] **braced up** after his defeat[2].
這位運動員在失敗後重新振作精神。

Try It 翻譯 1. The doctor encouraged[3] him to **brace up**.

句中關鍵單字
1 player 運動員
2 defeat 失敗
3 encourage 鼓勵

• bring contempt upon oneself

[brɪŋ kən`tɛmpt upɑn wʌn`sɛlf] 自取其辱、自討沒趣

相關片語 **make oneself unwelcome** 自討沒趣

老外就醬用！

She thought[1] he just[2] **brought contempt upon himself**.
她認為他只是在自取其辱。

Try It 翻譯 2. If he can't recognize[3] you, you just **bring contempt upon yourself**.

句中關鍵單字
1 thought 認為（think 的過去式）
2 just 只是
3 recognize 認出

• brisk up [brɪsk ʌp] 活躍起來

易混淆片語 **at a brisk pace** 以輕快的步伐

老外就醬用！

She **brisked up** at once[1] when hearing the good news[2].
一聽到這則好消息，她立刻活躍起來。

Try It 翻譯 3. I believe that the financial market[3] will **brisk up**.

句中關鍵單字
1 at once 立刻
2 good news 好消息
3 financial market 金融市場

• broke to the world [brok tu ðə wɝld] 完全破產、窮到極點

相關片語 **as poor as a church mouse** 一貧如洗、一文不名

老外就醬用！

He was **broke to the world** after[1] losing[2] his job.
他失業之後就完全破產了。

Try It 翻譯 4. I'm **broke to the world** before the payday[3].

句中關鍵單字
1 after 在……之後
2 lose 失去
3 payday 發薪日

• browse through [brauz θru] 瀏覽

相關片語 look through 瀏覽

老外就醬用！

Why don't you **browse through** our products[1]?
你為什麼不瀏覽一下我們的產品呢？

5. I **browsed through** the books on the shelf[2] casually[3].

句中關鍵單字
1 product 產品
2 shelf 書架
3 casually 隨意地

• build a consensus with sb.

[bɪld ə kənˋsɛnsəs wɪð ˋsʌm͵badɪ] 與某人達成共識

相關片語 come to an agreement 達成一致意見

老外就醬用！

You have to **build a consensus with** them before[1] putting it into practice[2].
在付諸實踐之前，你得與他們的意見達成一致。

6. I am sure[3] we can **build a consensus with** them this time.

句中關鍵單字
1 before 在……之前
2 practice 實踐
3 sure 確信的

• business as usual [ˋbɪznɪs æz ˋjuʒuəl] (1) 照常營業 (2) 一切正常

易混淆片語 go out of business 歇業、關門大吉

老外就醬用！

Even during holidays[1], the restaurant[2] is in **business as usual**. 那家餐館假期照常營業。

7. We'd better be back[3] to **business as usual**.

句中關鍵單字
1 holidays 假期
2 restaurant 餐館
3 be back 回來

Answers 翻譯參考解答

1. 醫生鼓勵他一定要振奮精神。
2. 要是他沒認出你，你豈不是自討沒趣。
3. 我相信金融市場會活躍起來。
4. 在發薪日前我窮到了極點。
5. 我隨意地將書架上的書瀏覽了一遍。
6. 我堅信這次一定能與他們達成共識。
7. 我們最好還是一切照常。

• by all odds [baɪ ɔl ɑds] 毫無疑問地

易混淆片語 **odds and ends** 零星物品

This is **by all odds** the easiest[1] way[2].
毫無疑問，這是最簡單的方法。

1. **By all odds** it is the worst movie[3] I've ever seen.

句中關鍵單字
1 easiest 最簡單的
2 way 方法
3 movie 電影

• by a narrow margin [baɪ ə ˋnæro ˋmɑrdʒɪn] 勉強

易混淆片語 **margin of error** 誤差幅度

老外就醬用！

Mr. Wang won[1] **by a narrow margin** in this contest[2].
王先生在這次競賽中勉強獲勝。

2. Mike passed[3] the examination **by a narrow margin**.

句中關鍵單字
1 win 獲勝
2 contest 競賽
3 passed 通過

• by coincidence [baɪ koˋɪnsɪdəns] 恰巧

相關片語 **have the fortune** 恰巧

老外就醬用！

By coincidence, I met with Fred in that meeting[1].
我在那次會議上恰巧碰到了弗瑞德。

3. I walked through[2] the door **by coincidence**, seeing what happened[3] in the room.

句中關鍵單字
1 meeting 會議
2 through 通過
3 happened 發生

• by hook or by crook [baɪ hʊk ɔr baɪ krʊk] 千方百計、不擇手段

相關片語 **to get all lengths** 不擇手段

老外就醬用！

I am going to finish[1] this work **by hook or by crook**.
我要千方百計地完成這一項工作。

4. He will reach[2] his goal[3] **by hook or by crook**.

句中關鍵單字
1 finish 完成
2 reach 達到
3 goal 目標

• by the same token [baɪ ðə sem ˋtokən] 同樣地

老外就醬用！

Mary refused[1] you **by the same token.**
瑪麗出於同樣原因拒絕了你。

Try It 翻譯

5. **By the same token**, the larger the risk an investment[2] poses[3], the larger the potential[4] return it will provide.

句中關鍵單字
1 refuse 拒絕
2 investment 投資
3 pose 引起
4 potential 潛在的

• by virtue of [baɪ ˋvɝtʃʊ ɑv] 由於

老外就醬用！

He was promoted[1] **by virtue of** his ability[2].
他能夠升遷是由於自身才能。

Try It 翻譯

6. He applied for a pension[3] **by virtue of** his long illness[4].

句中關鍵單字
1 promoted 升遷
2 ability 才能
3 pension 救助金
4 illness 生病

• capacity for... [kəˋpæsətɪ fɔr] ……的能力

老外就醬用！

Talent[1] is the **capacity for** taking infinite[2] pains.
天才是指忍受無窮痛苦的能力。

Try It 翻譯

7. I really admire[3] him of his **capacity for** work.

句中關鍵單字
1 talent 天才、才能
2 infinite 無窮的
3 admire 欽佩

Answers 翻譯參考解答

1. 這部電影無疑是我看過最爛的一部。
2. 麥克考試勉強及格。
3. 我碰巧走進了門，看到了房間裡發生的一切。
4. 他會不擇手段地達到他的目標。
5. 同樣地，投資的風險越大，其潛在收益就越大。
6. 由於長期生病，他申請救助金。
7. 我十分欽佩他的工作能力。

• career about [kə`rɪr ə`baʊt] 飛馳

相關片語 speed along 飛馳

易混淆片語 make a career 在事業上有所成就

老外就醬用！

The dog began to **career about** the house[1] when the door was opened[2]. 門一開狗就開始在家裡四處奔跑。

1. The birds began to **career about** the cage[3] after hearing a big sound.

句中關鍵單字

1 house 家
2 opened 打開
3 cage 籠子

• carve out one's way [`kɑrv aʊt wʌns we] 開闢道路

易混淆片語 carve for oneself 自由行動

老外就醬用！

Don't wait[1] for someone else[2] to **carve out your way**.
別老等著別人來為你開闢道路。

2. The explorers[3] **carve out their way** with difficulty[4].

句中關鍵單字

1 wait 等待
2 someone else 別人
3 explorer 勘探人員
4 difficulty 艱難

• cast a glamour over... [kæst ə `glæmɚ `ovɚ] 為……增添魅力

易混淆片語 a stone's cast 投石可及的距離、一箭之遙

老外就醬用！

Distance[1] **casts a glamour over** the view[2].
距離讓景色增添魅力。

3. The fashionable[3] hat **casts a glamour over** the lady[4].

句中關鍵單字

1 distance 距離
2 view 景色
3 fashionable 時髦的
4 lady 女士

• certify sb. of sth. [`sɝtə͵faɪ `sʌm͵bɑdɪ ɑv `sʌmθɪŋ] 使某人確信某事

易混淆片語 certify to a person's character 保證某人的人格

老外就醬用！

You must[1] try to[2] **certify him of** this failure[3].
你必須試著讓他相信這次失敗。

4. My parents **certified me of** the lost match[4].

句中關鍵單字

1 must 必須
2 try to 試著
3 failure 失敗
4 match 比賽

• chase one's gloom away [tʃes wʌns glum əˋwe] 消愁、解悶

易混淆片語 in the gloom 在幽暗中

老外就醬用！

Let's try our best[1] to **chase his gloom away**.
讓我們竭盡全力為他消愁解悶吧。

5. I think she chose[2] that job in order to[3] **chase her gloom away**.

句中關鍵單字

1 try our best 竭盡全力
2 chose 選擇
3 in order to 為了

• chill out [tʃɪl aut] 冷靜

相關片語 cool down 冷靜下來

老外就醬用！

Could you give[1] the child something[2] to **chill** her **out**?
你能給這個孩子一些東西讓她安靜些嗎？

6. How do you **chill out** when you get very angry[3]?

句中關鍵單字

1 give 給
2 something 某事物
3 get very angry 很生氣

• circulate about... [ˋsɝkjə͵let əˋbaut] 在……附近流傳

易混淆片語 circulate among 在……中流傳

老外就醬用！

Rumors[1] of his love affairs[2] began to **circulate about** the town. 有關他桃色事件的謠言在鎮上開始流傳開來。

7. The remedy[3] for all ills **circulates about** the neighborhood[4].

句中關鍵單字

1 rumor 謠言
2 love affairs 桃色事件
3 remedy 藥方
4 neighborhood 鄰近一帶、附近

Answers 翻譯參考解答

1. 聽到一聲巨響，鳥兒們開始在籠子裡亂飛。
2. 勘探人員艱難地開闢道路。
3. 時髦的帽子為這位女士增添了一分魅力。
4. 我父母讓我相信這次比賽真的輸了。
5. 我覺得她一定是為了消愁解悶才選擇那份工作。
6. 當你十分生氣的時候你如何讓自己冷靜下來呢？
7. 那個包治百病的藥方在鄰近一帶流傳。

• clamp down on... [klæmp daʊn ɑn] 強制執行……

易混淆片語 ▶ clamp one's lips　閉口不言

老外就醬用！

The police[1] **clamped down on** drunk driving[2] last month.
員警上個月起加緊取締酒後駕車。

1. The government intends[3] to **clamp down on** football gambling[4].

句中關鍵單字
1 police 員警
2 drunk driving 酒後駕車
3 intends 打算
4 football gambling 賭球事件

• clarify one's stand [ˋklærə͵faɪ wʌns stænd] 闡明立場

易混淆片語 ▶ clarify a remark　澄清一項意見

老外就醬用！

Why not write[1] an essay[2] to **clarify your stand**?
為什麼不撰寫一篇文章闡明你的立場？

2. He has **clarified his stand** at the meeting[3].

句中關鍵單字
1 write 撰寫
2 essay 文章
3 at the meeting 在會議上

• cling to [klɪŋ tu] 抓牢

易混淆片語 ▶ cling to a purpose　堅持目的

老外就醬用！

The kid **clung to** his mother as she said[1] good-bye[2].
媽媽告別時，小孩緊緊抓著她不放。

3. You should **cling to** your principles[3]. So should I.

句中關鍵單字
1 said 説
2 good-bye 再見
3 principle 原則

• coincide in opinion [koɪnˋsaɪd ɪn əˋpɪnjən] 意見一致

相關片語 ▶ see eye to eye with sb.　意見一致

老外就醬用！

All members of the committee[1] **coincide in opinion**.
委員會的所有委員意見一致。

4. The employees[2] **coincide in opinion** on this issue[3].

句中關鍵單字
1 committee 委員會
2 employee 職員
3 issue 問題、事件

• collide with... [kə`laɪd wɪð] 與……相撞

易混淆片語 ▶ **hands collide** 指針碰撞

老外就醬用！

The chains[1] on her **collided with** each other[2], and gave out a tinkling[3] sound. 她身上的鏈子互相碰撞發出叮噹聲響。

5. Sometimes ships **collide with** each other, and the beaches[4] are covered with oil.

句中關鍵單字
1 chain 鏈子
2 each other 互相
3 tinkling 叮噹作響的
4 beach 海灘

• come / go into operation [kʌm / go `ɪntu ˌɑpə`reʃən] 開始運轉、開工

易混淆片語 ▶ **put into operation** 實施、施行

老外就醬用！

The new waterworks[1] will **go into operation** in July[2]. 這座自來水廠七月將要開始運轉。

6. When[3] does the plan **come into operation**?

句中關鍵單字
1 waterworks 自來水廠
2 July 七月
3 when 什麼時候

• come to the climax [kʌm tu ðə `klaɪmæks] 達到高潮

易混淆片語 ▶ **reach a climax** 達到頂點

老外就醬用！

The performance[1] of this play[2] has **come to its climax**. 這場戲劇表演已經到達最高潮了。

7. The advertising campaign[3] **came to the climax** at Christmas[4].

句中關鍵單字
1 performance 表演
2 play 戲劇
3 advertising campaign 廣告戰
4 Christmas 聖誕節

Answers 翻譯參考解答

1. 政府擬採取措施嚴禁賭球事件。
2. 他已經在會議中闡明自己的立場。
3. 你應該堅守原則。我也是。
4. 在這個問題上全體職員意見一致。
5. 有時船隻發生碰撞，海灘就佈滿了石油。
6. 這個計畫什麼時候開始實施？
7. 在聖誕節期間，廣告戰達到高潮。

• comment on... [ˋkamɛnt an] 對……評論

易混淆片語 offer comments 提意見

老外就醬用！

The spokesman[1] refused to **comment on** the issue.
發言人拒絕對此事件發表評論。

Try It 翻譯 1. The manager[2] wouldn't like to **comment on** the rumors[3] of his resignation[4].

句中關鍵單字
1 spokesman 發言人
2 manager 經理
3 rumor 傳聞、謠言
4 resignation 辭職

• commit to [kəˋmɪt tu] 致力於

相關片語 devote oneself to 致力於

老外就醬用！

We should **commit to** do something useful[1] to the society[2].
我們應該致力於為社會做有用的事。

Try It 翻譯 2. They **committed to** improve[3] the education in our country.

句中關鍵單字
1 useful 有用的
2 society 社會
3 improve 改進

• commute between [kəˋmjut bəˋtwin] 在兩處間往返

易混淆片語 commute comfort for hardship 以逸代勞

老外就醬用！

We **commute between** the company and home on weekdays[1].
在週間，我們每天往返於公司和家裡之間。

Try It 翻譯 3. I have to[2] **commute between** Paris and London for business' sake[3].

句中關鍵單字
1 on weekdays 在週間
2 have to 不得不
3 sake 目的、理由

• comparable to [ˋkampərəbl̩ tu] 比得上

相關片語 come up to 比得上

老外就醬用！

His achievements[1] are **comparable to** the best in my class[2].
他的成績可以與我們班上最好的同學媲美。

Try It 翻譯 4. No car has a speed[3] **comparable to** his car.

句中關鍵單字
1 achievement 成績、成就
2 class 班級
3 speed 速度

• compensate for [ˋkɑmpən͵set fɔr] 賠償

相關片語 **indemnify for** 賠償

老外就醬用！

Nothing can **compensate for** her mental[1] loss[2].
她精神上受到的傷害無法彌補。

5. If you lost[3] her book, you must **compensate** her **for** it.

句中關鍵單字
1 mental 精神上的
2 loss 傷害
3 lost 遺失

• compromise with [ˋkɑmprə͵maɪz wɪð] 與……和解

易混淆片語 **make compromise with** 與……妥協

老外就醬用！

I **compromise with** my wife on this matter[1].
在這個事件上我和我的妻子妥協了。

6. Male chauvinism[2] means[3] men never **compromise with** women.

句中關鍵單字
1 matter 問題、事件
2 chauvinism 沙文主義
3 mean 意味著

• concealed by [kənˋsilɪd baɪ] 在……掩護下

易混淆片語 **conceal one's emotions** 隱藏某人的感情

老外就醬用！

The spy's[1] activities[2] were **concealed by** the major event[3].
間諜的行動是在這個大型活動的掩護下暗中進行的。

7. The ring[4] was **concealed by** her in a secret corner.

句中關鍵單字
1 spy 間諜
2 activities 活動
3 event 事件
4 ring 戒指

Answers 翻譯參考解答

1. 經理不願就他辭職的傳聞發表評論。
2. 他們致力於改進我國的教育工作。
3. 為了生意我不得不經常往返於巴黎和倫敦之間。
4. 沒有一輛車的速度能比得上他的車。
5. 如果把她的書弄丟了，你必須賠償她。
6. 男性沙文主義意味著男人從不與女人妥協。
7. 那個戒指被她藏在一個隱密的角落。

• concede to [kən`sid tu] 對……讓步

易混淆片語 ▶ concede the independence of a nation　容許國家獨立

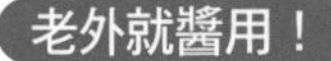

Why not **concede to** each other[1]?
為什麼不各自退讓呢？

1. She never **concedes to** such[2] issues[3].

句中關鍵單字
1 each other 相互
2 such 這樣的
3 issue 問題

• concentrate on [`kansn̩ˏtret an] 全神貫注

相關片語 ▶ be absorbed in　全神貫注於

老外就醬用！

You should **concentrate on** your study[1].
你應該專心於你的學習。

2. I don't know why[2] I still could not **concentrate on** my work[3].

句中關鍵單字
1 study 學習
2 why 為什麼
3 work 工作

• condense...into... [kən`dɛns `ɪntu] 把……縮成……

老外都這麼用

Could you **condense** this paragraph[1] **into** a few sentences[2]?　你能把這段文字縮減成幾個句子嗎？

3. I tried to **condense** ten pages[3] of comments[4] **into** two, I couldn't.

句中關鍵單字
1 paragraph 段落
2 sentence 句子
3 pages 頁
4 comment 評論

• confer with sb. on [kən`fɝ wɪð `sʌmˏbadɪ an]
與某人就某事協商、交換意見

相關片語 ▶ consult with　與某人協商

老外就醬用！

I have to **confer with** my lawyer[1] on this matter.
這件事我得先和我的律師商量一下。

4. We'd better **confer with** them on matters of mutual[2] concern[3].

句中關鍵單字
1 lawyer 律師
2 mutual 共有的
3 concern 關心

• confess one's crime [kən`fɛs wʌns kraɪm] 認罪

相關片語 plead guilty 承認有罪

老外就醬用！

He was tortured[1] by the police[2] to **confess his crime**.
他被員警拷打，迫使他認罪。

5. Did he **confess his crime** finally[3]?

句中關鍵單字
1 torture 拷打
2 police 員警
3 finally 最後

• confine to [kən`faɪn tu] 限定在

老外就醬用！

I hope[1] you would **confine** yourself **to** the subject[2].
我希望你不要離題。

6. I don't want to be **confined to** the house all day long[3].

句中關鍵單字
1 hope 希望
2 subject 主題
3 all day long 整天

• consist of [kən`sɪst ɑv] 由……組成

易混淆片語 consist with 符合相容

老外就醬用！

A year[1] generally **consists of** 365 days[2].
一年通常是由三百六十五天組成。

7. I wonder[3] what life **consists of** on other planets[4].

句中關鍵單字
1 year 年
2 day 天
3 wonder 想知道
4 planet 星球

Answers 翻譯參考解答

1. 在這類問題上她從不讓步。
2. 我不知道為什麼仍然不能聚精會神的工作。
3. 我試圖把長達十頁的評論縮短成兩頁，但是我失敗了。
4. 我們最好跟他們就共同關心的問題交換意見。
5. 他最後承認自己的罪行了嗎？
6. 我不想整天都被關在家裡。
7. 我想知道在其他的星球上生命由什麼組成。

• consult with [kən`sʌlt wɪð] 協商、商量

相關片語 take counsel with　商量、徵求意見

老外就醬用！

I think I have to **consult with** my parents[1].
我想我得和我的父母商量一下。

1. You may[2] **consult with** Mr. White on this matter[3].

句中關鍵單字
1 parents 父母
2 may 可以
3 matter 問題

• contend for [kən`tɛnd fɔr] 為……競爭

易混淆片語 contend with　對付、向……作鬥爭

老外就醬用！

Many people are **contending for** the prize[1].
很多人在爭奪那個獎品。

2. Three players[2] are **contending for** winning the champion[3].

句中關鍵單字
1 prize 獎品
2 player 運動員
3 champion 冠軍

• contrast with [`kɑntræst wɪð] 與……對比

易混淆片語 by contrast　對照之下

老外就醬用！

Her appearance[1] was in **contrast with** her fine[2] words.
她的外表與她漂亮的言辭形成鮮明對照。

3. The white walls make a **contrast with** the black curtain[3].

句中關鍵單字
1 appearance 外表
2 fine 漂亮的
3 curtain 窗簾

• contribute to [kən`trɪbjut tu] 貢獻

易混淆片語 contribute towards　為……捐助

老外就醬用！

Would you like to **contribute to** our charity show[1]?
你願意捐款給我們的慈善演出嗎？

4. Your suggestion[2] **contributed to** solving the problem indeed[3].

句中關鍵單字
1 charity show 慈善演出
2 suggestion 建議
3 indeed 確實

• contrive a scheme [kən`traɪv ə skim] 訂計畫、擬方案、策劃

易混淆片語 form a scheme 訂計畫、擬方案、策劃

老外就醬用！

I am **contriving a scheme** to take part in[1] that activity[2] in London. 我正計劃著去倫敦參加那個活動。

句中關鍵單字
1 take part in 參加
2 activity 活動
3 study 學習

Try It 翻譯 5. He **contrives a scheme** for sport and study[3].

• convince sb. of [kən`vɪns `sʌm,badɪ ɑv] 使某人確認

相關片語 prevail on 說服

老外就醬用！

How[1] can I **convince you of** his honesty[2]?
我怎樣才能讓你相信他是誠實的呢？

句中關鍵單字
1 how 怎樣
2 honesty 誠實
3 innocence 無罪、清白

Try It 翻譯 6. What he said **convinced everyone of** his innocence[3].

• cooperate in [ko`ɑpə,ret ɪn] 在……方面合作

易混淆片語 cooperate with 與……合作

老外就醬用！

I hope we can **cooperate in** foreign trade[1].
希望我們能在對外貿易方面合作。

句中關鍵單字
1 foreign trade 對外貿易
2 recognition 識別
3 procedure 程式

Try It 翻譯 7. Could you please **cooperate in** the human-face recognition[2] procedure[3]?

Answers 翻譯參考解答

1. 在這個問題上，你可以與懷特先生商量一下。
2. 三名運動員在爭奪這個項目的冠軍。
3. 白色的牆壁與黑色的窗簾形成了鮮明的對照。
4. 你的建議確實有助於解決這個問題。
5. 他擬了一個關於運動和學習的計畫。
6. 他所說的話使大家確信他是無辜的。
7. 請你配合進行人臉識別好嗎？

• cope with [kop wɪð] 應對、對付

相關片語 **deal with** 處理、應付

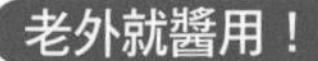

老外就醬用！

Don't bother[1] me, I have too many things to **cope with**.
別煩我，我有太多事要處理。

Try It 翻譯 1. Can you **cope with** the tough[2] thing alone[3]?

句中關鍵單字
1 bother 打擾
2 tough 棘手的
3 alone 獨自地

• correspondence with [ˌkɔrəˋspɑndəns wɪð] 與……相符

易混淆片語 **one to one correspondence** 一一對應

老外就醬用！

The outcome[1] has little **correspondence with** the expectation[2]. 結果與期望並不相符。

Try It 翻譯 2. What he said was in **correspondence with** the fact[3].

句中關鍵單字
1 outcome 結果
2 expectation 期望
3 fact 事實

• correspond to [ˌkɔrəˋspɑnd tu] 相當於

相關片語 **be equivalent to** 相當於

老外就醬用！

Your pin money[1] per[2] month **corresponds to** my three months' salary[3]. 你一個月的零用錢相當於我三個月的薪水。

Try It 翻譯 3. The wings[4] of a bird **correspond to** the human's arm.

句中關鍵單字
1 pin money 零用錢
2 per 每
3 salary 薪水
4 wing 翅膀

• crack down on [kræk daʊn ɑn] 制裁、鎮壓

易混淆片語 **crack one's knuckles** 使手指關節發辟啪聲

老外就醬用！

The police decided to **crack down on** smuggler[1].
員警決定對走私者採取嚴厲措施。

Try It 翻譯 4. I don't think the real-name system[2] can **crack down on** scalpers[3] effectively[4].

句中關鍵單字
1 smuggler 走私者
2 system 體制
3 scalpers 賣黃牛票的人
4 effectively 有效地

• cram into [kræm ˋɪntu] 勉強塞入、填滿

易混淆片語 cram food down 勉強把食物塞進嘴裡

老外就醬用！

We cannot **cram** six of us **into** one car.
一輛車塞不下我們六個人。

5. How did you **cram** so many clothes[1] **into** such a small[2] case[3]?

句中關鍵單字
1 clothes 衣服
2 small 小的
3 case 箱子

• criticize sb. for [ˋkrɪtəˏsaɪz ˋsʌmˏbɑdɪ fɔr] 批評某人做了某事

相關片語 to take sb. to task 責備某人

老外就醬用！

Don't **criticize him for** being late[1] for school.
不要因為他上課遲到就批評他。

6. You should **criticize him for** doing such evil[2] things[3].

句中關鍵單字
1 late 遲到
2 evil 邪惡的
3 things 事情

• crouch down [krautʃ daʊn] 蹲下

相關片語 squat down 蹲下

老外就醬用！

Would you **crouch down** a bit[1] to make me look taller[2]?
你能不能蹲下一點讓我看起來高一些？

7. He **crouched down** to peep[3] into the basket[4].

句中關鍵單字
1 a bit 一點
2 taller 更高（tall 的比較級）
3 peep 窺視
4 basket 籃子

Answers 翻譯參考解答

1. 你能獨自處理這件棘手的事嗎？
2. 他所說的與事實相符。
3. 鳥的翅膀相當於人的胳膊。
4. 我認為實名制不能有效地打擊黃牛。
5. 你如何把那麼多衣服塞到那麼小的箱子裡？
6. 他做了這樣的壞事，你應該批評他。
7. 他蹲下來向籃子裡窺視了一下。

• crunch time [krautʃ taɪm] 緊要關頭

相關片語 ▶ critical moment　緊要關頭

老外就醬用！

It's **crunch time** and I hope he could win[1].
現在正是關鍵時刻，我希望他能贏。

1. Where[2] on earth[3] were you in **crunch time**?

句中關鍵單字
1 win 贏
2 where 哪裡
3 on earth 到底

• damn with faint praise [dæm wɪð fent prez] 明褒實貶

易混淆片語 ▶ not worth a damn　一文不值、毫無價值

老外就醬用！

Haven't you found that he was actually[1] **damned with faint praise**? 你沒發現嗎？他實際上被明褒暗貶了。

2. She **damned him with faint praise** because[2] she was jealous[3] of him.

句中關鍵單字
1 actually 實際上
2 because 因為
3 jealous 嫉妒

• damp off [dæmp ɔf] 枯萎

相關片語 ▶ wither away　枯萎

老外就醬用！

The flowers[1] are beginning[2] to **damp off**.
這些花開始枯萎了。

3. Do not water[3] the plants too much[4], or they will **damp off**.

句中關鍵單字
1 flower 花
2 begin 開始
3 water 澆水
4 too much 太多

• decline from...to... [dɪˋklaɪn frɑm tu] 從……下降到……

易混淆片語 ▶ decline an invitation　謝絕邀請

老外就醬用！

Hypertension's[1] prevalence rate[2] has **declined from** 86% **to** 69%. 高血壓患病率已經從86%下降到69%。

4. The rent[3] per square meter[4] here **declined from** 440 dollars **to** 320 dollars.

句中關鍵單字
1 hypertension 高血壓
2 prevalence rate 患病率
3 rent 租金
4 square meter 平方米

• dedicate oneself to [ˋdɛdəˏket wʌnˋsɛlf tu] 全心獻身於……

相關片語 **devote oneself to** 獻身於

老外就醬用！

Jack wants to **dedicate himself to** the greatest cause[1] in the world[2]. 傑克想獻身於世界上最偉大的事業。

5. Jane has **dedicated herself to** the education[3].

句中關鍵單字

1 cause 事業
2 world 世界
3 education 教育

• defend against [dɪˋfɛnd əˋgɛnst] 防禦

易混淆片語 **defend a person from harm** 保護某人免遭傷害

老外就醬用！

Serviceman's[1] duty[2] is to **defend** the country **against** its enemies. 軍人的職責是保衛國家不受敵人侵犯。

6. Fear is the best weapon[3] to **defend against** temptation.

句中關鍵單字

1 serviceman 軍人
2 duty 職責
3 weapon 武器

• deliberate on [dɪˋlɪbərɪt ɑn] 仔細思考

相關片語 **think over** 仔細思考

老外就醬用！

We will sure to **deliberate on** your proposal[1].
我們一定會仔細考慮你的建議。

7. I have to **deliberate on** where to hide[2] our money[3].

句中關鍵單字

1 proposal 建議
2 hide 隱藏
3 money 金錢

Answers 翻譯參考解答

1. 緊要關頭，你到底去哪裡了？
2. 她對他明褒暗貶是出於嫉妒。
3. 別給這些植物澆太多的水，否則它們會爛掉。
4. 這裡每平方公尺租金從 440 美元下降到 320 美元。
5. 珍將自己獻身於教育。
6. 恐懼是抵抗誘惑最好的武器。
7. 我得仔細想想該把我們的錢藏在哪。

• delight oneself with [dɪˋlaɪt wʌnˋsɛlf wɪð] 以……自娛

易混淆片語 **to one's delight** 令人高興的是

I **delight myself with** playing guitar[1].
我彈吉他來自娛自樂。

1. Monica usually **delights herself with** cooking[2] delicious[3] food.

句中關鍵單字
1 playing guitar 彈吉他
2 cooking 烹調
3 delicious 美味的

• deprive of [dɪˋpraɪv ɑv] 剝奪、使喪失

相關片語 **take away** 拿走

老外就醬用！

The accident[1] **deprived her of** her parents.
那場事故奪去了她的雙親。

2. The death[2] of his wife almost **deprived him of** his reason[3].

句中關鍵單字
1 accident 事故
2 death 離世、死亡
3 reason 理智

• descend from [dɪˋsɛnd frɑm] 從……而來、源於……

相關片語 **derive from** 源自

老外就醬用！

Men were **descended from** apes[1] according to[2] Darwin's theory[3]. 根據達爾文的理論，人類由人猿進化而來。

3. It's said that his family **descended from** the first English immigrants[4].

句中關鍵單字
1 ape 人猿
2 according to 根據
3 theory 理論
4 immigrant 移民

• detach from [dɪˋtætʃ frɑm] 使分離

相關片語 **break away from** 脫離

老外就醬用！

Why don't you **detach** the hood[1] **from** the jacket[2]?
你為什麼不把風帽從夾克裡拆下來呢？

4. It's very hard to **detach** the baby boy[3] **from** his mother.

句中關鍵單字
1 hood 風帽
2 jacket 夾克
3 baby boy 男嬰

• deter from [dɪˋtɝ frɑm] 阻止

相關片語 **hold back** 阻止

老外就醬用！

The violent[1] storm[2] **deterred** him **from** going out.
狂風暴雨使他打消外出的念頭。

5. The frequent[3] air crashes[4] **deter** people **from** traveling by air.

句中關鍵單字
1 violent 猛烈的
2 storm 暴風雨
3 frequent 頻繁的
4 air crash 飛機失事

• devote oneself to [dɪˋvot wʌnˋsɛlf tu] 專心致力於

相關片語 **go in for** 致力於

老外就醬用！

My father **devotes himself to** fishing[1] after his retirement[2]. 我父親退休後全心投入在釣魚上。

6. He hopes to **devote himself to** biochemistry[3] research.

句中關鍵單字
1 fishing 釣魚
2 retirement 退休
3 biochemistry 生物化學

• diagnose as [ˏdaɪəgˋnos æz] 診斷為

易混淆片語 **diagnose the underlying motive** 探詢真實情況

老外就醬用！

The doctor has **diagnosed** it **as** lung cancer[1].
醫生把此病診斷為肺癌。

7. He was **diagnosed as** suffering from[2] SARS[3].

句中關鍵單字
1 lung cancer 肺癌
2 suffering from 患（病）
3 SARS 非典型肺炎

Answers 翻譯參考解答

1. 莫妮卡通常以做美食自娛。
2. 他妻子的離世幾乎使他失去理智。
3. 據說他家是第一批英國移民的後裔。
4. 要使這個小男孩跟他媽媽分開是件很難的事。
5. 頻繁的飛機失事使人們不敢搭飛機了。
6. 他希望獻身於生物化學的理論研究。
7. 他被診斷為染上了 SARS。

• **dictate to** [dɪk`tet tu] 命令、支配

易混淆片語 **dictate to one's secretary** 向秘書口述要事

老外就醬用！

He **dictated** a will[1] **to** his children.
他口述了一份遺囑給孩子。

1. You can't **dictate** others **to** listen to[2] you.

句中關鍵單字
1 will 遺囑
2 listen to 聽……

• **differ with** [`dɪfɚ wɪð] 與……不同

相關片語 **be different from** 與……不同

老外就醬用！

We **differ with** them on this matter[1].
在這件事上我們跟他們看法不同。

2. I am afraid[2] that I **differ with** you on the matter.

句中關鍵單字
1 matter 事情
2 afraid 恐怕

• **disclose to** [dɪs`kloz tu] 向……透漏

相關片語 **tip off** 向……洩露

老外就醬用！

Please do not **disclose to** this secret[1] to anyone else[2].
請不要把這個秘密透露給任何人。

3. She refused to **disclose** her name[3] and phone number[4] **to** me.

句中關鍵單字
1 secret 秘密
2 else 其他
3 name 姓名
4 phone number 電話號碼

• **discourage from** [dɪs`kɝɪdʒ frɑm] 阻攔、勸阻

相關片語 **bar the way** 阻攔

老外就醬用！

She **discouraged me from** accepting[1] that job.
她勸我別接受那份工作。

4. I have tried to[2] **discourage him from** smoking[3].

句中關鍵單字
1 accept 接受
2 try to 試圖
3 smoking 吸煙

• discriminate between [dɪˋskrɪmə͵net bəˋtwin] 差別對待

相關片語 **make a difference between** 差別對待

老外就醬用！

You must learn to **discriminate between** facts and opinions[1].
你必須學會區別事實和看法。

5. Can't he **discriminate between** good[2] and bad[3]?

句中關鍵單字
1 opinion 看法
2 good 好、好事
3 bad 壞的東西或情形

• dispense with [dɪˋspɛns wɪð] 免除

老外就醬用！

Why not **dispense with** those formalities[1]?
為什麼不免除那些繁文縟節呢？

6. The new machine[2] has **dispensed with** much labor[3].

句中關鍵單字
1 formality 繁文縟節
2 machine 機器
3 labor 勞動力

• disperse into [dɪˋspɝs ˋɪntu] 消散

相關片語 **scatter and disappear** 消散

老外就醬用！

The heavy[1] smoke[2] **dispersed into** the sky.
濃煙消散在天空了。

7. The fog[3] gradually **dispersed into** the sky as the sun rises[4].

句中關鍵單字
1 heavy 濃的、重的
2 smoke 煙
3 fog 霧氣
4 rise 升起

Answers 翻譯參考解答

1. 你不能命令別人聽你的。
2. 恐怕在這件事上我與你意見不一。
3. 她拒絕透露自己的姓名和電話號碼給我。
4. 我曾試著勸阻他不要吸煙。
5. 他難道無法辨別好壞嗎？
6. 這台新機器節省了大量勞動力。
7. 隨著太陽升起，霧氣漸漸消散了。

• dispute with [dɪˋspjut wɪð] 與……爭論

相關片語 **have words with** 與……爭論

老外就醬用！

Bill **disputed with** Joey about[1] the money.
比爾與約翰為了錢的事吵了起來。

1. The employees **disputed with** their employers[2] about pay[3].

句中關鍵單字
1 about 關於
2 employer 雇主
3 pay 工資

• dissuade from [dɪˋswed frɑm] 勸阻

相關片語 **advise sb. against** 勸告某人不要

老外就醬用！

You'd better **dissuade** him **from** investing[1] money in stocks[2].
你最好勸他不要投資股票交易。

2. My parents tried to **dissuade** me **from** not marrying[3] so early.

句中關鍵單字
1 investing 投資
2 stocks 股票交易
3 marrying 結婚

• distinguish A from B [dɪˋstɪŋgwɪʃ e frɑm bi] 區別A和B

易混淆片語 **between right and wrong** 辨別是非

老外就醬用！

The two brothers are so alike[1] that people can hardly[2] **distinguish** one **from** the other.
那兩兄弟非常相像，人們很難把他倆區分開來。

3. Can you **distinguish** male rabbit **from** female[3] rabbit?

句中關鍵單字
1 alike 相像的
2 hardly 幾乎不
3 female 女性

• divert interest from [dəˋvɜt ˋɪntərɪst frɑm] 轉移注意力

相關片語 **turn one's interest to** 把某人的興趣轉移到

老外就醬用！

I don't know how to **divert his interest from** TV[1].
我不知道怎樣將他的注意力從電視上轉移過來。

4. Please do not **divert your interest from** your study[2].

句中關鍵單字
1 TV 電視
2 study 學習

• divorce oneself from [də`vors wʌn`sɛlf frɑm] 與……離婚

相關片語 get a divorce from one's wife 與妻子離婚

老外就醬用！

He[1] has decided to **divorce himself from** his wife .
他已經決定與他的妻子離婚了。

5. The officials[2] should not **divorce themselves from** the masses[3].

句中關鍵單字
1 he 他
2 officials 官員們
3 masses 群眾

• draft out [dræft aut] 起草、草擬

相關片語 draw up 起草

老外就醬用！

Would you please **draft out** a study plan[1] for me?
你能為我草擬一個學習計畫嗎？

6. The two countries[2] **drafted out** a treaty[3] after war[4].

句中關鍵單字
1 study plan 學習計畫
2 country 國家
3 treaty 條約
4 war 戰爭

• dwell on [dwɛl ɑn] 詳述

易混淆片語 dwell in / live in 住在

老外就醬用！

Please do not **dwell on** your past[1] mistakes[2].
請不要再細想你過去的錯誤了。

7. Mary did not **dwell on** the details[3] of this matter.

句中關鍵單字
1 past 過去的
2 mistake 錯誤
3 detail 細節

Answers 翻譯參考解答

1. 員工和雇主在工資問題上發生了爭執。
2. 我的父母勸我別這麼早結婚。
3. 你能區分出雄兔和雌兔嗎？
4. 請專心學習不要轉移你的注意力。
5. 官員們不應該與大眾脫離。
6. 戰後兩國草擬了一個條約。
7. 瑪麗沒有詳述這件事情的細節。

• ease the tension of... [iz ðə `tɛnʃən ɑv] 減緩……的緊張

易混淆片語 ▶ **set sb.'s mind at ease** 使安心、安慰某人

老外就醬用！

The coach[1] will teach[2] you how to **ease the tension of** the muscles[3]. 教練將教你如何放鬆肌肉。

1. This plan will help **ease the tension of** the expenditure[4].

句中關鍵單字

1 coach 教練
2 teach 教
3 muscle 肌肉
4 expenditure 支出、花費

• eat the calf in the cow's belly

[it ðə kæf ɪn ðə kaʊs bɛlɪ] 指望得太早、所望過奢

易混淆片語 ▶ **be given to one's belly** 一味貪吃、口腹為重

老外就醬用！

The enterprise[1] has just started[2], you can't **eat the calf in the cow's belly**. 事業才剛起步，你不能所望過奢。

2. You still have a lot to learn[3], so don't **eat the calf in the cow's belly**.

句中關鍵單字

1 enterprise 事業、企業
2 start 開始
3 learn 學習

• ego trip [`igo trɪp] 自我吹噓

相關片語 ▶ **boast about oneself** 自我吹噓

老外就醬用！

He has been on an **ego trip** since he won[1] the contest[2].
他贏得比賽之後就一直自吹自擂。

3. He is on an **ego trip** after the first victory[3].

句中關鍵單字

1 win 贏
2 contest 比賽
3 victory 勝利

• eliminate from... [ɪ`lɪmə͵net frɑm] 從……除去

易混淆片語 ▶ **eliminate the need of** 使不需要

老外就醬用！

Could you help[1] me **eliminate** mistakes **from** this writing[2]?
你能幫我將寫作中的錯誤改掉嗎？

4. This medicine[3] helps **eliminate** waste matter **from** the body.

句中關鍵單字

1 help 說明
2 writing 寫作、作品
3 medicine 藥物

• embrace the chance [ɪmˋbres ðə tʃæns] 把握機會

相關片語 seize the opportunity 把握機會

老外就醬用！

He has **embraced the chance** and he succeeds[1] at last[2].
他把握住了機會，最後取得了成功。

5. Few[3] people can **embrace the chance** when it comes.

句中關鍵單字
1 succeed 成功
2 at last 最後
3 few 很少

• emerge from [ɪˋmɝdʒ frɑm] 露出、浮現

相關片語 appear before one's eyes 浮現

老外就醬用！

The shark[1] **emerged from** the sea and scared[2] lots of people. 鯊魚從海裡浮現，嚇壞了好多人。

6. I hope the moon can **emerge from** the clouds[3] on Mid-Autumn Festival.

句中關鍵單字
1 shark 鯊魚
2 scare 驚嚇
3 cloud 雲

• emigrants from... [ˋɛməgrənts frɑm] 來自……的移民

老外就醬用！

These people are **emigrants from** Iceland[1].
這些是來自冰島的移民。

7. How many[2] **emigrants from** Brazil are there?

句中關鍵單字
1 Iceland 冰島
2 many 許多的

Answers 翻譯參考解答

1. 這項計畫能幫助緩解財務困難。
2. 你要學的還很多，不要指望得太早。
3. 第一次勝利之後他就自我吹噓起來。
4. 這種藥物有助於體內廢物排出。
5. 很少人能在機會來臨的時候把握住它。
6. 我希望中秋節的時候月亮能從雲後浮現。
7. 有多少人是從巴西來的移民？

• emigrate from A to B [ˋɛmə͵gret frɑm e tu bi] 從A移民到B

相關片語 immigrate to 從外國移來

老外就醬用！

When will your family[1] **emigrate from** Taiwan **to** Ireland[2]?
你們家什麼時候從台灣移民到愛爾蘭？

1. The Greens is going to **emigrate from** England **to** America next week[3].

句中關鍵單字
1 family 家庭、家人
2 Ireland 愛爾蘭
3 week 星期、周

• emphatic on [ɪmˋfætɪk ɑn] 強調某方面

易混淆片語 an emphatic victory 大勝

老外就醬用！

The leader[1] was **emphatic on** this matter in the meeting[2].
領導在會議上強調了這件事。

2. Our managers[3] **emphatic on** the excellent[4] service.

句中關鍵單字
1 leader 領導
2 meeting 會議
3 manager 經理
4 excellent 優良的

• enclose... with... [ɪnˋkloz wɪð] 用……圍住……

易混淆片語 the enclosed 附件

老外就醬用！

I plan[1] to **enclose** our garden[2] **with** a fence[3].
我計畫在花園周圍築籬笆。

3. They decide to **enclose** the park **with** a wall.

句中關鍵單字
1 plan 計畫
2 garden 花園
3 fence 籬笆

• endeavor to [ɪnˋdɛvɚ tu] 盡力於……

相關片語 try one's best 盡力於……

老外就醬用！

He is **endeavoring to** solve[1] the problem of pollution[2].
他正盡力於解決污染問題。

4. The teacher[3] has been **endeavoring to** help poor[4] kids all these years.

句中關鍵單字
1 solve 解決
2 pollution 污染
3 teacher 老師
4 poor 貧困的

• enhance one's reputation [ɪn`hæns wʌns ˏrɛpjə`teʃən] 提高聲譽

易混淆片語 make an evil reputation for oneself 弄得聲名狼藉

老外就醬用！

This activity[1] will help **enhance the doctor's reputation**.
這項活動有助於提高醫生的聲譽。

5. The company **enhanced its reputation** by donating[2] money[3] to the poor.

句中關鍵單字
1 activity 活動
2 donate 捐獻
3 money 錢

• enjoy the hospitality of... [ɪn`dʒɔɪ ðə ˏhɑspɪ`tælətɪ ɑv] 受到……的款待

相關片語 eat somebody's salt 受人款待

老外就醬用！

The tourists[1] **enjoyed the hospitality of** the locals[2].
遊客們受到了當地人的款待。

6. We **enjoyed the hospitality of** her family[3] last night.

句中關鍵單字
1 tourist 遊客
2 local 當地人
3 family 家庭、家人

• enlighten sb. on sth. [ɪn`laɪtn̩ `sʌmˏbɑdɪ ɑn `sʌmθɪŋ] 就某事啟發、開導某人

老外就醬用！

Could you **enlighten me on** this problem[1]?
你是否能在這個問題上指點我一番？

7. The professor[2] has **enlightened us on** this matter[3].

句中關鍵單字
1 problem 問題、難題
2 professor 教授
3 matter 事情、物質

Answers 翻譯參考解答

1. 格林一家將在下週由英國移民到美國。
2. 經理重點強調了優良的服務。
3. 他們決定在公園周圍築牆。
4. 這幾年這位老師都在幫助貧困小孩。
5. 公司捐錢給窮人來提高自己的聲譽。
6. 我們昨晚受到了她家的款待。
7. 教授在這件事情上開導了我們。

• enrich...with... [ɪn`rɪtʃ wɪð] 用……充實……

易混淆片語 **enrich the power of expression** 豐富表達力

老外就醬用！

My knowledge[1] was **enriched with** these books.
閱讀豐富了我的知識。

Try It 翻譯

1. The National[2] Library[3] has been **enriched with** lots of[4] new books.

句中關鍵單字
1 knowledge 知識
2 national 國家的
3 library 圖書館
4 lots of 許多

• enroll in [ɪn`rol ɪn] 參加

相關片語 **take part in** 參加

老外就醬用！

It is too late[1] to **enroll in** this lecture[2] because it has already begun.
現在報名參加演講太晚了，它都已經開始了。

Try It 翻譯

2. I will **enroll in** the art[3] course this semester[4].

句中關鍵單字
1 late 晚的、遲的
2 lecture 演講
3 art 藝術
4 semester 學期

• enthusiastic about [ɪn͵θjuzɪ`æstɪk ə`baut] 熱衷於……

易混淆片語 **be enthusiastic for sth.** 對某事熱心

老外就醬用！

This boy is very **enthusiastic about** such activities[1].
這男孩熱衷於這類活動。

Try It 翻譯

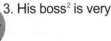

3. His boss[2] is very **enthusiastic about** the plan[3].

句中關鍵單字
1 activity 活動
2 boss 老闆
3 plan 計畫

• equip with [ɪ`kwɪp wɪð] 裝備

相關片語 **provide...with** 給……裝備

老外就醬用！

All rooms[1] are **equipped with** air conditioners[2].
所有房間都配有空調裝置。

Try It 翻譯

4. We should **equip** the force[3] **with** vehicles[4].

句中關鍵單字
1 room 房間
2 air conditioner 空調
3 force 軍隊、力量
4 vehicle 車輛

• erupted in anger [ɪˋrʌptɪd ɪn ˋæŋgɚ] 生氣

易混淆片語 dare sb.'s anger 不怕惹某人生氣

老外就醬用！

I **erupted in anger** over the noise[1] next door.
隔壁的吵雜聲讓我很生氣。

5. His father **erupted in anger** after knowing[2] he dropped out[3] from school.

句中關鍵單字
1 noise 噪音、響聲
2 know 知道
3 drop out 退學

• escalate into [ˋɛskəˏlet ˋɪntu] 逐步升級

老外就醬用！

I am afraid it will **escalate into** a major[1] war.
我擔心這會演變成一場大戰。

6. A skirmish[2] will **escalate into** a war if both sides would not give in[3].

句中關鍵單字
1 major 主要的、重要的
2 skirmish 小衝突、小規模戰爭
3 give in 屈服、讓步

• establish oneself in [əˋstæblɪʃ wʌnˋsɛlf ɪn] 定居於

替換片語 settle in 定居於
易混淆片語 establish sb. as 任命某人擔任

老外就醬用！

He **established himself in** his favorite[1] city.
他定居於他最喜歡的城市

7. Do not **establish yourself in** dangerous[2] areas[3].

句中關鍵單字
1 favorite 最喜歡的
2 dangerous 危險的
3 area 區域、地區

Level 2 老外都在用的進階片語

Answers 翻譯參考解答

1. 新的藏書使國家圖書館更為豐富。
2. 我這學期將選修藝術課。
3. 他的老闆對該項計畫十分熱心。
4. 我們應該給這支部隊配備車輛。
5. 知道他輟學後，父親勃然大怒。
6. 如果雙方都不讓步，小規模戰爭也會演變成大戰。
7. 別居住在危險的區域。

• estimate at... [ˋɛstəmɪt æt] 對……進行估計

易混淆片語 **by estimate** 照估計

老外就醬用！

The court[1] will **estimate at** his house property[2].
法院將對他的房產進行估算。

Try It 翻譯

1. The relevant[3] department will **estimate at** their expenditure[4] per year.

句中關鍵單字
1 court 法院
2 property 財產、所有權
3 relevant 有關的
4 expenditure 經費、花費

• evacuate...from... [ɪˋvækjʊˏet frɑm] 把……從……撤出

易混淆片語 **evacuate water from a well** 抽乾井水

老外就醬用！

The firemen[1] are trying to **evacuate** people **from** the burning[2] house.
消防人員正試圖把人們從著火的房屋裡撤出來。

Try It 翻譯

2. They decide to **evacuate** their personnel[3] **from** this area.

句中關鍵單字
1 firemen 消防人員
2 burning 著火的、燃燒的
3 personnel 全體人員

• evolve into [ɪˋvɑlv ˋɪntu] 逐漸發展成

易混淆片語 **evolve a plan** 發展一項計畫

老外就醬用！

How does the small company **evolve into** a multi-national[1] one? 這個小公司是如何發展成一個跨國公司的？

Try It 翻譯

3. The proposal[2] **evolved into** a complicated[3] project at last.

句中關鍵單字
1 multi-national 多民族的、多國家的
2 proposal 提議
3 complicated 複雜的

• excerpt from... [ˋɛksɝpt frɑm] ……的片段、選段、摘錄

老外就醬用！

I remember this is an **excerpt from** a famous[1] novel[2].
我記得這是摘錄在一部著名小說中的某個段落。

Try It 翻譯

4. They have no right to publish[3] **excerpts from** my book without my consent[4].

句中關鍵單字
1 famous 著名的
2 novel 小說
3 publish 出版、發行
4 consent 同意、贊成

• exclusive of... [ɪk`sklusɪv ɑv] 不包括……

易混淆片語 **exclusive privileges** 獨有的特權

老外就醬用！

The price[1] I give is **exclusive of** fare[2].
我給的價錢不包括車費。

5. There are 8 of us, **exclusive of** the teacher[3].

句中關鍵單字
1 price 價錢
2 fare 車費
3 teacher 老師

• exert oneself to the utmost

[ɪg`zɝt wʌn`sɛlf tu ðə `ʌt,most] 盡全力

易混淆片語 **exert oneself** 努力

老外就醬用！

You have to **exert yourself to the utmost** if you want to pass[1] the exam[2]. 你如果想通過這個考試，就要竭盡全力。

6. You will succeed[3] if you **exert yourself to the utmost.**

句中關鍵單字
1 pass 通過
2 exam 考試、測驗
3 succeed 成功

• exhaust one's patience [ɪg`zɔst wʌns `peʃəns]

使某人忍無可忍

易混淆片語 **feel exhausted** 感到疲勞

老外就醬用！

What he has done really **exhausts my patience.**
他的所作所為讓我忍無可忍了。

7. His constant[1] complaints[2] totally[3] **exhausted our patience.**

句中關鍵單字
1 constant 經常的、不斷的
2 complaint 抱怨、訴苦
3 totally 完全地

Level 2 老外都在用的進階片語

Answers 翻譯參考解答

1. 相關部門將對他們每年的經費進行估算。
2. 他們決定將工作人員從該地區撤出。
3. 這項提議最後發展成一個複雜的方案。
4. 沒有我的同意，他們無權刊載我書中的片段。
5. 我們一共八個人，不包括老師。
6. 如果你盡全力，你就能成功。
7. 他不停地抱怨，讓我們實在忍無可忍。

• express one's disbelief [ɪkˋsprɛs wʌns ˏdɪsbəˋlif] 懷疑

相關片語 ▶ be dubious of 懷疑

老外就醬用！

He never dared[1] to **express his disbelief** before his father.
他從不敢在父親面前表示懷疑。

Try It 翻譯
1. Anyone[2] who **expresses his disbelief** can investigate[3] it.

句中關鍵單字
1 dare 敢於
2 anyone 任何人、任何一個
3 investigate 調查、研究

• extend out [ɪkˋstɛnd aʊt] 伸出

替換片語 ▶ stretch out 伸出
易混淆片語 ▶ extend from 從……伸出來

老外就醬用！

You can **extend out** your arm[1] like this while[2] doing exercise.
鍛煉的時候你可以這樣子伸出手臂來。

Try It 翻譯
2. Can you grab[3] the stick[4] he **extends out** from the window?

句中關鍵單字
1 arm 手臂
2 while 當……的時候
3 grab 抓住、奪取
4 stick 棍子

• extract...from... [ɪkˋstrækt frɑm] 從……抽出、拔出

老外就醬用！

The dentist[1] will **extract** a tooth[2] **from** my mouth.
牙醫將從我嘴裡拔出一顆牙來。

Try It 翻譯
3. I need you to **extract** the cork[3] **from** this bottle[4].

句中關鍵單字
1 dentist 牙醫
2 tooth 牙齒
3 cork 軟木塞
4 bottle 瓶子

• faced with [fest wɪð] 面臨……

相關片語 ▶ in the face of 面對

老外就醬用！

The manager[1] is **faced with** many problems[2] now.
經理現在正面臨很多問題。

Try It 翻譯
4. I'm **faced with** an awkward[3] situation after the quarrel[4].

句中關鍵單字
1 manager 經理、管理人員
2 problem 問題、難題
3 awkward 尷尬的
4 quarrel 爭吵、吵架

• fall into [fɔl ˋɪntu] 落入、陷於

相關片語 get trapped 被困、陷於

老外就醬用！

He often gambles[1] and finally **falls into** heavy debt[2].
他總是賭博，最終債臺高築。

Try It 翻譯 5. This failure[3] made him **fall into** despair[4].

句中關鍵單字

1 gamble 賭博、打賭
2 debt 債務、借款
3 failure 失敗
4 despair 絕望

• fascinate by [ˋfæsn̩ˏet baɪ] 為……著迷

相關片語 be obsessed with 被迷住

老外就醬用！

He is so **fascinated by** this graceful[1] woman.
他對這個優雅的女人很著迷。

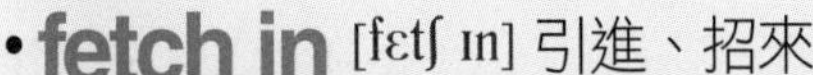

Try It 翻譯 6. The travelers[2] are all **fascinate by** the good views[3] here.

句中關鍵單字

1 graceful 優雅的、優美的
2 traveler 遊客、旅客
3 view 風景、視野

• fetch in [fɛtʃ ɪn] 引進、招來

替換片語 fetch out 引出、帶出

易混淆片語 fetch and carry 跑腿、做雜事

老外就醬用！

Can you **fetch in** the flowerpot[1] on the balcony[2]?
你能把陽臺上的花盆拿進來嗎？

Try It 翻譯 7. The low price[3] will **fetch in** a lot of buyers[4].

句中關鍵單字

1 flowerpot 花盆
2 balcony 陽台
3 price 價格
4 buyer 買主

Answers 翻譯參考解答

1. 任何對此表示懷疑的人都可以對這件事情進行調查。
2. 你能抓住他從窗戶伸出來的那根棍子嗎？
3. 我需要你幫忙拔出這個瓶塞。
4. 吵架之後我處境尷尬。
5. 這次的失敗使他陷入絕望。
6. 遊客們都被這裡的美景迷住了。
7. 低價可以吸引很多買家。

• flake out [flek aʊt]（因精疲力竭）而癱倒

易混淆片語 **fall in flakes** 成薄片剝落

老外就醬用！

He **flaked out** after working[1] for a long[2] time.
他因為長時間工作而癱倒了。

1. He **flaked out** on the bed after he got home[3].

句中關鍵單字
1 work 工作
2 long 長
3 home 家

• flap one's wings [flæp wʌns wɪŋz] 拍動翅膀

易混淆片語 **get into a flap** 開始變得惴惴不安

老外就醬用！

The birds can fly[1] very far[2] by **flapping their wings**.
鳥兒透過拍打翅膀可以飛得很遠。

2. The bird could not **flap its wings** anymore[3].

句中關鍵單字
1 fly 飛翔
2 far 遠
3 anymore 再也不、不再

• flaw in [flɔ ɪn] 有缺陷、有瑕疵

易混淆片語 **a flaw in character** 性格上的缺陷

老外就醬用！

There is a **flaw in** the contract[1] we signed[2] yesterday.
我們昨天簽署的合約中有個漏洞。

3. There are a few[3] small **flaws in** the base of the china[4].

句中關鍵單字
1 contract 合同
2 sign 簽署
3 china 瓷器

• flip through [flɪp θru] 快速地翻閱

易混淆片語 **flip at** 猛擊

老外就醬用！

I am in a hurry[1], so I'll just **flip through** what you have written[2]. 我在趕時間，所以我就快速翻閱一下你寫的東西。

4. You'd better **flip through** the book before[3] you buy it.

句中關鍵單字
1 in a hurry 立即、匆忙
2 write 寫、寫字、寫作
3 before 在……之前

• flunk out [flʌŋk aut]（因不及格）而退學

相關片語 ▶ **drop out** 退出、退學

老外就醬用！

You can just **flunk out** of school[1] if you don't want to work hard[2]. 如果你不想努力學習的話，乾脆退學好了。

5. I will **flunk out** if I don't pass the exams[3].

句中關鍵單字

1 school 學校
2 hard 努力
3 exam 考試、測驗

• fly into a fury [flaɪ ˋɪntu ə ˋfjʊrɪ] 大怒

相關片語 ▶ **fly into a rage** 勃然大怒

老外就醬用！

Say no more, or he will **fly into a fury**.
不要再說了，他會發怒的。

6. When[1] he **flew into a fury**, I was so scared[2].

句中關鍵單字

1 when 當……的時候
2 scared 害怕的

• forbid sb. to do sth. [fɚˋbɪd ˋsʌm͵badɪ tu du ˋsʌmθɪŋ]
禁止某人做某事

相關片語 ▶ **prohibit sb. from doing sth.** 禁止某人做某事

老外就醬用！

Her father **forbids her to** go out at night[1].
她的父親不准她晚上出門。

7. I **forbid my boyfriend**[2] **to** talk to other girls[3].

句中關鍵單字

1 at night 晚上
2 boyfriend 男朋友
3 girl 女生

Answers 翻譯參考解答

1. 回到家後他一下就癱倒在床上了。
2. 這隻鳥沒辦法再拍動翅膀了。
3. 這個瓷器的底部有幾個小斑點。
4. 你最好在購買前先快速翻閱一下這本書。
5. 如果我不能通過考試的話，就會被退學。
6. 當他發怒的時候，我很害怕。
7. 我禁止男朋友跟其他女生說話。

• form an alliance with [fɔrm æn əˋlaɪəns wɪð] 與……締結同盟

相關片語 enter into alliance with 與……結盟

老外就醬用！

The only[1] way to win the war[2] is to **form an alliance with** America. 贏得戰爭的唯一方法就是跟美國締結同盟。

1. Is it possible[3] for the two countries to **form an alliance with** each other[4]?

句中關鍵單字

1 only 唯一的、僅有的
2 war 戰爭、鬥爭
3 possible 可能的
4 each other 互相、另外一個

• foster one's interest in [ˋfɔstɚ wʌns ˋintərɪst ɪn] 培養某方面的興趣

易混淆片語 foster a hope 抱著一個希望

老外就醬用！

I am trying to[1] **foster my interest in** arts[2].
我正在努力培養自己對藝術的興趣。

2. It is hard[3] for him to **foster his interest in** writing[4].

句中關鍵單字

1 try to 嘗試
2 art 藝術
3 hard 困難的
4 writing 作品、寫作

• foul play [faul ple] 犯規、不正當行為

易混淆片語 foul out 犯規超過限定次數而被罰退場

老外就醬用！

He is given a yellow[1] card because of his **foul play**.
他因為犯規而得到一張黃牌。

3. The police[2] suspected[3] **foul play**, so decided to investigate it.

句中關鍵單字

1 yellow 黃色的
2 police 員警
3 suspect 懷疑

• frown on [fraʊn ɑn] 對……表示不滿

易混淆片語 draw one's brows together in a frown 板著臉並皺著眉頭

老外就醬用！

My parents[1] always **frown on** drinking wine[2].
我的父母總是反對喝酒。

4. I guess[3] the boss[4] will **frown on** such plan.

句中關鍵單字

1 parents 父母
2 wine 酒
3 guess 猜測、推測
4 boss 老闆

• fuel up [ˋfjuə ʌp] 加燃料

易混淆片語 add fuel to the flames 火上加油

老外就醬用！

Will the plane[1] stop in Hong Kong to **fuel up**?
飛機會停在香港加燃料嗎？

5. The plane needs[2] to **fuel up** before it takes off[3].

句中關鍵單字
1 plane 飛機
2 need 需要
3 take off 起飛、離開

• furious with anger [ˋfjʊrɪəs wɪð ˋæŋgɚ] 狂怒、大發雷霆

易混淆片語 at a furious pace 以最高速度

老外就醬用！

He was **furious with anger** because[1] she made a big mistake[2]. 他因為她犯了一個很大的錯誤而大發雷霆。

6. I am **furious with anger** because he ruined[3] the whole plan.

句中關鍵單字
1 because 因為
2 mistake 錯誤、過失
3 ruin 毀壞

• furnish... with... [ˋfɝnɪʃ wɪð] 提供

相關片語 supply for 提供給

老外就醬用！

Will they **furnish** us **with** the equipments[1]?
他們會提供我們設備嗎？

7. I need[2] the company[3] to **furnish** us **with** all we need.

句中關鍵單字
1 equipment 設備、裝備
2 need 需要
3 company 公司

Answers 翻譯參考解答

1. 這兩個國家有可能結成同盟嗎？
2. 要他培養對寫作的興趣很難。
3. 警方懷疑有不當行為，因此決定調查此事。
4. 我猜老闆會不贊同該計畫。
5. 飛機起飛之前，需要先加燃料。
6. 我因為他毀了整個計畫而大發雷霆。
7. 我需要公司提供我們所需的一切。

• gain information about... [gen ˌɪnfɚˋmeʃən əˌbaʊt]
獲得……的情報

易混淆片語 **ask for information** 打聽消息

老外就醬用！

How did he **gain information about** the enemy[1]?
他是如何獲得敵人的情報？

1. Someone[2] said he had **gained information about** this force[3].

句中關鍵單字
1 enemy 敵人、敵人
2 someone 有人、某人
3 force 軍隊、武力

• gallop away [ˋgæləp əˋwe] 飛奔而去

易混淆片語 **at a full gallop** 用最大速度跑

老外就醬用！

The horse[1] **galloped away** with the prince[2].
王子乘這匹馬飛奔而去。

2. Didn't you see a horse **gallop away** just now[3]?

句中關鍵單字
1 horse 馬
2 prince 王子
3 just now 剛才

• gaze at [gez æt] 盯住

易混淆片語 **attract the gaze of people** 引人注目

老外就醬用！

I **gaze at** this picture[1] whit amazement[2]. 我驚訝地凝視這幅畫。

3. He **gazed at** her and became lost[3] in thought.

句中關鍵單字
1 picture 圖畫
2 amazement 驚異、驚愕
3 lost 陷入

• generalize about sth. [ˋdʒɛnərəlˌaɪz əˋbaʊt ˋsʌmθɪŋ]
對某事泛泛而談

相關片語 **talk in generalities** 泛泛而談

老外就醬用！

It is not right[1] for you to **generalize about** others[2].
以偏概全地談論他人是不對的。

4. You can't **generalize about** that, or you'll make a mistake[3].

句中關鍵單字
1 right 對的、正確的
2 other 其他、另一個
3 mistake 錯誤、過失

• generation gap [ˌdʒɛnəˋreʃən gæp] 代溝

易混淆片語 **fill in the gap** 填補空白

老外就醬用！

There is a **generation gap** between[1] my friend[2] and his father. 我朋友和他父親之間存在代溝。

5. I don't think[3] there is a **generation gap** between us.

句中關鍵單字

1 between 兩者之間
2 friend 朋友
3 think 認為

• get an insight into [gɛt æn ˋɪnˌsaɪt ˋɪntu] 對……有所瞭解

易混淆片語 **have an insight into** 瞭解

老外就醬用！

The old man **got an insight into** human[1] character[2]. 這位老人能洞察人性。

6. You can come to our workshop[3] and **get an insight into** its operation[4].

句中關鍵單字

1 human 人類
2 character 性格、品質
3 workshop 工作室
4 operation 運作、操作

• get tough with sb. [gɛt tʌf wɪð ˋsʌmˌbɑdɪ] 對某人的態度強硬起來

易混淆片語 **tough it out** 忍耐過去

老外就醬用！

It is time to **get tough with** these unscrupulous[1] business-men[2]. 是時候對這些不法商人採取強硬措施了。

7. It's time to **get tough with** the drivers[3] who often get drunk.

句中關鍵單字

1 unscrupulous 肆無忌憚的
2 businessman 商人、生意人
3 driver 司機

Answers 翻譯參考解答

1. 有人說他已經獲得這支部隊的相關情報。
2. 你剛才沒有看到有匹馬飛奔而過？
3. 他凝望著她，陷入了沉思。
4. 你不能對那件事一概而論，否則你就錯了。
5. 我不認為我們之間存在代溝。
6. 你可以到我們的工作室來瞭解它的運作。
7. 是時候對那些經常酒駕的司機採取強硬措施了。

• give a graphic description of...

[gɪv ə ˋgræfɪk dɪˋskrɪpʃən ɑv] 生動地描述

易混淆片語 **of all description** 各種各樣的、形形色色的

This article[1] **gives a graphic description of** the scenery[2] there. 這篇文章對那裡的景色做了生動的描述。

1. Can you **give a graphic description of** this matter[3]?

句中關鍵單字

1 article 文章
2 scenery 風景、景色
3 matter 事件

• give assistance to sb. [gɪv əˋsɪstəns tu ˋsʌm͵bɑdɪ]

給某人說明

相關片語 **extend assistance to sb.** 給某人說明

老外就醬用！

Can you **give assistance to** the project[1]?
你能說明一下這個專案嗎？

2. There is no need[2] to **give assistance to** the workers[3].

句中關鍵單字

1 project 項目
2 need 需要
3 worker 工人、勞動者

• give facilities for [gɪv fəˋsɪlətɪ fɔr] 給予……方便

易混淆片語 **with facility** 容易、流利

老外就醬用！

This change[1] will **give facilities for** our work.
這個改變將使我們的工作更加便利。

3. This software[2] **gives facilities for** data[3] processing[4].

句中關鍵單字

1 change 改變、變化
2 software 軟體
3 data 資料
4 processing 處理、加工

• glare at [glɛr æt] 怒視著……

易混淆片語 **in the full glare of publicity** 在眾目睽睽下、非常顯眼

老外就醬用！

I don't know[1] why he often[2] **glares at** me.
我不知道他為何老是怒視著我。

4. He often **glares at** me because I lost his watch[3] last week.

句中關鍵單字

1 know 知道
2 often 時常、常常
3 watch 手錶

• gnaw at [nɔ æt] 咬、啃

易混淆片語 **gnaw off** 咬掉、啃斷

老外就醬用！

Don't you see a little[1] dog **gnawing at** a bone over there[2]?
你沒看到那隻小狗在啃骨頭嗎？

5. You cannot allow[3] the kids to **gnaw at** his fingernails[4] often.

句中關鍵單字

1 little 小的
2 over there 在那邊
3 allow 允許
4 fingernail 指甲

• go astray [go əˋstre] 迷路

相關片語 **get lost** 迷路

老外就醬用！

You'd better ask[1] that man in case[2] you **go astray**.
你最好問一下那個人以防迷路。

6. I **went astray** and had to ask the local[3] police[4] for help.

句中關鍵單字

1 ask 詢問
2 in case 萬一
3 local 當地的、本地的
4 police 員警

• go bankrupt [go ˋbæŋkrʌpt] 破產

易混淆片語 **bankrupt of** 完全缺乏

老外就醬用！

It is said that his company[1] **went bankrupt**.
據說他的公司破產了。

7. He **went bankrupt** soon after[2] the financial crisis[3].

句中關鍵單字

1 company 公司
2 after 在……之後
3 financial crisis 金融危機

Answers 翻譯參考解答

1. 你能把這件事生動地描述出來嗎？
2. 無需對工人們做說明。
3. 這個軟體使資料處理更為便利了。
4. 他常常怒視我，因為上週我把他的手錶弄丟了。
5. 不能允許小孩經常咬自己的指甲。
6. 我迷路了，不得不向當地員警求助。
7. 金融危機之後他就破產了。

• good intent [gʊd ɪn`tɛnt] 出於善意

易混淆片語 intent on doing sth. 對某事專心致志

I won't scold[1] you for what you did was with **good intent**.
我不會責備你的，因你做這件事也是出於好意。

1. He did a wrong[2] thing, but with **good intent**.

句中關鍵單字
1 scold 責備、責罵
2 wrong 錯誤的

• go off the rails [go ɔf ðə rels] 越軌

易混淆片語 by rail 經由鐵路

老外就醬用！

I won't forgive[1] him if he **goes off the rails**.
如果他有越軌行為，我是不會原諒他的。

2. I believe[2] that he won't **go off the rails** because he is a very responsible[3] person.

句中關鍵單字
1 forgive 原諒
2 believe 相信
3 responsible 有責任的、可靠的

• go on a voyage [go ɑn ə `vɔɪɪdʒ] 去航海

易混淆片語 a voyage round the world 環遊世界的旅行

老外就醬用！

We will **go on a voyage** with my uncle[1] next week[2].
我們下週將和叔叔去航海旅行。

3. Will you **go on a voyage** with all of us?

句中關鍵單字
1 uncle 叔叔
2 week 周、星期

• grieve for... [griv fɔr] 為……而哀悼

易混淆片語 grieve at （對某事）感到非常後悔、懊悔

老外就醬用！

They are still **grieving for** their son[1] who died[2] over a year ago. 他們仍然在哀悼那去世一年多的兒子。

4. My father and I are still[3] **grieving for** our late[4] mother.

句中關鍵單字
1 son 兒子
2 die 死亡、死於
3 still 仍然
4 late 已故的

• groan out [gron aʊt] 用低沉的聲音說出

易混淆片語 **groan inwardly** 內心痛苦

老外就醬用！

The poor man passed away[1] even without **groaning out** his last words[2]. 這個可憐人沒有說出自己的遺言就去世了。

5. He is seriously[3] ill and can barely[4] **groan out** any words.

句中關鍵單字
1 pass away 去世、離開
2 last word 最後一句話、遺言
3 seriously 嚴重地
4 barely 幾乎不

• growl at [graʊl æt] 對……咆哮

易混淆片語 **growl (out) an answer** 咆哮著回答

老外就醬用！

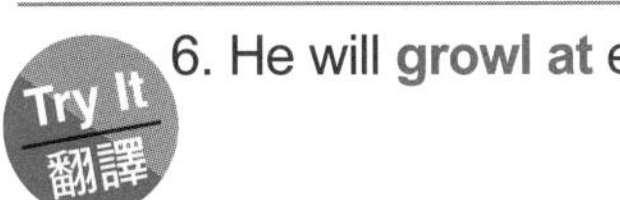

I was scared[1] when the dog **growled at** me.
那隻狗朝我咆哮的時候，我很害怕。

6. He will **growl at** everyone[2] when he is angry[3].

句中關鍵單字
1 scared 害怕的
2 everyone 每個人
3 angry 生氣的、憤怒的

• grumble at [ˋgrʌmbl̩ æt] 對……抱怨

相關片語 **complain about** 抱怨

老外就醬用！

He often **grumbles at** his low[1] pay[2] before us.
他總是在我們面前抱怨自己工資低。

7. Why **grumble at** me? It is not my fault[3] at all[4].

句中關鍵單字
1 low 低的
2 pay 工資、薪水
3 fault 錯誤
4 at all 根本

Answers 翻譯參考解答

1. 他做了錯事，但是出於好意。
2. 我相信他不會有越軌行為，因為他是一個極負責的人。
3. 你會和我們所有人一起去航海旅行嗎？
4. 父親和我仍然為死去的母親哀悼。
5. 他病得很重，幾乎無法說出任何話。
6. 他生氣的時候會對每個人發火。
7. 為什麼衝著我抱怨？根本不是我的錯。

• guarantee against [ˏgærən`ti ə`gɛnst] 保證不

老外就醬用！

We **guarantee against** the recurrence[1] of such mistake[2].
我們保證不會再發生這樣的錯誤。

1. You'd better take measures[3] to **guarantee against** the occurrence[4] of fire.

句中關鍵單字

1 recurrence 再發生
2 mistake 錯誤、過失
3 take measure 採取措施
4 occurrence 發生、出現

• hack around [hæk ə`raʊnd] 閒晃

相關片語 ▶ **fool around** 閒蕩

老外就醬用！

He has been **hacked around** for half[1] a year after graduation[2]. 他畢業到現在已經清閒半年了。

2. I can't allow[3] my son to **hack around** all day.

句中關鍵單字

1 half 一半的
2 graduation 畢業
3 allow 允許

• hail to [hel tu] 向……致敬、招呼

老外就醬用！

The people gathered[1] in the square[2] and **hailed to** the king[3].
人們聚集在廣場上，向國王致敬。

3. A sea of[4] people were there to **hail to** Napoleon.

句中關鍵單字

1 gather 聚集
2 square 廣場
3 king 國王
4 a sea of 很多的

• halt between two opinions [hel bə`twin tu ə`pɪnjəns] 拿不定主意

相關片語 ▶ **be of two minds** 猶豫不決

老外就醬用！

I ask my father's opinion[1] when I **halt between two opinions.** 當我拿不定主意的時候，我會詢問父親的意見。

4. The manager[2] is **halting between two opinions** and can't decide.

句中關鍵單字

1 opinion 意見、主張
2 manager 經理

• harden up [ˋhɑrdn̩ ʌp] 刻苦

易混淆片語 harden one's heart against 對……硬起心腸

老外就醬用！

You can make it if you **harden up** a little bit[1].
如果你再刻苦一點，就能成功了。

句中關鍵單字
1 a little bit 有點兒、一點兒
2 scholarship 獎學金

Try It 翻譯

5. **Harden up** a little bit, you will get a scholarship[2].

• haul up [hɔl ʌp] (1) 把……拖上來 (2) 停下

易混淆片語 haul down one's flag 偃旗息鼓

老外就醬用！

Can you **haul up** the boat[1] from the sea[2] with me?
你能和我一起將船從海裡拖上來嗎？

句中關鍵單字
1 boat 船
2 sea 海
3 in front of 前面
4 a glass of 一杯

Try It 翻譯

6. He **hauled up** in front of[3] the girl and gave her a glass of[4] wine.

• have initiative [hæv ɪˋnɪʃətɪv] 有開創精神

易混淆片語 on one's own initiative 主動地、自動地

老外就醬用！

He is a person who **has initiative** to start[1] anything[2].
他是一個具有開創精神的人。

句中關鍵單字
1 start 開始、啟動
2 anything 任何的
3 business 生意

Try It 翻譯

7. The man did not **have initiative** to start his own business[3].

Answers 翻譯參考解答

1. 你最好採取措施保證不再發生火災。
2. 我不能允許兒子整天閒逛。
3. 好多人在那裡向拿破崙致敬。
4. 經理正躊躇於兩種意見之間，無法決定。
5. 努力點，你會得到獎學金的。
6. 他在那個女孩面前停下，給她遞了一杯酒。
7. 這個人沒有自己創業的積極性。

• have a distrust of [hæv ə dɪsˋtrʌst ɑv] 不信任、懷疑

相關片語 have no confidence in 不信任、懷疑

老外就醬用！

He **has a distrust of** strangers[1], so he won't talk[2] to others on the subway[3].
他不信任陌生人，因此在地鐵裡不跟別人講話。

1. I **have a distrust of** him for he never keeps his promise[4].

句中關鍵單字

1 stranger 陌生人
2 talk 講話
3 subway 地鐵
4 promise 承諾、許諾

• have a moan [hæv ə mon] 發牢騷、訴苦

易混淆片語 moan and groan 呻吟不止

老外就醬用！

They often **have a moan** about their boss[1] after work.
下班後他們常常抱怨老闆。

2. The old[2] man often **has a moan** about his poor[3] life.

句中關鍵單字

1 boss 老闆
2 old 年老的
3 poor 貧窮的

• have an insight into [hæv æn ˋɪn͵saɪt ˋɪntu] 看穿、看透

相關片語 see through 看破

老外就醬用！

He **has an insight into** human[1] character[2].
他能洞察人性。

3. The teacher **has an insight into** these great[3] works.

句中關鍵單字

1 human 人類
2 character 性格、品質
3 great 偉大的

• have a reputation for [hæv ə ͵rɛpjəˋteʃən fɔr] 因……而有名

易混淆片語 make a reputation for oneself 贏得名聲

老外就醬用！

The boy **has a reputation for** laziness[1] at home[2].
這個男孩子在家是出了名的懶惰。

4. He **has a reputation for** being industrious[3] at school.

句中關鍵單字

1 laziness 懶惰
2 at home 在家裡
3 industrious 勤勉的

• have a word with [hæv ə wɝd wɪð] 和……談話

相關片語 **hold discourse with** 與……談話

老外就醬用！

The headmaster[1] wants to **have a word with** me.
校長想跟我談談。

句中關鍵單字
1 headmaster 校長
2 after 在……之後

5. Can I **have a word with** you after[2] work?

• have fantastic ideas [hæv fæn`tæstɪk aɪ`diəz] 異想天開

相關片語 **ask for the moon** 異想天開

老外就醬用！

The woman often scolds[1] her son who **has fantastic ideas.**
這個女人常常責罵她那個異想天開的兒子。

句中關鍵單字
1 scold 責罵、責備
2 talk 說話、講話
3 boy 男孩

6. No one talks[2] to the boy[3] who **has fantastic ideas.**

• have no alternative but to [hæv no ɔl`tɝnətɪv bʌt tu] 除了……別無選擇

易混淆片語 **an alternative plan** 代替方案

老外就醬用！

I **have no alternative but to** tell[1] him the truth[2].
我沒有選擇，只好告訴他實情。

句中關鍵單字
1 tell 告訴
2 truth 事實
3 admit 承認、容許
4 guilt 犯罪

7. He **has no alternative but to** admit[3] his guilt[4].

Answers 翻譯參考解答

1. 我很不信任他，因為他從不信守承諾。
2. 老人常常抱怨自己清貧的生活。
3. 老師對這些偉大作品很有見地。
4. 他在學校是出了名的勤奮刻苦。
5. 下班後可以跟你聊聊嗎？
6. 沒人跟這個異想天開的男孩子說話。
7. 他沒有其他的選擇，只好認罪。

• have one's fling [hæv wʌns flɪŋ] 恣意縱樂

相關片語 **have a jag on** 狂飲取樂

He **has his fling** all day[1] and does nothing else[2].
他整天恣意縱樂，什麼也不做。

1. The man **had his fling** when he was young[3].

句中關鍵單字
1 all day 整天
2 else 其他的
3 young 年輕的

• have analogy to [hæv əˋnælədʒɪ tu] 與……類似

相關片語 **similar to** 和……相似

老外就醬用！

What you just said **has** some **analogy to** her words[1].
你剛才說的跟她的話有幾分雷同。

2. Don't you think[2] your plan[3] **has** some **analogy to** his?

句中關鍵單字
1 word 話語
2 think 認為、覺得
3 plan 計畫

• heed one's advice [hid wʌns ədˋvaɪs] 聽從勸告

相關片語 **take the advice** 聽人勸告

老外就醬用！

You will fail[1] this time[2] if you don't **heed his advice**.
你要是不聽從他的勸告，這次就會失敗。

3. He didn't **heed my advice** and went to Shanghai[3] by himself.

句中關鍵單字
1 fail 失敗
2 time 次數
3 Shanghai 上海

• hiss at [hɪs æt] 對……發出噓聲

易混淆片語 **hiss off** 把……噓下

老外就醬用！

Many audiences[1] **hissed at** the new play[2] last night.
昨晚有好多觀眾對新戲發出噓聲。

4. They all **hissed at** him while he was performing[3] on the stage[4].

句中關鍵單字
1 audience 觀眾
2 play 戲劇
3 perform 表演
4 on the stage 在舞臺上

• hold... in high esteem [hold ɪn haɪ ɪs`tim] 對……十分尊敬

相關片語 ▶ **respect for** 尊敬

老外就醬用！

Americans **hold** Lincoln **in high esteem** for his great[1] contributions[2]. 美國人因為林肯所做的偉大貢獻而十分尊敬他。

5. We should **hold** knowledge[3] **in high esteem** all our life[4].

句中關鍵單字
1 great 偉大的
2 contribution 貢獻、奉獻
3 knowledge 知識
4 life 生活、生命

• hook on to [hʊk ɑn tu] 鉤住、追隨

易混淆片語 ▶ **get the hook** 被免職

老外就醬用！

Can you help[1] me **hook** the caravan[2] **on to** the car?
你能幫我把這台有篷的拖車掛在汽車上嗎？

6. It is not easy[3] for us to **hook** it **on to** the van[4] without others' help.

句中關鍵單字
1 help 說明
2 caravan 篷
3 easy 容易的、簡單的
4 van 貨車

• identify with [aɪ`dɛntə͵faɪ wɪð] 認同

易混淆片語 ▶ **identify oneself with** 支持、參與

老外就醬用！

I can **identify with** this mother's feeling[1].
我能夠認同這位母親的感受。

7. The kids only[2] **identify with** those from the same age[3].

句中關鍵單字
1 feeling 感受
2 only 只
3 age 年齡

Level 2 | 老外都在用的進階片語

Answers 翻譯參考解答

1. 這個人年輕時曾恣意行樂。
2. 你不覺得你的計畫和他的有點類似嗎？
3. 他沒有聽從我的勸告，就獨自去了上海。
4. 他在舞臺上表演的時候，觀眾向他發出噓聲。
5. 我們應該一生都對知識抱崇高敬意。
6. 如果其他人沒幫忙，要我們自己把它掛上有篷車並不容易。
7. 孩子只認同那些年齡相仿的朋友。

• idle away [ˋaɪdḷ əˋwe] 虛度（光陰）

相關片語 ▶ **spend time in vain** 虛度

You'll regret[1] for **idling away** your youth[2].
你會因虛度青春而懊悔的。

1. Never **idle away** your precious[3] time.

句中關鍵單字

1 regret 懊悔
2 youth 青春
3 precious 寶貴的

• immigrate to... [ˋɪməˏgret tu] 移入……

易混淆片語 ▶ **immigrate to other places** 遷徙到別處

老外就醬用！

When did you **immigrate to** Canada[1]?
你是什麼時候移居到加拿大的？

2. We are planning[2] to **immigrate to** New Zealand next month[3].

句中關鍵單字

1 Canada 加拿大
2 planning 計畫
3 next month 下個月

• immune from [ɪˋmjun frɑm] 免疫

易混淆片語 ▶ **immune from taxation** 免稅

老外就醬用！

China is not **immune from** the financial crisis[1].
這場金融危機，中國同樣不能免疫。

Try It 翻譯

3. Nobody[2] is **immune from** making mistakes[3].

句中關鍵單字

1 financial crisis 金融危機
2 nobody 沒有人
3 mistake 錯誤

• impact on... [ˋɪmpækt ɑn] 對……有影響

相關片語 ▶ **influence on** 對……有影響

老外就醬用！

The criticism[1] did not have much **impact on** me.
這批評並沒有對我產生多大的影響。

4. These factors[2] have no apparent[3] **impact on** family cultures[4].

句中關鍵單字

1 criticism 批評
2 factors 因素
3 apparent 明顯的
4 culture 文化

• impose on [ɪm`poz ɑn] 強加於

易混淆片語 impose oneself upon sb. 硬纏著某人、打擾某人

老外就醬用！

Don't **impose** such heavy duties[1] **on** farmers[2].
不要讓農民繳這麼多稅了。

5. Don't **impose** yourself[3] **on** person who doesn't like you.

句中關鍵單字
1 duty 稅收
2 farmer 農民
3 yourself 你自己

• imprison one's anger [ɪm`prɪzn̩ wʌns `æŋgɚ] 強壓怒火

易混淆片語 furious with anger 狂怒

老外就醬用！

It took an almost superhuman[1] effort[2] to **imprison his anger**.
他以超常的克制力強壓怒火。

6. He **imprisoned his anger** and walked away[3].

句中關鍵單字
1 superhuman 超常的
2 effort 努力
3 walked away 走開

• in a capsule [ɪn ə `kæpsl̩] 簡而言之、概括地說

易混淆片語 a capsule review 簡評、短評

老外就醬用！

In a capsule, we are living in an age[1] of challenges[2].
總之，我們生活在一個充滿挑戰的時代。

7. **In a capsule**, the government played an important role[3] in the economic crisis[4].

句中關鍵單字
1 age 時代
2 challenge 挑戰
3 role 角色
4 economic crisis 經濟危機

Level 2 | 老外都在用的進階片語

Answers 翻譯參考解答

1. 不要把大好時光浪費掉。
2. 我們正準備下個月移居紐西蘭。
3. 誰都難免犯錯。
4. 這些因素並沒對家庭文化帶來明顯的影響。
5. 不要勉強和不喜歡你的人在一起。
6. 他強壓怒火走開了。
7. 總之，政府在這次經濟危機中扮演了重要的角色。

• in accordance with [ɪn əˋkɔrdn̩s wɪð] (1) 依照 (2) 一致

易混淆片語 **in compliance with** 依照

老外就醬用！

In accordance with his father's wish[1], he set up[2] a Hope Primary School. 依照他父親的願望，他建了一所希望小學。

1. Your deed[3] is never **in accordance with** your view[4].

句中關鍵單字
1 wish 願望
2 set up 建立
3 deed 行為
4 view 觀點

• in anticipation of [ɪn ænˏtɪsəˋpeʃən ɑv]

(1) 期待著…… (2) 預計……

易混淆片語 **by anticipation** 預先、事先

老外就醬用！

We are all **in anticipation of** the first customer's[1] coming.
大家都期待著第一個顧客的到來。

2. I had taken an umbrella[2] **in anticipation of** rain[3].

句中關鍵單字
1 customer 顧客
2 umbrella 傘
3 rain 雨

• in attendance on [ɪn əˋtɛndəns ɑn] 護理、伺候

易混淆片語 **take attendance** 點名

老外就醬用！

I was **in attendance on** my sick[1] mother.
我在照料我生病的母親。

3. She is **in attendance on** the ill[2] child[3].

句中關鍵單字
1 sick 生病的
2 ill 不健康的
3 child 小孩

• in blossom [ɪn ˋblɑsəm] 開花

易混淆片語 **come into blossom** 開始開花

老外就醬用！

The apricot trees[1] in the yard[2] are going to be **in blossom**.
院子裡的杏樹要開花了。

4. There are many peach trees[3] covered **in blossom** there.

句中關鍵單字
1 apricot tree 杏樹
2 yard 院子
3 peach tree 桃樹

• in combination with [ɪn ˏkɑmbəˋneʃən wɪð] 聯合

老外就醬用！

Our company is trying to make a new[1] product **in combination with** several research institutes[2].
我們公司正聯合幾個研究室製造新產品。

5. The book should be used **in combination with** the instruction book[3].

句中關鍵單字

1 new 新的
2 research institute 研究室
3 instruction book 說明書

• in conjunction with... [ɪn kənˋdʒʌŋkʃən wɪð] 與……共同

老外就醬用！

A telescopic device[1] should be used **in conjunction with** the prism[2]. 望遠鏡應當與棱鏡配合使用。

6. You'd better read the novel **in conjunction with** the author's biography[3].

句中關鍵單字

1 telescopic device 望遠鏡
2 prism 棱鏡
3 biography 傳記

• in consequence of [ɪn ˋkɑnsəˏkwɛns ɑv] 由於

易混淆片語 **face the consequences of one's action** 自食其果

老外就醬用！

In consequence of many people's absence[1], we have to cancel[2] the meeting. 由於很多人缺席，我們只得取消這次會議。

7. **In consequence of** smoking, he coughs[3] frequently[4].

句中關鍵單字

1 absence 缺席
2 cancel 取消
3 cough 咳嗽
4 frequently 經常

Answers 翻譯參考解答

1. 你的行為與觀點永遠不一致。
2. 我預計會下雨，所以帶了把傘。
3. 她在照顧生病的小孩。
4. 那裡有許多開滿花的桃樹。
5. 這本書應該與說明書一起使用。
6. 這本小說你最好和作者傳記一起讀。
7. 因為抽菸的緣故，他經常咳嗽。

• in despair [ɪn dɪˋspɛr] 絕望

相關片語 ▶ **throw up one's hands** 絕望

老外就醬用！

The poor widow[1] was **in despair** after her husband's death.
那個可憐的寡婦因丈夫離世陷入了絕望。

Try It 翻譯 1. After several[2] failures, he gave up the attempt[3] **in despair.**

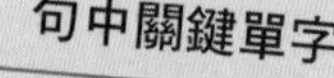
句中關鍵單字

1 widow 寡婦
2 several 幾次
3 attempt 嘗試

• in disguise [ɪn dɪsˋgaɪz] 偽裝

易混淆片語 ▶ **make no disguise of** 不掩飾

老外就醬用！

How about going among[1] the enemy[2] **in disguise**?
我們偽裝之後潛入敵人內部怎麼樣？

Try It 翻譯 2. I think he might be a policeman[3] **in disguise.**

句中關鍵單字

1 among 在……之間
2 enemy 敵人
3 policeman 員警

• in disorder [ɪn dɪsˋɔrdɚ] 混亂、紊亂

易混淆片語 ▶ **fall into disorder** 陷入混亂

老外就醬用！

When returning, his mother found the room[1] **in disorder.**
回家後，他媽媽發現屋子裡亂七八糟。

Try It 翻譯 3. The market[2] has been **in disorder** for months[3].

句中關鍵單字

1 room 屋子
2 market 市場
3 month 月

• indulge in fantasy [ɪnˋdʌldʒ ɪn ˋfæntəsɪ] 異想天開

易混淆片語 ▶ **live in a fantasy world** 生活在幻想世界中

老外就醬用！

You'd better do solid work[1] and don't **indulge in fantasy.**
你最好腳踏實地去幹，不要異想天開。

Try It 翻譯 4. My kids always **indulge in** the wildest[2] **fantasy.**

句中關鍵單字

1 do solid work 腳踏實地工作
2 wildest 狂野的（wild 的最高級）

MP3 Track 119

• indulge oneself in [ɪn`dʌldʒ wʌn`sɛlf ɪn] 縱情於……

相關片語 ▶ **abandon oneself to** 縱情於……

老外就醬用！

I don't think that man should often **indulge himself in** memory[1]. 我認為人不應該總是沉溺於回憶之中。

5. You should never **indulge yourself in** pessimism[2].

句中關鍵單字

1 memory 記憶
2 pessimism 悲觀

• in earnest [ɪn `ɝnɪst] 認真地、誠摯地

老外就醬用！

I am afraid I have to think about[1] my future[2] **in earnest**.
恐怕我得認真地思考一下自己的未來。

6. Would you please fulfill[3] your tasks[4] **in earnest**?

句中關鍵單字

1 think about 考慮
2 future 未來
3 fulfill 完成
4 task 任務

• in exile [ɪn `ɛgzaɪl] 流亡

易混淆片語 ▶ **go into exile** 逃亡

老外就醬用！

He had been **in exile** for[1] seven years.
他已經被流放七年了。

7. For some reason[2], he has to live[3] **in exile** in Zambia.

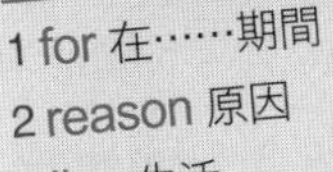

句中關鍵單字

1 for 在……期間
2 reason 原因
3 live 生活

Answers 翻譯參考解答

1. 幾次失敗後，他絕望地放棄了嘗試。
2. 我覺得他可能是便衣警察。
3. 市場已經混亂好幾個月了。
4. 我的孩子總是喜歡異想天開。
5. 你不應該沉迷於悲觀失望之中。
6. 請認真完成各項任務好嗎？
7. 由於一些原因，他不得不在尚比亞過著流亡的生活。

• infect... with [ɪn`fɛkt wɪð] 感染……

易混淆片語 be infected with 感染、沾染上

老外就醬用！

A biological weapon[1] could **infect** a lot of people **with** serious[2] diseases[3]. 生化武器可以讓很多人身染重病。

1. Get away[4], I don't want to **infect** you **with** my cold.

句中關鍵單字
1 biological weapon 生化武器
2 serious 嚴重的
3 disease 疾病
4 get away 走開

• infer from... [ɪn`fɝ frɑm] 從……推論

相關片語 deduce from 從……推論出

老外就醬用！

What can you **infer from** the passage[1]?
從這篇文章你能推斷出什麼？

2. I **infer from** what you said that he is an honest[2] man[3].

句中關鍵單字
1 passage 文章
2 honest 誠實的
3 man 人

• in great glee [ɪn gret gli] 非常高興

相關片語 on cloud nine 非常高興

老外就醬用！

I will be **in great glee** if I can become a member[1] of your club[2]. 如果我能成為貴俱樂部的會員我將會非常高興。

3. I am sure he will be **in great glee** if you could go there[3].

句中關鍵單字
1 member 會員
2 club 俱樂部
3 go there 去那裡

• in great straits [ɪn gret strets] 陷入困境

相關片語 get into trouble 陷入困境

老外就醬用！

The big mistake might put[1] him **in great straits**.
這個錯誤可能使他陷入困境。

4. Let us face[2] the fact[3] that we are **in great straits**.

句中關鍵單字
1 put 使處於
2 face 面對
3 fact 事實

• in harmony with... [ɪn ˋhɑrmənɪ wɪð] 與……協調一致

易混淆片語 live in harmony 和睦相處

老外就醬用！

Human beings[1] should learn to live **in harmony with** the nature[2]. 人類應該學會與自然和諧相處。

5. Her tastes[3] are **in harmony with** mine by coincidence[4].

句中關鍵單字

1 human beings 人類
2 nature 自然
3 taste 品味
4 coincidence 巧合

• in possession of [ɪn pəˋzɛʃən ɑv] 佔有、擁有

易混淆片語 get possession of 拿到、佔有

老外就醬用！

My dream[1] is **in possession of** a large manor[2].
我的夢想是擁有一個大莊園。

6. She is **in possession of** a lot of precious[3] jewelry[4].

句中關鍵單字

1 dream 夢想
2 manor 莊園
3 precious 珍貴的
4 jewelry 珠寶

• in reverse direction [ɪn rɪˋvɝs dəˋrɛkʃən] 反方向

易混淆片語 meet with reverses 遭受挫折、吃敗仗

老外就醬用！

The car was driven **in reverse direction** at that moment[1].
當時那輛車是從反方向開來的。

7. We can take[2] the road[3] **in reverse direction**.

句中關鍵單字

1 moment 瞬間
2 take 採取
3 road 路

Answers 翻譯參考解答

1. 走開，我不想把感冒傳染給你。
2. 我從你所說的事推測，他是個誠實的人。
3. 如果你能去那裡的話，我相信他會非常高興的。
4. 讓我們面對已陷入困境的事實吧。
5. 碰巧她的品味與我的一致。
6. 她擁有很多珍貴的珠寶。
7. 我們可以反方向走這條路。

• instinct for... [ˋɪnstɪŋkt fɔr] 有……的天分

相關片語 **gift for** 有……的天分

老外就醬用！

Human are born with[1] an **instinct for** languages[2].
人類天生就有語言天分。

句中關鍵單字
1 born with 與生俱來
2 language 語言
3 endowed 賦有
4 survival 求生存

Try It 翻譯

1. All animals are endowed[3] with an **instinct for** survival[4].

• instruct sb. to do sth. [ɪnˋstrʌkt ˋsʌm͵bɑdɪ tu du ˋsʌmθɪŋ] 命令、指示某人做某事

易混淆片語 **instruct sb. in English** 教某人英語

老外就醬用！

Could you **instruct me to** use this machine[1]?
您能教我使用這台機器嗎？

句中關鍵單字
1 machine 機器
2 chemistry teacher 化學老師
3 experiment 實驗

Try It 翻譯

2. The chemistry teacher[2] **instructed his students to** do the experiment[3] as he did.

• integrate A with B [ˋɪntə͵gret e wɪð bi] 把A與B結合起來

易混淆片語 **integrate ... into** 使……併入

老外就醬用！

Why not **integrate** your suggestion[1] **with** mine[2]?
為什麼不把你的建議和我的結合起來呢？

句中關鍵單字
1 suggestion 建議
2 mine 我的
3 really 真正地

Try It 翻譯

3. Do you really[3] want to **integrate with** us?

• intend to do sth. [ɪnˋtɛnd tu du ˋsʌmθɪŋ] 打算做某事

替換片語 **be to do sth.** 打算做某事

易混淆片語 **be intended to be** 規定為

老外就醬用！

I **intend to** take part in the speech contest[1] next month.
我打算參加下個月的演講比賽。

句中關鍵單字
1 speech contest 演講比賽
2 marry 結婚
3 in the future 將來

Try It 翻譯

4. Don't you **intend to** marry[2] her in the future[3]?

• intent upon doing sth. [ɪnˋtɛnd əˋpɑn duɪŋ ˋsʌmθɪŋ]

對某事專心致志

易混淆片語 **of intent** 有意地、蓄意地

老外就醬用！

Are you **intent upon** destroying[1] my reputation[2]?
你是不是存心要敗壞我的名譽？

5. They are so **intent upon** traveling[3] in Europe.

句中關鍵單字

1 destroy 敗壞
2 reputation 名譽
3 travel 旅行

• interact with... [ˏɪntəˋrækt wɪð] 與……互動、互相作用

易混淆片語 **interact on** 作用、影響

老外就醬用！

The two questions[1] actually[2] **interact with** each other.
這兩個問題實際上是互相影響的。

6. I should **interact** more **with** my students in class[3].

句中關鍵單字

1 question 問題
2 actually 實際上
3 in class 在課堂上

• interfere with [ˏɪntəˋfɪr wɪð] 妨礙、干擾

易混淆片語 **interfere in** 干涉、干預

老外就醬用！

My parents[1] never **interfere with** what I do.
我父母從來不干涉我做的事。

7. I think the government[2] should **interfere with** the market[3].

1 parents 父母
2 government 政府
3 market 市場

Answers 翻譯參考解答

1. 動物都與生俱有求生的本能。
2. 化學老師指示他的學生照他那樣做實驗。
3. 你們真想和我們聯合嗎？
4. 你沒打算將來跟她結婚嗎？
5. 他們一心想著要去歐洲旅行。
6. 我應該在課堂上與學生有更多互動。
7. 我認為政府應該干預市場。

• intervene between... [ˌɪntɚˋvin bəˋtwin] 夾在兩者之間做調停

Never try to **intervene between** couples[1].
千萬別試著夾在夫妻之間做調停。

1. David tried to **intervene between** his mother[2] and wife[3].

句中關鍵單字
1 couple 夫妻
2 mother 母親
3 wife 妻子

• intimidate sb. into doing sth.
[ɪnˋtɪməˌdet ˋsʌmˌbɑdɪ ˋɪntu duɪŋ ˋsʌmθɪŋ] 脅迫某人做某事

易混淆片語 **keep sb. in order by intimidation** 用恫嚇手段迫使人們就範

老外就醬用！

The gangster[1] **intimidated** me **into** not telling[2] the police.
歹徒威脅我不得報警。

2. You should not **intimate** little[3] children **into** doing such things.

句中關鍵單字
1 gangster 歹徒
2 tell 告訴
3 little 幼小的

• intrude into [ɪnˋtrud ˋɪntu] 闖入

相關片語 **burst into** 闖入

老外就醬用！

I am afraid you have no right[1] to **intrude into** his house.
你恐怕沒有權利闖進他的家裡。

3. It's impolite[2] to **intrude into** others' conversation[3].

句中關鍵單字
1 right 權利
2 impolite 不禮貌的
3 conversation 談話

• invade one's privacy [ɪnˋved wʌns ˋpraɪvəsɪ]
侵犯某人的隱私

易混淆片語 **invade sb.'s rights** 侵犯某人的權利

老外就醬用！

What[1] you did[2] has **invaded his privacy**.
你的所作所為已經侵犯了他的隱私。

4. It's wrong[3] to **invade others' privacy**.

句中關鍵單字
1 what 什麼
2 did 做（do 的過去式）
3 wrong 不對的

• invade one's right [ɪn`ved wʌns raɪt] 侵犯某人的權利

相關片語 ▶ **infringe one's right** 侵犯某人的權利

老外就醬用！

Questions[1] of this kind **invade my rights** and I don't want to answer[2] them. 這一類問題侵犯我的權利，我拒絕回答。

5. You have **invaded my rights**. Don't you know[3] that?

句中關鍵單字
1 question 問題
2 answer 回答
3 know 知道

• in vain [ɪn ven] 徒然

易混淆片語 ▶ **for vain** 徒勞地

老外就醬用！

All your hard work[1] is **in vain** if you don't have a right direction[2]. 如果你方向不對，你所有的努力都是白費。

6. Day after day[3], the dog waited **in vain** for his owner in the station[4].

句中關鍵單字
1 hard work 辛苦工作
2 direction 方向
3 day after day 日復一日
4 station 車站

• invest in... [ɪn`vɛst ɪn] 投資於……

易混淆片語 ▶ **invest sb. with full power** 授予某人全權

老外就醬用！

Education[1] is the best way for a family[2] to **invest in** the future.
教育是一個家庭對未來的最佳投資。

7. I don't think it is wise[3] to **invest in** this project[4].

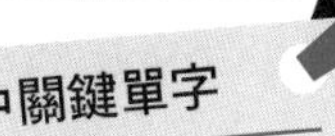

句中關鍵單字
1 education 教育
2 family 家庭
3 wise 明智的
4 project 項目

Answers 翻譯參考解答

1. 大衛試圖調解母親和妻子之間的爭吵。
2. 你不應該脅迫小孩做這種勾當。
3. 隨便插進別人的談話是不禮貌的。
4. 侵犯別人的隱私是不對的。
5. 你已經侵犯了我的權利。你還不知道嗎？
6. 日復一日，那隻狗徒勞地在車站等待牠的主人。
7. 我認為投資這個項目是不明智的。

• involve in... [ɪn`vɑlv ɪn] 牽涉、捲入……

易混淆片語 **be involved with** 涉及

老外就醬用！

This project **involves in** many departments[1].
這項計畫牽涉到許多部門。

1. You'd better[2] not **involve in** the strike[3].

句中關鍵單字
1 department 部門
2 You'd better... 你最好……
3 strike 罷工事件

• isolate from... [`aɪsḷet frɑm] 與……隔離

老外就醬用！

This infectious[1] patient[2] should be **isolated from** other patients. 這個傳染病人應該與其他病人隔離開來。

2. Can you **isolate** the oxygen[3] **from** the hydrogen[4] in water?

句中關鍵單字
1 infectious 有傳染性的
2 patient 病人
3 oxygen 氧
4 hydrogen 氫

• latest fad [`letɪst fæd] 最新流行

易混淆片語 **the latest news** 最新消息

老外就醬用！

Do you know what the **latest fad** of haircut[1] is?
你知道最新的時尚髮型是什麼嗎？

3. Iphone X is the **latest fad** among young[2] executives[3].

句中關鍵單字
1 haircut 髮型
2 young 年輕的
3 executive 高層管理人員

• launch out into [lɔntʃ aʊt `ɪntu] 開始從事

相關片語 **go into** 開始從事

老外就醬用！

Monica **launched out into** a colorful[1] description[2] of her honeymoon[3] journey.
莫妮卡開始繪聲繪色地講述她的蜜月旅行。

4. He **launched out into** journalism[4] after he left school.

句中關鍵單字
1 colorful 多姿多彩的
2 description 描述
3 honeymoon 蜜月
4 journalism 新聞業

• lead to [lid tu] 導致

相關片語 bring about 帶來、導致

老外就醬用！

His disability[1] **led to** this failure.
他的無能導致了這次失敗。

5. The revolution[2] **led to** the overthrow[3] of the autocracy[4].

句中關鍵單字
1 disability 無能
2 revolution 革命
3 overthrow 瓦解
4 autocracy 獨裁政體

• liberate...from... [ˋlɪbəˏret frɑm] 把……從……釋放出來

老外就醬用！

We should try to **liberate** human **from** sin[1].
我們應該試著將人類由罪惡中解救出來。

6. One of the government functions[2] is to **liberate** people **from** poverty[3].

句中關鍵單字
1 sin 罪惡
2 function 功能
3 poverty 貧困

• license to [ˋlaɪsn̩s tu] 授權給

老外就醬用！

We used to have a **license to** sell[1] tobacco[2].
我們過去有出售菸草的許可證。

7. I am afraid you'll need a **license to** hunt[3] here.

句中關鍵單字
1 sell 出售
2 tobacco 菸草
3 hunt 狩獵

Answers 翻譯參考解答

1. 你最好不要捲入這次罷工事件。
2. 你能把水中的氧與氫分離嗎？
3. Iphone X 成為年輕高層管理人員的最新時尚。
4. 他畢業後開始從事新聞工作。
5. 這場革命導致了獨裁政體的結束。
6. 政府的職能之一就是把人民從貧困中解救出來。
7. 你恐怕需要執照才能在這狩獵。

• lighten out [ˋlaɪtn̩ aut] 閃現出

相關片語 **flash into** 閃現

Her eyes **lightened out** a shading glance[1].
她的眼中閃現出一絲陰鬱的目光。

1. Instantly[2] an idea **lightened out** in his mind[3] to marry her.

句中關鍵單字
1 glance 一瞥
2 instantly 立即地
3 mind 頭腦

• loyal to [ˋlɔɪəl tu] 對……忠誠

易混淆片語 **loyalty to** 對……的忠誠

老外就醬用！

Everyone should be **loyal to** their own[1] country.
每個人都必須忠誠於自己的國家。

2. I will be **loyal to** my dear[2] wife forever[3].

句中關鍵單字
1 own 自己的
2 dear 親愛的
3 forever 永遠

• lure back [lur bæk] 把……吸引回

易混淆片語 **alight on the lure** 上當

老外就醬用！

Do you believe[1] that Taiwan could **lure** those talented[2] people **back**? 你相信台灣能把那些人才吸引回國嗎？

3. The biologists[3] hope to **lure** those fish **back** to the ocean[4].

句中關鍵單字
1 believe 相信
2 talented 有才幹的
3 biologists 生物學家
4 ocean 海洋

• make a commitment to [mek ə kəˋmɪtmənt tu] 約定、許諾

易混淆片語 **enter into commitment** 承擔義務

老外就醬用！

He **made a commitment to** return[1] the money[2] within a week. 他許諾一週內還錢。

4. It is not necessary[3] to **make a commitment to** them.

句中關鍵單字
1 return 返還
2 money 錢
3 necessary 必要的

• make a confession [mek ə kən`fɛʃən] 承認、告解

易混淆片語 confession of faith 信仰聲明

老外就醬用！

I don't think[1] he will **make a confession** of his crimes[2].
我覺得他不會承認自己所犯的罪行。

5. Has the suspect[3] **made a confession** yet?

句中關鍵單字
1 think 認為
2 crime 罪行、犯罪
3 suspect 嫌疑犯

• make a conquest of... [mek ə `kaŋkwɛst av] 征服、贏得……的愛情

相關片語 win someone's heart 贏得愛情

老外就醬用！

The young[1] man **made a conquest of** the girl he had loved[2] for long. 這位年輕人贏得了自己愛慕許久的女孩。

6. He failed[3] to **make a conquest of** the people of this country[4].

句中關鍵單字
1 young 年輕的
2 love 愛慕
3 fail 失敗、未能
4 country 國家

• make a declaration [mek ə ˌdɛklə`reʃən] 宣告、聲明

易混淆片語 joint declaration 聯合聲明

老外就醬用！

When did the president[1] **make a declaration** of the war[2]?
總統是何時宣戰的？

7. All the members are required[3] to **make a declaration** of their business interests[4].

句中關鍵單字
1 president 總統
2 war 戰爭
3 require 要求
4 interest 利益

Answers 翻譯參考解答

1. 他的腦海中立即浮現要和她結婚的念頭。
2. 我將永遠忠於我的愛妻。
3. 生物學家希望誘導那些魚回到海洋。
4. 沒必要對他們作出承諾。
5. 嫌疑犯有招供嗎？
6. 他沒能戰勝這個國家的人民。
7. 所有成員都被要求宣佈他們的商業利益。

• make a disclosure of... [mek ə dɪsˋkloʒɚ ɑv] 揭發……

相關片語 **bring to light** 揭發……

老外就醬用！

Who **made a disclosure of** this scandal[1]?
是誰揭露了這個醜聞？

1. The local[2] newspaper[3] **made a disclosure of** this scheme[4].

句中關鍵單字
1 scandal 醜聞
2 local 當地的
3 newspaper 報紙
4 scheme 計畫、陰謀

• make a diversion of attention

[mek ə dəˋvɝʒən ɑv əˋtɛnʃən] 分散注意力

易混淆片語 **create a diversion** 分散注意力、聲東擊西

老外就醬用！

His words **made a diversion of attention**[1] during the meeting[2]. 他的話分散了會議上人們的注意力。

2. The joke[3] **made a diversion of attention** at class[4].

句中關鍵單字
1 attention 注意力
2 meeting 會議
3 joke 笑話
4 at class 課堂上

• make a fuss over... [mek ə fʌs ˋovɚ] 為……大驚小怪

易混淆片語 **get into a fuss** 焦急、忙亂

老外就醬用！

Don't **make a fuss over** trifles. It's not a big deal[1].
不要大驚小怪的。這沒什麼大不了。

3. He won't **make a fuss over** such thing[2] again[3].

句中關鍵單字
1 big deal
大人物、了不起的事
2 thing 事情
3 again 再次

• make an accommodation to

[mek æn əˋkɑməˋdeʃən tu] 適應

易混淆片語 **come to an accommodation** 達到和解、達到妥協

老外就醬用！

You should **make an accommodation to** the living conditions[1] here. 你應該要適應這裡的生活條件才行。

4. It is not easy[2] for them to **make an accommodation to** such harsh[3] conditions.

句中關鍵單字
1 condition 條件
2 easy 容易的、簡單的
3 harsh 艱苦的、嚴酷的

• make an appointment with... [mek æn əˋpɔɪntmənt wɪð]

和……有約

易混淆片語 break one's appointment 違約、失約

老外就醬用！

I'd like to **make an appointment with** your manager[1].
我想和你們的經理約時間見個面。

Try It 翻譯 5. Can I **make an appointment with** you next[2] Friday[3]?

句中關鍵單字
1 manager 經理
2 next 下一個
3 Friday 週五

• make an assessment of... [mek æn əˋsɛsmənt ɑv]

對……做了一番評估

易混淆片語 environmental assessment 環境影響評估

老外就醬用！

The manager[1] will **make an assessment of** our achievements[2] this week. 經理將在這週對我們的表現做評估。

Try It 翻譯 6. The committee[3] will **make an assessment of** the project[4].

句中關鍵單字
1 manager 經理
2 achievement 成績、成就
3 committee 委員會
4 project 計畫、專案

• make an ass of sb. [mek æn æs ɑv ˋsʌm͵badɪ] 捉弄某人

相關片語 play tricks on 捉弄某人

老外就醬用！

Don't you think they have **made an ass of themselves** at the party[1]? 你不覺得他們在派對上丟盡了臉嗎？

Try It 翻譯 7. I **made an ass of myself** at class[2] yesterday[3].

句中關鍵單字
1 party 宴會、聚會
2 class 課堂
3 yesterday 昨天

Answers 翻譯參考解答

1. 當地媒體揭發了這項陰謀。
2. 這個笑話分散了課堂上學生們的注意力。
3. 他不會再對這樣的事情大驚小怪。
4. 要想適應如此艱苦的條件對他們而言並不簡單。
5. 我能和你約在下週五嗎？
6. 委員會將對該專案做一個評估。
7. 昨天我在課堂上出了洋相。

• make buckle and tongue meet

[mek ˋbʌkḷ ænd tʌŋ mit] 收支平衡

相關片語 **make ends meet** 收支平衡

How can you **make buckle and tongue meet** without[1] grant[2]? 沒有補助金，你是如何平衡收支的呢？

1. He is not likely[3] to **make buckle and tongue meet** this year.

句中關鍵單字
1 without 沒有
2 grant 補助金
3 likely 可能的

• make a profession to do sth.

[mek ə prəˋfɛʃən tu du ˋsʌmθɪŋ] 以做某事為業

易混淆片語 **by profession** 就事業來說

老外就醬用！

She **made a profession to** teach[1] the students.
她以教書為業。

2. My sister[2] **made a profession to** write[3] all kinds of articles[4].

句中關鍵單字
1 teach 教
2 sister 姐姐、妹妹
3 write 寫
4 article 文章

• make oneself too remarkable

[mek wʌnˋsɛlf tu rɪˋmɑrkəbḷ] 鋒芒畢露、太過招搖

易混淆片語 **a remarkable change** 顯著的變化

老外就醬用！

Oak[1] may fall when reeds stand the storm[2], so don't **make yourself too remarkable.** 樹大招風，你不要太過招搖了。

3. Everyone would be jealous[3] of you if you **make yourself too remarkable.**

句中關鍵單字
1 oak 橡樹
2 storm 暴風雨
3 jealous 嫉妒的

• make the acquaintance of sb.

[mek ðə əˋkwentəns ɑv ˋsʌm͵bɑdɪ] 結識某人

相關片語 **get to know someone** 結識某人

老外就醬用！

I **made the acquaintance of** her at a party[1].
我和她是在一個宴會上結識的。

4. We seldom[2] talk though I have already[3] **made the acquaintance of** him.

句中關鍵單字
1 party 宴會、聚會
2 seldom 很少
3 already 已經

• marriage vow [ˋmærɪdʒ vaʊ] 婚約

易混淆片語 **steal a marriage** 秘密結婚

老外就醬用！

Will the one who violates[1] **marriage vow** be punished[2] by law? 違反婚誓的人會受到法律的懲罰嗎？

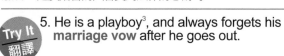

5. He is a playboy[3], and always forgets his **marriage vow** after he goes out.

句中關鍵單字
1 violate 違反
2 punish 懲罰
3 playboy 花花公子

• marvel at [ˋmɑrvḷ æt] 感到驚訝

易混淆片語 **a marvel of (sth.)** （某一事物的）奇特的例子

老外就醬用！

All the people there **marveled at** his boldness[1].
所有人都讚佩他的勇敢。

6. The travelers[2] all **marvel at** the beauty[3] of the landscape[4].

句中關鍵單字
1 boldness 勇敢、大膽
2 traveler 遊客
3 beauty 美、美麗
4 landscape 風景

• material on... [məˋtɪrɪəl ɑn] 有關……的資料

易混淆片語 **material evidence** 重要證據

老外就醬用！

Can you send[1] me some **material on** your machine[2]?
你能寄一些有關你們機器的材料給我嗎？

7. I can help search[3] some **material on** oil spills[4].

句中關鍵單字
1 send 寄
2 machine 機器
3 search 搜尋
4 spill 溢出、濺出

Answers 翻譯參考解答

1. 他今年不太可能實現收支平衡。
2. 妹妹以撰寫各類文章為業。
3. 如果你太鋒芒畢露，那麼每個人都會嫉妒你。
4. 儘管我和他認識，但是我們卻很少說話。
5. 他是個花花公子，總是出門之後就忘記了自己的婚誓。
6. 遊客們無不對風景之美讚歎有加。
7. 我能幫忙找一些有關石油外漏的資料。

• meditate on... [ˋmɛdəˏtet ɑn] 思考……

易混淆片語 **meditate a trip abroad** 計畫作一次出國旅行

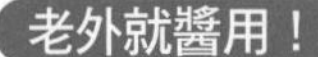

He often **meditates on** his life when he lies[1] in bed.
他躺在床上的時候常常思考自己的生活。

1. More and more[2] people begin to **meditate on** world peace[3].

句中關鍵單字
1 lie 躺
2 more 更多的（many 或 much 的比較級）
3 peace 和平

• mingle with [ˋmɪŋg! wɪð] 與……混合

易混淆片語 **mingle water and alcohol** 使水與酒精混合

老外就醬用！

Why did he **mingle** the water **with** the wine[1]? 他為何要把水和酒混在一起呢？

2. He **mingled** truth **with** falsehood[2] in this report[3].

句中關鍵單字
1 wine 酒
2 falsehood虛偽、假話
3 report 報告

• minimize the risk of [ˋmɪnəˏmaɪz ðə rɪsk ɑv] 減低……的風險

易混淆片語 **run the risk of doing sth.** 冒險做某事

老外就醬用！

This measure[1] will help to **minimize the risk of** the stock market[2]. 該項措施有助於減低股票市場的風險。

3. Not putting[3] all your eggs in one basket can **minimize the risk of** investment[4].

句中關鍵單字
1 measure 措施
2 stock market 股票市場
3 put 放置
4 investment 投資

• minimum effort [ˋmɪnəməm ˋɛfɚt] 最小的努力、最小的力氣

相關片語 **minimal effort** 最小努力

易混淆片語 **minimum wage** 最低工資

老外就醬用！

You can do this with **minimum effort** by using the machine[1].
使用這台機器你就可以花費最少的力氣來做事了。

4. The invention[2] helps people do their work[3] with **minimum effort**.

句中關鍵單字
1 machine 機器
2 invention 發明
3 work 工作

• next of kin [nɛkst ɑv kɪn] 近親

相關片語 **blood relatives** 血親

老外就醬用！

All **next of kin** attended[1] our wedding[2] yesterday.
昨天所有近親都參加了我們的婚禮。

5. Her only **next of kin** is an uncle[3] in Boston.

句中關鍵單字

1 attend 參加
2 wedding 婚禮
3 uncle 叔叔

• nominate as [ˋnɑmə͵net æz] 提名為……

易混淆片語 **nominate a person to a position** 任命某人擔任某職

老外就醬用！

I can't believe[1] that he is **nominated as** president[2] so quickly.
我不敢相信，他居然如此快就被提名為主席。

6. He has been **nominated as** the best actor[3] for five times.

句中關鍵單字

1 believe 相信
2 president 主席、總統、校長
3 actor 男演員

• notify sb. of [ˋnotə͵faɪ ˋsʌmbɑdɪ ɑv] 通知

相關片語 **give notice** 通知

老外就醬用！

I will **notify you of** the final decision[1] on Tuesday.
我會在週二通知你最終的決定。

7. Please **notify me of** any change[2] while I am on a business trip[3].

句中關鍵單字

1 decision 決定
2 change 變化
3 business trip 公務旅行、出差

Answers 翻譯參考解答

1. 有越來越多的人開始深入地思考世界和平。
2. 他在報告中混淆真假。
3. 不要把所有雞蛋放在一個籃子裡能減低投資風險。
4. 該項發明使得人們能夠用最少的力氣來做事情。
5. 她唯一的近親就是住在波士頓的叔叔。
6. 他已經五次被提名為最佳男主角了。
7. 若有任何變動請在我出差的時候通知我。

• objective truth [əbˋdʒɛktɪv truθ] 客觀事實

易混淆片語 objective reality 客觀現實

老外就醬用！

You can't deny[1] the **objective truth** before all of us.
你不能在所有人的面前否認客觀事實。

1. A scientist[2] should seek[3] for **objective truth** constantly[4].

句中關鍵單字
1 deny 否認、拒絕
2 scientist 科學家
3 seek 尋求
4 constantly 不斷地

• obtain admission to [əbˋten ədˋmɪʃən tu] 獲准進入

易混淆片語 on sb.'s own admission 據某人自己承認

老外就醬用！

He **obtained admission to** the exhibition[1] hall.
他獲准進入展覽館大廳。

2. The journalist[2] **obtained admission to** the White House[3].

句中關鍵單字
1 exhibition 展覽
2 journalist 記者
3 White House 白宮

• occupy (oneself) in... [ˋɑkjə͵paɪ wʌnˋsɛlf ɪn] 忙於……、專心於……

相關片語 be busy with 忙於……
相關片語 be absorbed in 專心於……

老外就醬用！

His father is **occupied in** doing business[1].
他的父親忙於做生意。

Try It 翻譯

3. My elder[2] sister is **occupied** herself **in** reading[3] books.

句中關鍵單字
1 business 生意
2 elder 年長的、年齡較大的
3 read 閱讀

• of the essence [ɑv ðə ˋɛsn̩s] 不可或缺的、極重要的

相關片語 of great importance 極重要的

老外就醬用！

Speed[1] is **of the essence** in automobile[2] racing.
速度在賽車中至關重要。

4. Time is **of the essence** in saving[3] one's life.

句中關鍵單字
1 speed 速度
2 automobile 汽車
3 save 解救、挽救

• on behalf of [ɑn bɪˋhæf ɑv] 代表

易混淆片語 on sb.'s behalf 以某人的名義

老外就醬用！

I will attend[1] the conference[2] **on behalf of** our company.
我將代表公司參加此次大會。

5. I thank[3] you **on behalf of** my whole family[4].

句中關鍵單字
1 attend 參加
2 conference 大會、會議
3 thank 感謝
4 family 家庭、家人

• on demand [ɑn dɪˋmænd] 一經要求

易混淆片語 demand of 要求、索取

老外就醬用！

Is the check[1] you gave payable[2] **on demand**.
你給的是可以即時兌現的支票嗎？

6. The products[3] will be delivered[4] to your door **on demand**.

句中關鍵單字
1 check 支票
2 payable 可付的
3 product 產品、商品
4 deliver 遞送

• one's competence in... [wʌns ˋkɑmpətəns ɪn] 某人在某方面的能力

相關片語 one's ability in... 某人在某方面的能力

老外就醬用！

His parents[1] don't know **his competence in** English.
他的父母並不知道他在英語方面的能力。

7. No one in the company doubts[2] **his competence in** solving[3] problems[4].

句中關鍵單字
1 parent 父母
2 doubt 懷疑
3 solve 解決
4 problem 問題、難題

Answers 翻譯參考解答

1. 科學家應該不斷地尋求客觀真理。
2. 這名記者獲准進入白宮。
3. 姐姐正在專心看書。
4. 時間在搶救生命的時候至關重要。
5. 我代表我的全家向你表示感謝。
6. 商品能應要求送貨到府。
7. 公司沒有人懷疑他解決問題的能力。

• one's deficiency in... [wʌns dɪˋfɪʃənsɪ ɪn] 在某方面的缺乏

老外就醬用！

One's deficiency in vitamins[1] can cause him or her to get ill[2]. 缺乏維生素會使人生病。

1. **One's deficiency in** nutrition[3] will lead to a slow growth[4].

句中關鍵單字
1 vitamin 維生素
2 ill 生病的
3 nutrition 營養
4 growth 生長、發展

• on the contrary [ɑn ðə ˋkɑntrɛrɪ] 相反地

易混淆片語 ▶ **quite the contrary** 恰恰相反

老外就醬用！

She is not ugly[1]; **on the contrary**, she is quite beautiful[2].
她並不醜，相反地，她很漂亮。

2. He didn't make any progress[3]; **on the contrary**, he fell behind[4] in his studies.

句中關鍵單字
1 ugly 醜陋的
2 beautiful 美麗的、漂亮的
3 progress 進步、前進
4 fall behind 落在後面

• on the decrease [ɑn ðə dɪˋkris] 逐漸減少

易混淆片語 ▶ **decrease to** 減少到

老外就醬用！

Is the population[1] of the world[2] **on the decrease**.
世界人口有在逐漸減少嗎？

3. Is the demand[3] of this product[4] **on the decrease**?

句中關鍵單字
1 population 人口
2 world 世界
3 demand 需求、要求
4 product 產品

• on the spur of the moment [ɑn ðə spɝ ɑv ðə ˋmomənt] 一時高興或衝動

易混淆片語 ▶ **spur on** 鞭策……、激勵……

老外就醬用！

I bought[1] a computer[2] **on the spur of the moment**.
我一時衝動買了一台電腦。

4. She went to Paris[3] **on the spur of the moment**.

句中關鍵單字
1 bought 買（buy 的過去式）
2 computer 電腦
3 Paris 巴黎

• on tiptoe [ɑn \`tɪp͵to] 靜靜地、偷偷摸摸地

易混淆片語 **from top to toe** 從頭到腳、完完全全

老外就醬用！

He walked[1] **on tiptoe** into the bedroom[2] late at night.
他深夜躡手躡腳地走進臥室。

5. He left the bedroom **on tiptoe** so that he wouldn't disturb[3] his wife[4].

句中關鍵單字
1 walk 散步、步行
2 bedroom 臥室
3 disturb 打擾
4 wife 妻子

• out of all recognition [aut ɑv ɔl ͵rɛkəg\`nɪʃən] 認不出來

易混淆片語 **meet with much recognition** 大受賞識、大受注意

老外就醬用！

The small city[1] we live has changed[2] **out of all recognition.**
我們居住的那個小城市已經變得不一樣了。

6. The village[3] has changed **out of all recognition** these years.

句中關鍵單字
1 city 城市
2 change 變化
3 village 村莊

• out of mere freak [aut ɑv mɪr frik] 完全出於異想天開

易混淆片語 **a freak accident** 反常的事故

老外就醬用！

I think[1] the man did it **out of mere freak.**
我認為這個人做這事完全出於異想天開。

7. He did it **out of mere freak**, so he failed[2].

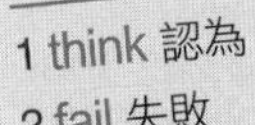

句中關鍵單字
1 think 認為
2 fail 失敗

Answers 翻譯參考解答

1. 營養不良會造成發育緩慢。
2. 他並沒有進步，相反地，他學習退步了。
3. 市場對這個產品的需求有在減少嗎？
4. 她一時興起去了巴黎。
5. 他躡手躡腳地離開臥室以免打擾到妻子。
6. 這些年那個小村莊已經變得認不出來了。
7. 他做這事完全是出於異想天開，因此失敗了。

• overwhelmed by [ˏovɚˋhwɛlmd baɪ] 被淹沒

易混淆片語 ▶ **be overwhelmed by grief** 傷心至極

老外就醬用！

The whole[1] village[2] is **overwhelmed by** the flood[3].
整個村莊都被洪水淹沒了。

Try It 翻譯

1. The square[4] was **overwhelmed by** a great mass of water.

句中關鍵單字

1 whole 整個
2 village 村莊
3 flood 洪水
4 square 廣場

• pace up and down [pes ʌp ænd daʊn]

走來走去（尤指由於煩躁、焦慮等）

相關片語 ▶ **back and forth** 來來往往地

老外就醬用！

Why did my father[1] **pace up and down** in the room[2]?
父親為何在房間裡不安地走來走去？

Try It 翻譯

2. I saw him **pacing up and down** in his bedroom[3] yesterday.

句中關鍵單字

1 father 父親
2 room 房間
3 bedroom 臥室

• place a curb upon [ples ə kɝb əˋpɑn] 限制

相關片語 ▶ **place restrictions on** 限制

老外就醬用！

The company[1] should **place a curb upon** its expenditure[2].
公司應該限制花費了。

Try It 翻譯

3. The city should **place a curb upon** smoking[3] in public places[4].

句中關鍵單字

1 company 公司
2 expenditure 花費、支出
3 smoking 吸煙
4 public place 公共場所

• preserve...from [prɪˋzɝv frɑm] 保護……以免

老外就醬用！

All parents[1] want to **preserve** their kids **from** all harm[2].
每個父母都想保護自己的小孩遠離所有傷害。

Try It 翻譯

4. To sprinkle[3] the food with salt can **preserve** it **from** decay[4].

句中關鍵單字

1 parent 父母
2 harm 傷害
3 sprinkle 灑
4 decay 腐爛

• proceed with [prə`sid wɪð] 進行

相關片語 carry on 繼續進行

老外就醬用！

He was told to **proceed with** his writing[1].
他被告知繼續寫作。

5. The manager[2] asked us to **proceed with** the original[3] plan.

句中關鍵單字
1 writing 寫作
2 manager 經理
3 original 原來的

• prompt in [prɑmpt ɪn] 對……很迅速

老外就醬用！

The little boy is very **prompt in** answering[1] the teacher's questions[2]. 這個小男孩迅速地回答老師的問題。

6. My brother is **prompt in** answering my letters[3].

句中關鍵單字
1 answer 回答
2 question 問題
3 letter 信

• protest against [prə`tɛst ə`gɛnst] 抗議、反對

相關片語 kick against 反對

老外就醬用！

A lot of[1] people were **protesting against** the tax[2] on the street. 好多人在街上抗議稅的徵收。

7. Why did those people **protest against** the local[3] government[4]?

句中關鍵單字
1 a lot of 許多的
2 tax 稅
3 local 當地的
4 government 政府

Answers 翻譯參考解答

1. 廣場被大水淹沒了。
2. 我昨天看到他在臥室裡走來走去。
3. 這個城市應該在公共場所限制吸煙。
4. 在食物上灑鹽可以保持食物不腐爛。
5. 經理叫我們繼續按原計劃進行。
6. 哥哥總是很快回覆我的來信。
7. 那些人為何要反對當地政府？

• provide for [prə`vaɪd fɔr] 供養

相關片語 supply....for 供給……給……

老外就醬用！

He works so hard[1] because he has to **provide for** his whole[2] family. 他工作如此努力，因為他要養活全家。

1. He must earn[3] enough money to **provide for** a large family[4].

句中關鍵單字
1 hard 努力地
2 whole 整體、全部
3 earn 賺
4 family 家庭、家人

• put emphasis on [pʊt `ɛmfəsɪs ɑn] 強調

相關片語 lay stress on 強調、注重

老外就醬用！

The country[1] **puts emphasis on** its economic[2] development this year. 該國今年把重點放在經濟發展上。

2. The manufacturers[3] should **put emphasis on** quality[4] at any time.

句中關鍵單字
1 country 國家
2 economic 經濟的
3 manufacturer 廠商
4 quality 品質

• put a ban on [pʊt ə bæn ɑn] 禁止

相關片語 prohibit from 禁止、阻止

老外就醬用！

The nation[1] will **put a ban on** the import of alcohol sooner or later[2]. 這個國家遲早會禁止酒類進口。

3. The country[3] will **put a ban on** smoking[4] in public places.

句中關鍵單字
1 nation 國家、民族
2 sooner or later 遲早
3 country 國家
4 smoking 吸煙

• quake with [kwek wɪð] 發抖

易混淆片語 quake like an aspen leaf 全身發抖

老外就醬用！

The little kid stood[1] there **quake with** fear[2] when it happened[3]. 事情發生時，小孩站在那嚇得直發抖。

4. I was **quaking with** cold while waiting for a bus[4].

句中關鍵單字
1 stand 站立
2 fear 害怕
3 happen 發生
4 bus 公車

• quiver with fear [ˋkwɪvɚ ɪn fɪr] 害怕地顫抖

易混淆片語 **all of a quiver 渾身哆嗦、心情十分緊張**

老外就醬用！

Everybody[1] is **quivering with fear** when facing the gangsters[2].
面對這幫歹徒，每個人都害怕地顫抖。

5. He was **quivering with fear** when a gun[3] was aimed at[4] him.

句中關鍵單字

1 everybody 每個人
2 gangster 歹徒
3 gun 槍
4 aim at 瞄準

• reach an accommodation [ritʃ æn əˋkɑməˋdeʃən] 達成和解

易混淆片語 **reach an agreement 達成協定**

老外就醬用！

The two countries[1] failed[2] to **reach an accommodation.**
兩國並沒有達成和解。

6. The country **reached an accommodation** with its neighboring[3] country.

句中關鍵單字

1 country 國家
2 fail 失敗、不能
3 neighboring 鄰近的

• rebel against [rɪˋbɛl əˋgɛnst] 反抗

相關片語 **be in revolt against 對……感到嫌惡、對……反感**

老外就醬用！

The people finally[1] **rebelled against** the harsh[2] policies.
人民最後開始反抗這些嚴厲的政策。

7. They will **rebel against** the tyranny[3] one day.

句中關鍵單字

1 finally 最後
2 harsh 嚴厲的
3 tyranny 暴政

Answers 翻譯參考解答

1. 他必須賺夠多的錢來養活一大家子。
2. 廠商應該時時刻刻注重品質。
3. 該國將禁止在公共場合吸煙。
4. 我等公車的時候，冷得發抖。
5. 當槍指著他的時候，他害怕地顫抖。
6. 該國與鄰國和解了。
7. 他們總有一天會反抗暴政。

• recall from [rɪˋkɔl frɑm] 召回

老外就醬用！

How many products[1] are **recalled from** the customers[2]?
有多少產品從顧客那裡被召回？

Try It 翻譯

1. The inferior[3] products must be **recalled from** the customers immediately[4].

句中關鍵單字

1 product 產品
2 customer 顧客
3 inferior 次等的
4 immediately 立即

• reckon as [ˋrɛkən æz] 被認為

易混淆片語 **reckon in** 計及、將……算入

老外就醬用！

His book is **reckoned as** the best[1] book of the year.
他的書被認為是本年度最好的一本書。

Try It 翻譯

2. The picture[2] is **reckoned as** his masterpiece[3].

句中關鍵單字

1 best 最好的
2 picture 圖畫
3 masterpiece 傑作、代表作

• recover from [rɪˋkʌvɚ frɑm] 從疾病或非常態狀況中恢復

易混淆片語 **recover consciousness** 恢復知覺

老外就醬用！

Do you think the market[1] will **recover from** the financial crisis[2]? 你覺得市場會從金融危機中恢復過來嗎？

Try It 翻譯

3. I am informed[3] that the child has **recovered from** the illness[4].

句中關鍵單字

1 market 市場
2 financial crisis 金融危機
3 inform 告知、通知
4 illness 疾病

• refer oneself to [rɪˋfɝ wʌnˋsɛlf tu] 依賴、仰仗

替換片語 **rely on** 依賴

老外就醬用！

He said he could only **refer himself to** your generosity[1].
他說他唯有求你寬容了。

Try It 翻譯

4. You could do nothing[2] but **refer yourself to** her mercy[3].

句中關鍵單字

1 generosity 寬容
2 nothing 什麼也沒有
3 mercy 仁慈、寬恕

• reform oneself [rɪˋfɔrm wʌnˋsɛlf] 改過自新、洗心革面

替換片語 turn over a new leaf 洗心革面

老外就醬用！

He decided[1] to **reform himself** after the release[2].
被釋放之後，他決定洗心革面。

5. I don't believe that he has completely[3] **reformed himself.**

句中關鍵單字
1 decide 決定
2 release 釋放
3 completely 徹底、完全

• remark on [rɪˋmark ɑn] 對……做評論

替換片語 comment on 對……評論

老外就醬用！

Many people **remarked on** this matter[1] after it is reported[2].
這件事被報導後，很多人對此做出評論。

6. Lots of people **remarked on** campus[3] security[4] after the shooting.

句中關鍵單字
1 matter 事情
2 report 報導
3 campus 校園
4 security 安全

• remedy the loss [ˋrɛmədɪ ðə lɔs] 彌補損失

替換片語 make up a loss 彌補損失

老外就醬用！

The government[1] will find ways to **remedy the loss** caused by the earthquake[2]. 政府將尋求方法彌補地震造成的損失。

7. I asked their company[3] to **remedy the loss** as soon as possible[4].

句中關鍵單字
1 government 政府
2 earthquake 地震
3 company 公司
4 as soon as possible 儘快

Answers
翻譯參考解答

1. 次級品應立即從顧客那裡召回。
2. 這幅畫被認為是他的傑作。
3. 我被告知孩子已經恢復健康了。
4. 你只能求她寬恕你了。
5. 我不相信他徹底改過自新了。
6. 槍擊事件之後，好多人紛紛對校園安全做出評論。
7. 我要求他們公司儘快彌補損失。

• reside at [rɪˋzaɪd æt] 居住於

替換片語 live in 住在

老外就醬用！

How can I get in touch with the guest[1] **residing at** the Royal Hotel? 我如何才能聯繫上住在皇家酒店的客人？

1. She will go and **reside at** a local[2] hotel[3] there.

句中關鍵單字
1 guest 客人
2 local 當地的
3 hotel 飯店、旅館

• resign oneself to extinction

[rɪˋzaɪn wʌnˋsɛlf tu ɪkˋstɪŋkʃən] 束手就擒、坐以待斃

替換片語 wait helplessly for death 束手就擒

老外就醬用！

He won't **resign himself to extinction** but run off[1].
他不會坐以待斃的，他會逃跑。

2. He decided to **resign himself to extinction** after the police[2] arrived[3].

句中關鍵單字
1 run off 逃跑
2 police 員警
3 arrive 到達

• resolve into [rɪˋzɑlv ˋɪntu] 分解成

替換片語 break down into 分解成……

老外就醬用！

Will the mixture[1] be **resolved into** two different substances[2]?
這種混合物可以分解為兩種不同的物質嗎？

3. How did the scientist[3] **resolve it into** protein[4]?

句中關鍵單字
1 mixture 混合物
2 substance 物質
3 scientist 科學家
4 protein 蛋白質

• retain the memory of [rɪˋten ðə ˋmɛmərɪ ɑv] 記得……

替換片語 remember of 記得……

老外就醬用！

I still **retain the memory of** my childhood[1].
我還記得我童年的那些時光。

4. Do you still[2] **retain the memory of** those days we lived together[3]?

句中關鍵單字
1 childhood 童年
2 still 仍然
3 together 一起

• retire into oneself [rɪˋtaɪr ˋɪntu wʌnˋsɛlf] 沉默

替換片語 hold one's tongue 保持沉默

老外就醬用！

He often talks[1] to no one and just **retires into himself**.
他經常不跟人說話，只是默不作聲。

5. The man began[2] to **retire into himself** after this event[3].

句中關鍵單字
1 talk 說話
2 begin 開始
3 event 事件

• retreat from [rɪˋtrit frɑm] 迴避、退出

易混淆片語 be in full retreat 全面撤退

老外就醬用！

The driver[1] can't **retreat from** the responsibility[2] in this accident. 司機不能迴避在事故中的責任。

6. The troops[3] are not allowed to **retreat from** the battlefield[4].

句中關鍵單字
1 driver 司機
2 responsibility 責任
3 troop 部隊
4 battlefield 戰場

• revenge oneself on [rɪˋvɛndʒ wʌnˋsɛlf ɑn] 向……報仇

替換片語 get even with 向某人報復

老外就醬用！

He changed[1] his mind and decided not to **revenge himself on** his enemy[2]. 他改變了主意，決定不向仇敵復仇。

7. I guess[3] the hero would **revenge himself on** the bad man at last[4].

句中關鍵單字
1 change 改變
2 enemy 敵人
3 guess 猜
4 at last 最後

Answers 翻譯參考解答

1. 她會去住在當地的一家飯店。
2. 員警到了之後，他決定束手就擒。
3. 科學家是如何把它分解成蛋白質的？
4. 你還記得我們住在一起的那些日子嗎？
5. 這件事情之後，他就開始變得沉默。
6. 部隊不被允許撤出戰場。
7. 我猜男主角會在最後向這個壞人報仇。

• revolt against [rɪˋvolt əˋgɛnst] 厭惡、反感

易混淆片語 **in revolt against** 反抗

老外就醬用！

We **revolt against** the way those workers[1] is being treated[2].
我們對那些工人們所受的待遇感到厭惡。

Try It 翻譯

1. I am **revolted against** her bad habit[3] of eating leftovers[4].

句中關鍵單字
1 worker 工人
2 treat 對待
3 habit 習慣
4 leftovers 剩飯、剩餘物

• revolve around [rɪˋvɑlv əˋraʊnd] 繞著……旋轉

易混淆片語 **revolve in the mind** 盤算、反覆思考

老外就醬用！

The ancient[1] people didn't think the earth[2] **revolves round** the sun. 古代的人並不認為地球繞著太陽轉。

Try It 翻譯

2. Many moons **revolve round** the major[3] planet[4].

句中關鍵單字
1 ancient 古代的
2 earth 地球
3 major 主要的
4 planet 行星

• reward sb. for [rɪˋwɔrd ˋsʌm͵bɑdɪ fɔr] 因……獎賞某人

易混淆片語 **reward a service** 酬謝功勞

老外就醬用！

The company will **reward him for** his excellent[1] performance[2]. 公司將對他的出色表現給予獎賞。

Try It 翻譯

3. The boss[3] will for sure **reward you for** doing a great[4] job.

句中關鍵單字
1 excellent 優秀的、出色的
2 performance 表現、表演
3 boss 老闆
4 great 偉大的、好的

• round out [raʊnd aʊt] 完成

老外就醬用！

When will they **round out** their work[1] this time?
這次他們將在何時完工？

Try It 翻譯

4. He went to London after he **rounded out** his education[2].

句中關鍵單字
1 work 工作
2 education 教育、學業

• run to excess [rʌn tu ɪk`sɛs] 作風極端、行事極端

替換片語 ▶ **go to extremes** 行事極端

老外就醬用！

I won't forgive[1] you if you **run to excess** again.
如果你再行事極端，我不會原諒你的。

5. You will be put into prison[2] one day if you **run to excess** often[3].

句中關鍵單字
1 forgive 原諒
2 prison 監獄
3 often 經常

• scarcely...when... [`skɛrslɪ hwɛn] 剛……就……

老外就醬用！

I had **scarcely** gone to bed **when** the phone[1] rang.
我剛上床睡覺，就聽到電話在響。

6. He had **scarcely** come in **when** it began to rain[2] outside[3].

句中關鍵單字
1 phone 電話
2 rain 下雨
3 outside 外面

• scold sb. for sth. [skold `sʌm͵badɪ fɔr `sʌmθɪŋ] 因某事責備某人

替換片語 ▶ **blame sb. for sth.** 因某事責備某人

老外就醬用！

My mom often **scolds me for** my forgetfulness[1].
媽媽常常責備我健忘。

7. The teacher[2] often **scolds the boy for** his carelessness[3].

句中關鍵單字
1 forgetfulness 健忘
2 teacher 老師
3 carelessness 粗心大意

Answers 翻譯參考解答

1. 我很討厭她吃剩飯的不良習慣。
2. 很多衛星圍繞著這顆大行星旋轉。
3. 你做的很棒，老闆肯定會獎賞你的。
4. 他完成學業之後就去了倫敦。
5. 如果你總是行事極端，總有一天會被抓到監獄去的。
6. 他剛回到家，外頭就下起雨了。
7. 老師常常責備那個男孩粗心大意。

• scrape away [skrep ə`we] 刮落

易混淆片語 **manage to scrape a living** 設法謀生、勉強過活

老外就醬用！

I will **scrape away** the dirt on the old[1] doormat.
我會把這舊的腳踏墊上頭的泥土刮掉。

1. Can you **scrape away** the moss[2] on the stone bench[3]?

句中關鍵單字
1 old 老的、舊的
2 moss 苔蘚
3 bench 長凳

• scratch about for [skrætʃ ə`baut fɔr] 到處搜尋

易混淆片語 **from scratch** 從零開始、從無到有

老外就醬用！

The tramp[1] is **scratching about for** a place[2] to sleep at night.
那名流浪漢正在到處尋找睡覺的地方。

2. The homeless[3] boy was **scratching about for** a place to shelter[4].

句中關鍵單字
1 tramp 流浪漢
2 place 地方
3 homeless 無家可歸的
4 shelter 庇護、避難所

• shove off [`ʃʌv ɔf] 離開

替換片語 **go away** 離開

老外就醬用！

He jumped[1] into a taxi[2] and **shoved off**.
他跳上一輛計程車走了。

3. It is too noisy[3] in the bar[4], let's **shove off**.

句中關鍵單字
1 jump 跳
2 taxi 計程車
3 noisy 吵鬧的
4 bar 酒吧

• show an aptitude for... [ʃo æn `æptə,tjud fɔr] 有……的才能

易混淆片語 **have an aptitude for** 有……的天性、有……的才能

老外就醬用！

The teacher said that the kid[1] **showed an aptitude for** language[2]. 老師說這個小孩很有語言天賦。

4. They chose[3] him because he **showed an aptitude for** music[4].

句中關鍵單字
1 kid 小孩
2 language 語言
3 choose 選擇
4 music 音樂

• show an open hostility to... [ʃo æn opən ˋhasˏtɪlətɪ tu]

對……表示公開的敵意

易混淆片語 **feelings of hostility** 敵意

老外就醬用！

It is not right[1] for you to **show an open hostility to** him at school[2]. 你在學校對他表示敵意是不對的。

5. They **showed an open hostility to** their new roommate[3].

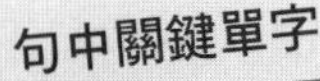

• show tolerance towards sb.

[ʃo ˋtalərəns təˋwɔrds ˋsʌmˏbadɪ] 容忍某人、寬容某人

替換片語 **put up with sb.** 容忍某人

老外就醬用！

They will **show tolerance towards** the dissenters[1].
他們對持不同意見的人表示容忍。

6. The government[2] should **show tolerance towards** the artists[3].

句中關鍵單字

1 dissenter 持不同意見的人
2 government 政府
3 artist 藝術家

• simmer down [ˋsɪmɚ daʊn] 冷靜下來

替換片語 **calm down** 冷靜下來

老外就醬用！

Simmer down, you know he didn't mean[1] to.
請息怒，你知道他不是故意的。

句中關鍵單字

1 mean 意欲、想要
2 leave 離開
3 alone 獨自

7. Please leave[2] me alone[3] and give me some time to **simmer down**.

Answers 翻譯參考解答

1. 你能把石凳上的苔蘚刮掉嗎？
2. 這個無家可歸的男孩正在四處尋找容身之處。
3. 酒吧裡太吵了，我們走吧。
4. 他們選他是因為他很有音樂方面的天賦。
5. 他們對新來的室友表示公開的敵意。
6. 政府應該對藝術家們寬容一些。
7. 請讓我獨處，給我點時間冷靜一下。

• sketch out [skɛtʃ aut] (1) 草擬 (2) 概略地敘述

易混淆片語 **sketch in** 粗略地添加、簡略地補充

老外就醬用！

The mayor[1] let him **sketch out** proposals[2] for a new railroad[3].
市長讓他草擬修建新鐵路的計畫。

1. He **sketched out** what he had done in the past[4] five years.

句中關鍵單字

1 mayor 市長
2 proposal 計畫、建議
3 railroad 鐵路
4 past 過去的

• slap sb. in the face [slæp ˋsʌm͵bɑdɪ ɪn ðə fes] 打耳光

易混淆片語 **slap sb. on the shoulder** 拍某人肩膀

老外就醬用！

You can't **slap him in the face** for he is just a kid[1].
你不能打他耳光，他還只是個孩子。

2. She **slapped him in the face** when hearing[2] such insulting[3] remarks[4].

句中關鍵單字

1 kid 孩子、小孩
2 hear 聽到
3 insulting 侮辱性的
4 remark 言辭、評論

• snarl (sth.) up [snɑrl̩ ˋsʌmθɪŋ ʌp]
（使某物）混亂、阻塞、糾結在一起等

易混淆片語 **snarl a threat** 咆哮著威脅

老外就醬用！

Someone should monitor[1] the machine and don't let it **snarl** the material[2] **up**.
應該有人來監視機器運作，不要讓它把材料都攪在一起。

3. Too much traffic[3] has **snarled up** the whole business centre[4].

句中關鍵單字

1 monitor 監視
2 material 材料
3 traffic 交通
4 centre 中心

• snatch away [snætʃ əˋwe] 奪取

易混淆片語 **make a snatch at** 伸手想掠取

老外就醬用！

The little[1] kid wants to **snatch** the Teddy Bear **away** from his friend. 這個小孩子想從他的朋友手中把泰迪熊奪過來。

4. You cannot **snatch** what you want[2] **away** from her.

句中關鍵單字

1 little 小的
2 want 想要

• sneak in [snik ɪn] 偷偷地潛入

替換片語 **creep in** 悄悄混進

老外就醬用！

The burglar[1] **sneaked in** my house and stole[2] all the money.
竊賊偷偷潛入我家，偷走了所有的錢。

5. The poor kid wanted to **sneak in** to find[3] something to eat[4].

句中關鍵單字
1 burglar 竊賊
2 stole 偷
3 find 找到
4 eat 吃

• sneeze at [sniz æt] 輕視

易混淆片語 **not to be sneezed at** 不可輕視、尚過得去

老外就醬用！

The sum[1] of money your father gave is not to be **sneezed at**.
你爸爸給的那筆錢可不是小數目。

6. The prize[2] of 10,000 dollars[3] is not to be **sneezed at**.

句中關鍵單字
1 sum 金額、總數
2 prize 獎金
3 dollar 美元

• sniff at [snɪf æt] 嗤之以鼻

易混淆片語 **sniff out** 發現、尋找

老外就醬用！

I don't know why[1] you **sniffed at** his proposal[2].
我不明白你為何對他的提議嗤之以鼻。

7. One cannot **sniff at** others' idea[3] as one pleases.

句中關鍵單字
1 why 為什麼
2 proposal 提議
3 idea 想法、主意

Answers 翻譯參考解答

1. 他簡單地描述了過去五年裡自己所做的事情。
2. 聽到如此侮辱性的話語，她打了他一耳光。
3. 過多的車輛把整個商業中心堵得水泄不通。
4. 你不能從她那裡奪走你想要的東西。
5. 這個可憐孩子想偷偷溜進去找點吃的。
6. 一萬美元的獎金可不是小數目。
7. 一個人不能隨意對別人的想法嗤之以鼻。

• spare a thought for... [spɛr ə θɔt fɔr] 為……著想

老外就醬用！

Just **spare a thought for** others[1] when you do this.
在你做這件事時，請想想別人吧。

1. He never[2] **spares a thought for** the poor[3].

句中關鍵單字
1 others 其他人
2 never 從不
3 the poor 窮人

• split away [splɪt əˋwe] 分裂、分離

易混淆片語 **split with sb.** 和某人鬧翻

老外就醬用！

Some people have **split away** from the labor union[1].
有些人已經脫離工會了。

2. Several members[2] have **split away** form the club[3].

句中關鍵單字
1 labor union 工會
2 member 成員
3 club 俱樂部

• squat down [skwɑt daʊn] 蹲下

老外就醬用！

You can **squat down** by the fire[1] if you are cold[2].
如果你冷的話，就蹲在爐火旁吧!

3. Your teacher didn't see you because[3] you **squatted down** just now.

句中關鍵單字
1 fire 火
2 cold 冷的
3 because 因為

• stack up [stæk ʌp] 總結

易混淆片語 **be stacked with** 堆滿

老外就醬用！

Can you tell[1] me how things **stack up** at present[2]?
請告訴我目前的情況大概是怎樣？

4. How does your product[3] **stack up** against those of theirs?

句中關鍵單字
1 tell 告訴
2 at present 目前
3 product 產品

• stare at sb. in irritation [stɛr æt ˋsʌm͵bɑdɪ ɪn ͵ɪrəˋteʃən]
氣惱地看著某人

易混淆片語 **stare sb. up and down** 上下打量某人

老外就醬用！

He **stared at her in irritation** and didn't say anything[1] at all.
他氣惱地看著她，什麼也沒說。

句中關鍵單字
1 anything 任何東西
2 dirty 弄髒
3 floor 地板

5. Mom **stared at me in irritation** because I dirtied[2] the floor[3].

• stay a while [ste ə hwaɪl] 停留片刻

易混淆片語 **make a long stay** 長住、長期逗留

老外就醬用！

I want to **stay a while** for I am so tired[1].
我想在這停留片刻，因為我實在太累了。

句中關鍵單字
1 tired 累的、疲倦的
2 something 某事、某物
3 show 展示

6. Please **stay a while** and I have something[2] to show[3] you.

• stoop to [stup tu] 墮落

易混淆片語 **stoop (down) to pick sth. up** 彎腰拾起某物

老外就醬用！

I would never[1] **stoop to** stealing even if I had nothing[2] to eat.
即使沒有吃的，我也決不會墮落到去偷東西。

句中關鍵單字
1 never 從不
2 nothing 什麼也沒有
3 steal 偷

7. He would never **stoop to** stealing[3] money.

Answers
翻譯參考解答

1. 他從不為窮人們著想。
2. 幾個成員已經脫離俱樂部了。
3. 你的老師之所以沒看見你是因為你剛才恰好蹲下去了。
4. 你們的產品與他們的相比怎麼樣呢？
5. 媽媽氣惱地看著我，因為我把地板弄髒了。
6. 請停留片刻，我有樣東西要給你看。
7. 他是絕不會墮落到去偷錢的。

• strive for [straɪv fɔr] 奮鬥、爭取

替換片語 **try for** 爭取

老外就醬用！

All the people are **striving for** a house of their own[1].
所有的人都在為擁有自己的房子而奮鬥。

1. All the people are **striving for** a better life[2].

句中關鍵單字
1 own 自己的
2 life 生活

• stumble across someone

[ˋstʌmbl̩ əˋkrɔs ˋsʌm͵wʌn] 偶然遇到……

替換片語 **come upon** 偶然遇到

老外就醬用！

I **stumbled across** the book you mentioned[1] at the book store[2]. 我無意間在書店發現你提到的那本書。

2. The police[3] **stumbled across** a clue[4] when they moved the dead body.

句中關鍵單字
1 mention 提到
2 store 商店
3 police 員警
4 clue 線索

• stunned by [stʌnt baɪ] 被……嚇呆

老外就醬用！

I was **stunned by** his sudden[1] appearance[2].
我被他突然的出現嚇到了。

3. All his family[3] was **stunned by** the news of his death[4].

句中關鍵單字
1 sudden 突然的
2 appearance 出現、露面
3 family 家人
4 death 死

• surrender oneself to [səˋrɛndɚ wʌnˋsɛlf tu] 屈服於

易混淆片語 **the surrender of one's claim** 放棄自己的權利

老外就醬用！

He won't **surrender himself to** the police[1] without evidence[2].
沒有證據，他是不會去向警方自首的。

4. We will never **surrender ourselves to** our enemies[3].

句中關鍵單字
1 police 員警
2 evidence 證據
3 enemy 敵人

• take a bribe [tek ə braɪb] 受賄

替換片語 **offer a bribe** 行賄

老外就醬用！

It is illegal[1] for one to **take a bribe**, whether he is an official[2] or an ordinary[3] man. 不管他是官員還是市民，受賄都是違法的。

5. He tried to persuade[4] the official to **take a bribe**, but he failed.

句中關鍵單字

1 illegal 違法的、非法的
2 official 官員
3 ordinary 普通的
4 persuade 勸說、說服

• take a firm resolution to

[tek ə fɝm ˌrɛzəˋluʃən tu] 下很大的決心

替換片語 **set one's face like a flint** 下定決心

老外就醬用！

You'd better **take a firm resolution to** study[1], or you will always lag behind[2].
你最好下很大的決心讀書，否則會一直落後。

6. He **took a firm resolution to** go abroad[3] to study.

句中關鍵單字

1 study 學習
2 lag behind 落後
3 go abroad 出國

• take... as an apprentice [tek æz æn əˋprɛntɪs] 收……作徒弟

老外就醬用！

The old man decided[1] to **take him as an apprentice** at last[2]. 老人最終決定收他為徒了。

7. He **took the boy as an apprentice** because he knew[3] he was homeless[4].

句中關鍵單字

1 decide 決定
2 at last 最終
3 know 知道
4 homeless 無家可歸的

Answers 翻譯參考解答

1. 所有人都在為更好的生活而奮鬥。
2. 員警在移動屍體的時候偶然發現了一條線索。
3. 家人在聽到他的死訊時都十分震驚。
4. 我們絕不向敵人屈服。
5. 他試圖勸說這名官員受賄，但以失敗告終。
6. 他下了很大的決心才決定出國留學。
7. 他收這男孩為徒，因為知道他無家可歸。

• take offense at [tek əˋfɛns æt] 對……生氣

替換片語 **be angry at** 對……生氣

老外就醬用！

The ambassador[1] **took offense at** the questions[2] the journalists[3] put forward.
大使對記者們提出的問題感到很生氣。

1. He knows that all of us **took offense at** his laziness[4].

句中關鍵單字
1 ambassador 大使
2 question 問題
3 journalist 記者
4 laziness 懶惰

• take one's cue from

[tek wʌns kju frɑm] 學……的樣、見風轉舵

替換片語 **sail with every wind** 在任何環境中都能取得好處、見風轉舵

老外就醬用！

Take your cue from me about when you should walk onto the stage[1]. 我會暗示你什麼時候該上臺。

2. She changed[2] her mind[3] because she **took her cue from** him.

句中關鍵單字
1 stage 舞臺
2 change 改變
3 mind 主意

• terrify into [ˋtɛrəˏfaɪ ˋɪntu] 恐嚇

易混淆片語 **put the fear of god into someone** 使懼怕

老外就醬用！

The robber[1] **terrified** the employee[2] **into** handing over the money. 強盜恐嚇這名員工把錢交出來。

3. The gangsters[3] **terrified** her **into** keeping quiet[4] about it.

句中關鍵單字
1 robber 強盜
2 employee 員工
3 gangster 歹徒
4 quiet 安靜的

• the discomforts of [ðə dɪsˋkʌmfəts ɑv] ……的不適

易混淆片語 **the discomforts of travel** 旅途的困苦

老外就醬用！

I want to take a day off because of **the discomforts of** air travel[1]. 我因為搭飛機而感到不適想請假一天。

4. He has to stay[2] at home today because of[3] **the discomforts of** camping[4].

句中關鍵單字
1 air travel 航空旅行
2 stay 逗留、待
3 because of 因為
4 camping 露營、野營

• thrill at [θrɪl æt] 因……而顫慄

老外就醬用！

She **thrilled at** the robbery[1] reported[2] on the radio just now.
她聽到廣播報導的搶劫案後感到很恐懼。

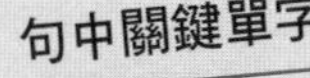

句中關鍵單字

1 robbery 搶劫案
2 report 報導
3 kidnapping 綁架

5. They **thrilled at** the news of the kidnapping[3] in the Philippines.

• tick off [tɪk ɔf] 惹惱

易混淆片語 **on the tick** 極為準時地

老外就醬用！

Your father will be **ticked off** if you don't pass[1] the exam this time. 如果你再不通過考試，你爸爸就要對你發火了。

句中關鍵單字

1 pass 通過
2 late 遲到的
3 again 再一次

6. The teacher will be **ticked off** if you are late[2] again[3].

• timid as a rabbit [ˋtɪmɪd æz ə ˋræbɪt] 膽小如鼠

替換片語 **cowardly as a mouse** 膽小如鼠

老外就醬用！

He is as **timid as a rabbit**, so he won't do this.
他膽小如鼠，不會去幹這事的。

句中關鍵單字

1 bully 欺負
2 others 其他人

7. You will be bullied[1] by others[2] if you are as **timid as a rabbit**.

Answers 翻譯參考解答

1. 他知道我們大家對他的懶惰很生氣。
2. 她收到他的暗示後改變了主意。
3. 歹徒恐嚇她對此事保持沉默。
4. 他因為露營而不適今天必須在家休息。
5. 菲律賓綁架事件讓他們感到心驚膽顫。
6. 你要是下次再遲到，老師就要發火了。
7. 你要是膽小如鼠的話，就會被別人欺負。

• to be precise [tu bi prɪˋsaɪs] 準確地講

易混淆片語 **at that precise moment** 恰好在那時刻

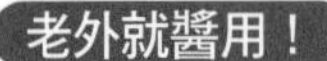

There are thirty[1] people in the hall[2], **to be precise**.
準確地講，大廳裡有三十個人。

1. The lake[3] is eight miles[4] wide, **to be precise**.

句中關鍵單字
1 thirty 三十
2 hall 大廳
3 lake 湖
4 mile 英里

• to broaden one's horizons

[tu ˋbrɔdn̩ wʌns həˋraɪzn̩z] 增廣見聞

老外就醬用！

You are able **to broaden your horizons** by traveling[1] around the world[2]. 你可以透過環遊世界來增廣見聞。

2. Good books help **to broaden your horizons** to a large[3] degree[4].

句中關鍵單字
1 travel 旅行、旅遊
2 world 世界
3 large 大的
4 degree 程度

• to make a distinction between

[tu mek ə dɪˋstɪŋkʃən bəˋtwin] 區分……與……

替換片語 **differentiate between** 把……區分開

老外就醬用！

It's hard[1] **to make a distinction between** butterflies[2] and moths[3]. 很難區分蝴蝶與飛蛾。

3. It is not easy[4] for us **to make a distinction between** right and wrong.

句中關鍵單字
1 hard 困難的
2 butterfly 蝴蝶
3 moth 飛蛾
4 easy 容易的、簡單的

• to one's disgust [tu wʌns dɪsˋgʌst] 令人掃興

易混淆片語 **in disgust** 厭惡地

老外就醬用！

To my disgust, there was no one I know[1] when I arrived[2] there. 我抵達時發現沒任何認識的人，真令人掃興。

4. **To my disgust,** he always says something boring[3] at the party[4].

句中關鍵單字
1 know 知道、認識
2 arrive 到達
3 boring 無聊的
4 party 聚會

• to one's dismay [tu wʌns dɪs`me] 使人沮喪的是

老外就醬用！

To his dismay, he made the same mistake[1] again.
讓他沮喪的是，他又犯了同樣的錯誤。

5. The poor[2] man found **to his dismay** that there was nothing[3] for him to eat.

句中關鍵單字
1 mistake 錯誤
2 poor 窮的
3 nothing 什麼也沒有

• to the backbone [tu ðə `bæk͵bon] 徹頭徹尾、十足、徹底地

替換片語 **out and out** 徹底地、完全地

老外就醬用！

She is honest[1] **to the backbone**, and I trust[2] her.
她是絕對誠實的，我相信她。

6. Keep away[3] from him. He is a liar **to the backbone.**

句中關鍵單字
1 honest 誠實的
2 trust 相信、信任
3 keep away 遠離、離開

• transfer from...to... [træns`fɝ frɑm tu] 從……轉換到……

替換片語 **convert to** 改變為

老外就醬用！

Our company[1] has been **transferred from** Boston **to** Los Angles. 我們公司已由波士頓遷至洛杉磯了。

7. He is being **transferred from** the head office[2] in New York **to** the London branch[3].

句中關鍵單字
1 company 公司
2 head office 總部
3 branch 分部、分公司

Answers 翻譯參考解答

1. 準確地講，這個湖有八英里寬。
2. 好書能大量地幫助你增廣見聞。
3. 要分清對與錯並不簡單。
4. 令我掃興的是他總在聚會上說些無聊的話。
5. 這個窮人發現沒有什麼可吃的了，於是很沮喪。
6. 離他遠點，他是個徹頭徹尾的騙子。
7. 他已從紐約總部被調到倫敦分部。

• triumph over [ˋtraɪəmf ˋovɚ] 擊敗、戰勝

易混淆片語 **in triumph** 得意洋洋地

老外就醬用！

Bear in mind[1] that justice[2] will **triumph over** injustice.
記住：正義必將戰勝不義。

1. Do you believe[3] that he will **triumph over** his adversary[4]?

句中關鍵單字
1 bear in mind 記住、考慮到
2 justice 正義
3 believe 相信
4 adversary 對手、敵手

• under construction [ˋʌndɚ kənˋstrʌkʃən] 在建設中

易混淆片語 **put a false construction on** 故意曲解

老外就醬用！

The new teaching building[1] is still **under construction**.
新的教學大樓還在建設之中。

2. The road[2] is **under construction**, but will be finished[3] in July.

句中關鍵單字
1 teaching building 教學大樓
2 road 馬路
3 finish 完成

• under no circumstances

[ˋʌndɚ no ˋsɝkəm͵stænsɪs] 在任何情況下都不

易混淆片語 **in reduced circumstances** 拮据的境遇、窮困

老外就醬用！

I won't cheat[1] others[2] **under no circumstances**.
在任何情況下我都不會去欺騙別人。

3. **Under no circumstances** should you help[3] him.

句中關鍵單字
1 cheat 欺騙
2 others 別人、其他人
3 help 幫助

• under the impression [ˋʌndɚ ðə ɪmˋprɛʃən] 得到……印象

易混淆片語 **make no impression on** 對……無影響

老外就醬用！

I was **under the impression** that he was the director[1].
我以為他是主管。

4. We are **under the impression** that your price[2] is higher[3] than theirs.

句中關鍵單字
1 director 主管
2 price 價格
3 higher 比較高的（high 的比較級）

• uphold the heritage of...

[ʌp`hold ðə `hɛrətɪdʒ ɑv] 堅持……的傳統

易混淆片語 **uphold a verdict** 支援某項裁決

老外就醬用！

How did they **uphold the heritage of** Muslim[1] all these years? 他們這麼多年來如何堅持穆斯林傳統的？

Try It 翻譯

5. The people are required[2] to **uphold the heritage of the town**[3].

句中關鍵單字

1 Muslim 穆斯林
2 require 要求
3 town 小鎮

• up the creek [ʌp ðə krik] 遇上麻煩

易混淆片語 **up to now** 到目前為止

老外就醬用！

We'll be **up the creek** if we cannot make profit[1] this year.
如果今年還不能盈利的話，我們就麻煩了。

Try It 翻譯

6. I'm really[2] **up the creek** without my cell phone[3].

句中關鍵單字

1 make profit 盈利
2 really 真的
3 cell phone 手機

• urge sb. to do sth. [ɝdʒ `sʌm͵bɑdɪ tu du `sʌmθɪŋ] 催某人做某事

易混淆片語 **urge against** 極力反對

老外就醬用！

My teacher **urged me to** finish[1] my papers[2] quickly.
老師催促我快點完成論文。

Try It 翻譯

7. He **urged us to** arrive[3] at the hospital[4] at once.

句中關鍵單字

1 finish 完成
2 paper 論文
3 arrive 到達
4 hospital 醫院

Answers 翻譯參考解答

1. 你相信他會戰勝對手嗎？
2. 這條馬路正在建設當中，但是會在七月份完工。
3. 你無論如何都不該幫助他。
4. 我們以為你們的價格比他們的要高。
5. 人們被要求固守小鎮的傳統。
6. 沒有手機，我真的不方便。
7. 他催促我們馬上趕到醫院去。

• utter a word [ˋʌtɚ ə wɝd] 開口說話

易混淆片語 ▶ **an utter refusal** 斷然拒絕

老外就醬用！

He couldn't **utter a word** when he heard[1] such great news[2].
當他聽到這個好消息的時候，他連話都說不出來了。

1. She left the office[3] angrily[4] before he could **utter a word.**

句中關鍵單字
1 hear 聽到
2 news 消息
3 office 辦公室
4 angrily 生氣地

• vast scale [væst skel] 大幅度、大規模

替換片語 ▶ **macro scale** 大規模

老外就醬用！

This country decides[1] to start the ground attack[2] to its neighbor[3] on a **vast scale.** 該國決定對它的鄰國發動大規模地進攻。

2. It is reported that the violence[4] is happening in this country on a **vast scale.**

句中關鍵單字
1 decide 決定
2 attack 進攻、攻擊
3 neighbor 鄰居、鄰國
4 violence 暴力

• verbal abuse [ˋvɝbḷ əˋbjuz] 言語傷害

易混淆片語 ▶ **verbal evidence** 證言

老外就醬用！

Some kids have suffered from[1] **verbal abuse** at school[2]. 有些小孩在學校受到了言語傷害。

3. **Verbal abuse** can hurt[3] people's feelings though it is invisible[4].

句中關鍵單字
1 suffer from 遭受
2 school 學校
3 hurt 傷害
4 invisible 隱形的

• volunteer for [ˏvalənˋtɪr fɔr] 自願

老外就醬用！

Few of the students[1] **volunteered for** the hard job[2].
只有少數的學生自願做這個苦差事。

4. A lot of old people have **volunteered for** community[3] service[4].

句中關鍵單字
1 student 學生
2 job 工作
3 community 社區
4 service 服務

• walk away in resentment [wɔk əˋwe ɪn rɪˋzɛntmənt]
忿忿地走開

易混淆片語 **bear a resentment against sb.** 怨恨某人

老外就醬用！

He couldn't persuade[1] her, so he **walked away in resentment.** 他說服不了她，只好忿忿地走開。

5. He **walked away in resentment** when he saw his friend[2] talking with his adversary[3].

句中關鍵單字
1 persuade 說服
2 friend 朋友
3 adversary 對手

• wary of [ˋwɛrɪ ɑv] 小心

易混淆片語 **keep a wary eye on sb.** 密切注意某人

老外就醬用！

You should teach[1] the child to be **wary of** strangers[2].
你應該教育小孩子要小心陌生人。

6. You should be very **wary of** words that flatter[3] you.

句中關鍵單字
1 teach 教育、教
2 stranger 陌生人
3 flatter 奉承

• whine about [hwaɪn əˋbaut] 發牢騷

替換片語 **chew the rag** 發牢騷

老外就醬用！

One of my colleagues[1] often **whines about** trifles[2] all day.
我的一個同事整天為小事發牢騷。

7. I don't know what she is **whining about** now.

句中關鍵單字
1 colleague 同事
2 trifle 瑣事

Answers 翻譯參考解答

1. 他還沒有開口說話，她就生氣地離開了辦公室。
2. 據報導，暴力事件在該國正大規模地發生。
3. 雖然言語傷害是無形的，但是它會使人們的感情受傷。
4. 很多老人自願為社區服務。
5. 看見朋友正和自己的對手說話，他忿忿地走開了。
6. 你要十分小心那些奉承你的話。
7. 我不知道她現在又在抱怨些什麼。

• whirl round [hwɝl raʊnd] 旋轉

易混淆片語 **the social whirl** 一連串的社交活動

老外就醬用！

It will make me dizzy[1] if you let me **whirl round** on the stage[2]. 如果你讓我在舞臺上轉，我會感到頭暈。

1. A fighter plane[3] is **whirling round** over this city.

句中關鍵單字
1 dizzy 頭暈的
2 stage 舞臺
3 fighter plane 戰鬥機

• willing to compromise [ˋwɪlɪŋ tu ˋkɑmprəˏmaɪz] 願意妥協

易混淆片語 **compromise sb.'s reputation** 損害某人的名譽

老外就醬用！

The government[1] is not **willing to compromise** with terrorists[2]. 政府不願與恐怖分子妥協。

2. The two sides are not **willing to compromise** on this matter[3].

句中關鍵單字
1 government 政府
2 terrorist 恐怖分子
3 matter 事情

• win sb.'s consent [wɪn ˋsʌmˏbɑdɪs kənˋsɛnt] 贏得某人的同意

易混淆片語 **wring consent from sb.** 強迫某人同意

老外就醬用！

The proposal[1] has **won the committee's consent**.
這個提議已經贏得了委員會的同意。

3. The bill[2] has already[3] **won the congress' consent.**

句中關鍵單字
1 proposal 提議
2 bill 議案
3 already 已經

• with accuracy [wɪð ˋækjərəsɪ] 精確地、準確地

易混淆片語 **firing accuracy** 射擊命中率

老外就醬用！

It is said that he can predict[1] anything **with** great **accuracy**.
據說他可以極準確地預言任何事情。

4. It is impossible[2] to say **with accuracy** how many are injured[3].

句中關鍵單字
1 predict 預言
2 impossible 不可能的
3 injured 受傷的

• with caution [wɪð ˋkɔʃən] 謹慎

易混淆片語 for caution's sake 為慎重起見

老外就醬用！

Please drive[1] **with caution** in foggy[2] weather[3].
霧天的時候要小心駕車。

5. He is told to proceed[4] **with caution** when he leaves.

句中關鍵單字
1 drive 開車、駕駛
2 foggy 有霧的
3 weather 天氣
4 proceed 進行

• with dispatch [wɪð dɪˋspætʃ] 火速地

易混淆片語 send sth. by dispatch 以快遞發送某物

老外就醬用！

The force[1] must act **with dispatch** when the violence[2] happens. 當暴力事件發生時，軍隊必須迅速行動。

6. You can solve[3] many problems **with dispatch** if you have an assistant[4].

句中關鍵單字
1 force 軍隊
2 violence 暴力
3 solve 解決
4 assistant 助理

• withdraw from... [wɪðˋdrɔ frɑm] 從……退出、離開

易混淆片語 withdraw from society 隱遁

老外就醬用！

It is reported[1] that most of US forces have **withdrawn from** this area[2]. 據報導，大部分的美國部隊已經撤離該地區了。

7. This country[3] hasn't decided[4] when to **withdraw from** here.

句中關鍵單字
1 report 報導
2 area 地區
3 country 國家
4 decide 決定

Answers 翻譯參考解答

1. 一架戰鬥機正在城市上空盤旋。
2. 雙方都不願意就此事妥協。
3. 該議案已經獲得了國會的同意。
4. 說不準有多少人受傷。
5. 他離開的時候，被囑咐要謹慎行事。
6. 有個助理的話，你就可以火速地處理很多問題。
7. 該國還未決定何時從這裡撤出。

特別收錄

老外「醬」用片語

短文＆新聞

Having a Teenager Son/Daughter

Teenagers usually feel hard to cope with their parents because they don't want to be at the mercy of their parents. Some teenagers criticize their parents for intervene them too much. For instance, parents try to cram their thoughts into children's head. Some teenagers feel that their parents just want to children to get a grade so that they can boast about their achievement. Other Teenagers even say that their parents just regard their education is a way to invest in their own future, instead of "for your own good".

Why do children have such misunderstanding in spite of their parents' effort? Without full understanding, parents' efforts will be in vain. Teenagers want to attain to sense of achievement as they want to have their future at their disposal. However, parents don't always remember that teenagers are not their baby anymore.

To avoid a collision with children, parents need to know that children are not attached to parents. Parent need to know that teenagers are old enough to be accountable for themselves and to have their own thoughts. Parents ought not to become angry from embarrassment once their children indicate their fault. When children are compatible with reason, parents should be willing to compromise. With this recognition, parents can be hopeful about their relationship with children.

家中有個青少年

青少年常常會覺得應付父母很困難，因為他們不想要受到父母的控制。青少年批評父母干涉太多，例如，父母會將他們的想法強加在孩子身上，有些青少年會覺得他們的父母只是想要他們得到好成績讓他們可以炫耀。還有一些青少年甚至覺得父母只是把教育當成是他們的投資理財，而非真的是「為你好」。

為什麼父母付出的心力會造成兒女這樣的誤解呢？沒有真正的了解，父母的努力都是白費。青少年想要的是掌握自己的未來並且從中得到成就感。但是爸媽常常忘記青少年不再是小朋友了。

為了要避免衝突，爸媽應該要知道青少年已經夠大了，該為自己負責並且有自己的想法了。一旦孩子指正他們的錯誤，不該惱羞成怒；當孩子有道理的時候，父母應該要願意妥協。有這一層的認知，親子關係就可以充滿希望。

Train to Busan

Train to Busan has become the mode in many Asian countries as it depicts humanity under an eclipse. In the beginning, the protagonist, who doesn't become confidential with anyone but does things beneficial to himself, is characterized as a divorced father with a daughter. On the birthday of the daughter, she is eager for seeing her mother in Busan. Against his will, the father brings his daughter from Seoul to Busan. On the way to Busan, they are confronted with zombies who make human zombies as they gnaw human beings. It's a crush time that the father tries to save the life of her daughter by hook or by crook. But the selfishness of the father makes his daughter in despair. The father condemns his daughter for being ignorant of the risk while the daughter contributes to save others. Gradually, the kindness of the daughter convinces her father of reforming himself. In the end, the father died for saving his daughter. The reformation of the father touches many people and made the movie successful.

屍速列車

在亞洲諸國紅極一時的電影《屍速列車》描述了在危難中的人性。在故事的開端，主角是一個帶著女兒的離婚父親，他不相信任何人，只作對自己有利益的事情。在女兒的生日時，她十分渴望能夠見到在釜山的母親。儘管不願意，最終父親還是帶著女兒從首爾前往釜山去找媽媽。在去釜山的路上，他們遇上了殭屍，這些殭屍會啃蝕人類然後讓人類也變成殭屍。在這緊急時刻，父親想要不計手段的救女兒的性命，然而父親的自私卻讓女兒十分的沮喪。父親指責女兒對於險境太過天真，但女兒卻更希望貢獻自己拯救他人。漸漸的，女兒的善良説服父親改過自新。最終，父親犧牲了自己的性命，而拯救了女兒。父親的改變感動了許多人，也讓這部電影如此的成功。

A Guilty President

It is beyond credibility that the president of the country was accused of taking briber. It is claimed that the prosecutors have already enough evidence to plead him guilty of his crime. Some people believe that the president will be behind bolt and bar since he has abused his power for years. Now, he is in bad order and his party will be humiliated by his bribery. A politician should never be in bondage to money not because people will rebel against the politician who stoops to bribery but because the reputation of the whole country will be influenced. As the first elected president is not framed for the lure of money, the international media is suspicious of the democracy of the country. Therefore, the citizens of the country can't be tolerant of the president anymore.

有罪的總統

這國家的總統被指控收賄震驚了許多人。檢調宣稱已經掌握足夠證據將其定讞。許多人相信總統將鋃鐺入獄因其已濫用權力多年。現今，不只是他臭名遠播，他所屬的黨將因其而蒙羞。政治人物不該受錢所誘，不只是因為人民將群體反抗沉淪於賄賂者，更是因為整個國家的名聲將受其影響。身為第一認民選總統而受金錢所誘，國際媒體將開始懷疑這個國家的民主體系。因此，這國家的人民更無法原諒總統了。

Drunk Driver Causes the Death of a Boy

In this morning, a boy was hit by a drunk driver at Victoria Street. He was at his last gasp when he was sent to the hospital. The doctors had exerted themselves to the utmost, but they couldn't save the life of the boy. The driver claimed he will be account for the accident but the family of the boy still erupted in anger. The family was emphatic on the urgency of modifying the law so that drunk drivers would be eliminate from the country. To their dismay, the government made minimum effort on this issue. Due to the accident this morning, the whole society is now in anticipation of modifying the law.

酒駕造成男孩的死亡

今日早晨，一名男童在維多利亞街遭酒駕車禍。送醫時已經奄奄一息了。雖然醫生全力搶救，但仍回天乏術。肇事者宣稱將會負起全責，但仍無法遏止家屬的憤怒。家屬強調政府應該修法以消除酒駕的問題，然而讓他們失望的是政府一直花費最少的力量在此議題上。因為今晨的意外，整體社會更加期盼有關當局能修法。

Striving for Love

To make a conquest of his lover's love, the poor young man strived for his business successful. The poorest man and the prettiest girl in a class were in love in college and they decided to get married soon. But the girl's parents were against their marriage. Though they were too poor to hold a wedding ceremony, the young man made a declaration of a luxurious life. Then, he took a firm resolution to run a clothes business. He once invested in shoes and clothes, but he found it hard to integrate clothes with shoes. And he was in great straits, so he was intent upon running a clothes business. As his business made buckle and tongue meet, he found that he was instinct for the high-tech. Though many people thought he indulged in fantasy, he concerned about this business in earnest. In consequence of his effort, he won her parents consent. Finally, they got married. In their marriage vow, he declared be loyal to his wife under no circumstances.

為愛奮鬥

為贏得美人歸，窮小子努力創業成功。在大學期間，全班最窮的男孩跟班花很快的墜入愛河並且決定要成婚，然而女孩的雙親反對他們的婚事。雖然他們太窮了無法舉行個像樣的婚禮，窮小子仍然向大家宣告一定要讓他們過著奢華的生活。之後，他下定決心經營服飾的事業。他一開始投資鞋子跟衣服，但是他後來發現要整合兩者是有困難的。之後他陷入困境一陣子後便專心經營服飾。直到他收支平衡後，他發覺自己對於高科技產業有天份，因此他不顧眾人恥笑他異想天開，仍舊認真考慮這事業。在他努力之下，終於贏得女孩雙親的贊同。最終他們成婚了，在他們的結婚誓言，他宣示在任何情況下都會永遠忠於妻子。

A Troublesome Student

Leo, whom I seek for a professional assistance for, has been a troublesome student. In these years, his attitude has gone worse and worse. Last year, he whined about the class and he sneezed at teachers. When he was corrected by the teachers, he always sniffed at whatever the teacher said. He never apologized for his misbehavior. Gradually, he stared at the teacher in irritation or even walked away in resentment. Now, he shows an open hostility to the teacher with verbal abuse. Last month, many students in the class lost their money. We were suspicious of Leo for stealing other students' money. When a girl saw him sneaking into the class room, he slapped the girl in the face. I clarified my stand that he shouldn't do anything illegal, he became angry from embarrassment. I appeal the committee to remark on his situation to provide him with professional assistance.

問題學生

我尋求專業協助立歐，他一直是個問題學生。在這些年，他的狀況每況愈下。去年，他在課堂上發牢騷並且睥睨老師，當它被老師糾正，他總對老師說的一切表示不屑。他從未他的言行失當道歉過。漸漸的，他開始會怒視老師甚至拍桌走人，現在他會用言語暴力表達對老師的敵意。上個月，班上許多學生的財物遭竊，我們都懷疑是立歐竊取他人財物。當有個女孩看到他鬼鬼祟祟的溜進教室時，他甚至甩她一巴掌。我聲明嚴禁違法行為的立場，他惱羞成怒。在此我呼籲委員審查他的狀況並且提供他專業的協助。

NOTE

NOTE

語言力 E011

非學不可的英文片語1000：閱讀、口說、寫作都不能少了它

日常交談、外國影集、網路文章都常常出現，你還不快來學！

作　　者　Clara Lai◎編著
顧　　問　曾文旭
總 編 輯　黃若璇
編輯統籌　陳逸祺
編輯總監　耿文國
行銷企劃　陳蕙芳
執行編輯　賴怡頻
封面設計　陳逸祺
封面圖片來源　圖庫網站Shutterstock
內文排版　海大獅
文字校對　賴怡頻
音檔校對　賴怡頻
法律顧問　北辰著作權事務所

初　　版　2018年05月
出　　版　凱信企業集團-開企有限公司
電　　話　（02）2752-5618
傳　　真　（02）2752-5619
地　　址　106 台北市大安區忠孝東路四段250號11樓之1

定　　價　新台幣 349 元
產品內容　1書 +1 MP3

總 經 銷　楨彥有限公司
地　　址　231 新北市新店區寶興路45巷6弄12號1樓
電　　話　（02）8919-3186
傳　　真　（02）8914-5524

本書如有缺頁、破損或倒裝，
請寄回開企編輯部更換。
106 台北市大安區忠孝東路四段250號11樓之1
編輯部收

【版權所有　翻印必究】

國家圖書館出版品預行編目資料

非學不可的英文片語1000: 閱讀、口說、寫作都不能少了它 / Clara Lai編著. -- 初版. -- 臺北市 : 開企, 2018.05
面； 公分
ISBN 978-986-95741-5-0 (平裝附光碟片)

1.英語 2.慣用語

805.123　　107003982

開企，

是一個開頭，它可以是一句美好的引言、
未完待續的逗點、享受美好後滿足的句點，
新鮮的體驗、大膽的冒險、嶄新的方向，
是一趟有你共同參與的奇妙旅程。